Ophelia Hansen
Mark Jischinski

Wankelmuse

Roman

Für die Wankelmusen dieser Welt

adakia Verlag UG (haftungsbeschränkt)

Bibliographische Information der Deutschen Bibliothek:
Die Deutsche Bibliothek verzeichnet diese Publikation
in der Deutschen Nationalbibliographie;
detaillierte Daten sind im Internet über
http://dnp.ddb.de abrufbar

Gesamtherstellung: adakia Verlag, Gera
Druck: CPI Clausen & Bosse, Leck

1. Auflage, Januar 2013
ISBN 978-3941935-10-5

Ophelia Hansen
Mark Jischinski

Wankelmuse

Roman

adakia Verlag

von: carlotta-spatz@web.de
29. April, 22:44 Uhr

Max,
was meinst Du? Wenn ich etwas in meiner Wohnung habe, was ich weder mag, noch nutze, geschweige denn schön finde oder gute Erinnerungen damit verbinde, was sollte ich dann damit tun? Oder anders gefragt: Hätte es nicht etwas ungeheuer Befreiendes, würde ich Deine Hanteln einfach die Treppe herunter kullern lassen?
Ich denke schon.
Also hol' die verdammten Dinger endlich ab!
Carlotta

von: carlotta-spatz@web.de
30. April, 21:32 Uhr

Max,
ich meine es ernst! Wenn ich bis Montag nichts von Dir gehört habe, wird es mir ein besonderes Vergnügen sein, die städtische Müllabfuhr zu bemühen. Die kommen am Dienstag, wie jede Woche, was Du wüsstest, wenn Du öfter als ein Mal den Müll hinunter gebracht hättest!
Carlotta

von: carlotta-spatz@web.de
18. Mai, 21:43 Uhr

Max,
Du hattest wohl Glück!
Offenbar hat die Stadt Lüneburg keine Verwendung für Fitnesskram. Deine Hanteln liegen noch unten neben den Tonnen. Den vergammelten Salat, der mittlerweile daran klebt, bekommst Du sicher leicht ab.

P.S.: Wenn Du schon einmal dabei bist, kannst Du ja auch gleich noch einen Blick in die Papiertonne werfen! Ich glaube zwar nicht, dass sich die Stadt besonders für alte handgeschriebene Kochbücher irgendwelcher Großmütter interessiert, aber die nehmen ja grundsätzlich erst mal alles mit, was *in* den Tonnen liegt. Geleert wird das Papier übrigens morgen früh. In diesem Sinne wünsche ich Dir noch einen wunderschönen Abend!
Carlotta

von: max.tetten@gmx.de
22. Mai, 11:13 Uhr

Carlotta,
was soll das? Die Hanteln, meine Güte, die wird schon der mitnehmen, der sie tragen kann. Die alten Rezepte meiner Oma sind sicher von kaum schätzbarem ideellen Wert, aber glaubst du nicht, dass ich diese Rezepte inzwischen im Schlaf nachkochen kann? Das bloße Papier macht meine Oma genauso wenig wieder lebendig, als es die Erinnerung an sie

verblassen lässt, wenn ihre handgeschriebenen Notizen recycelt werden. Solltest du mich also einfach nur ärgern wollen, ist dir das gründlich misslungen.

Vielleicht solltest du darüber nachdenken, dass man Menschen und Emotionen nicht als Sachen behandeln, und diese dann einfach vor die Tür stellen kann. Du hörst es heute nicht zum ersten Mal von mir. In einer Partnerschaft kommt es nicht darauf an, den anderen als Sache zu behandeln. Ihn in Normen zu pressen, zu formen und zu gestalten, bis er ganz und gar dem eigenen Geschmack entspricht. Dem, was man glaubt, in ihm zu sehen. Obwohl es eigentlich nur die eigene Vorstellung ist, die man in den anderen projiziert. Es hilft, den anderen anzuschauen und ihn zu erkennen. Das ist ein Beobachtungsvorgang, keiner der Projektion!

Carlotta, das richtige Leben beginnt immer erst nach dem Happy End im Film. Nach dem Abspann, wenn der Vorhang gefallen ist. Erst nach einiger Zeit, wenn uns die Hormone wieder klar denken lassen, werden wir sehen, wie wir wirklich miteinander leben können. Und die große Kunst dabei ist nun einmal, nicht immer auf der eigenen Ansicht zu beharren und diese für das Alleine zu erklären. Es mag sich hausbacken, abgedroschen und höchst spießig anhören, aber in einer Partnerschaft, die diesen Namen verdient, ist der Kompromiss das höchste Gut. Und vielleicht sollten wir alle darauf vertrauen, dass in einer gemeinsamen Lösung mitunter eine viel größere Kraft und eine tiefere Wahrheit stecken, als wir sie mit unserer Nabelschau je finden können. Indem wir aber alle schön bei uns bleiben, bleibt uns diese Erkenntnis oft verwehrt. Aber das solltest du eigentlich wissen. Schließlich hattest du ja bei jedem Streit die Deutungshoheit.

Also, schnapp' dir die Hanteln und gieße sie zu Blumentöpfen oder zu einer prächtigen Kette für den nächsten

Partner. Zum Befeuern darfst du die Rezeptbücher nehmen. Zunder für die erste Flamme solltest du ja ansonsten reichlich haben.

Max

von: carlotta-spatz@web.de
22. Mai, 15:02 Uhr

Oh Max,

das sagt genau der Richtige! In der Theorie bist Du ja schon immer ganz groß gewesen. Mr. Selbstgefällig spielt sich zum Apostel der Liebenden auf und erklärt ihnen, wie sie das Ding mit dem »In guten wie in schlechten Tagen« am besten durchziehen sollen. Aber wenn Du einmal einen Blick zurückwirfst, was siehst Du dann? Meinst Du nicht, Du führst Dich hier auf wie jemand, der einem anderen das Autofahren beibringen will, dabei aber verschweigt, dass er selbst gar keinen Führerschein besitzt? Etwas so Großartiges, wie wir es hatten, innerhalb eines Jahres an die Wand zu fahren, ist wirklich eine beachtliche Leistung! Und wahrlich keine Referenz, der man sich rühmen könnte! Jedenfalls dachte ich wirklich, dass es etwas Großartiges war, aber unterdessen bin ich mir nicht mal da noch sicher. Von etwas Großartigem erwartet man zumindest auch ein würdiges Ende. Doch was würde wohl im Nachruf unserer Beziehung stehen?

»Wir nehmen Abschied von der Liebe zwischen Carlotta Spatz und Max Tettenborn. Nach langem Leiden erlag sie schließlich den Banalitäten des Alltags. Schuhe, Hausmüll, berufliche Ziele, zu viel und zu wenig Sex, Kinderwünsche, der Frage nach dem Sinn, die Alpen, Wandfarbe, Freundinnen,

Verwandte, Weihnachtsbäume, Kompromisse, Überstunden und die Auswahl der Kaffeesorte waren maßgeblich am Krankheitsverlauf beteiligt. Eine Überdosis Kreuzkümmel sorgte schließlich für ein multiples Organversagen. Reanimationsversuche schlugen leider fehl. Wir bitten um Verständnis, dass aufgrund der desaströsen Verfassung der Leiche keine Aufbahrung möglich ist. Die Beisetzung erfolgt in aller Stille ohne die Anwesenheit der nächsten Verwandten. Möge sie irgendwann den Frieden finden zu ruhen.«

Also schau doch bitte zuerst einmal in Deinen Nabel, bevor Du hier versuchst, mir die Schuld in die Schuhe zu schieben, bloß weil ich eine stattliche Anzahl davon besitze. Du hältst Dich für weiß Gott wie tiefgründig, streitest aber mit mir bis aufs Messer über Sinnlosigkeiten. Du predigst ein kompromissverwässertes WIR, willst aber Deinen Nachnamen hübsch für Dich behalten! Vielmehr ist es doch so: Wenn ich einen Kompromiss als solchen empfinde, dann bedeutet das doch nur, dass mein Partner nicht fähig ist, ihn anzuerkennen. Ich gehe diesen Kompromiss ein, für Dich, weil ich Dich liebe und Du siehst ihn als selbstverständlich an, ja setzt ihn gar voraus, bist aber im Gegensatz dazu nicht in der Lage, mir auch etwas zu geben. Das ist kein Kompromiss, sondern eine ganz miese Milchmädchenrechnung! Darüber solltest Du einmal nachdenken, bevor Du zur nächsten großen Rede ansetzt, Mr. »Ich-weiß-alles-besser«! Und noch etwas, wo Du doch das Film-Happy-End erwähnt hast: Da gibt es wenigstens Romantik! Und warum sollte ich an romantischen Orten nicht romantisch werden wollen? Das ist nicht aufgesetzt, sondern Du bist einfach zynisch! Und selbst wenn ich aufgesetzt romantisch bin, ich bin es gerne!!!

Carlotta

von: max.tetten@gmx.de
29. Mai, 23:19 Uhr

Carlotta,

wenn du dir deinen perfekten Partner backen könntest, wie würde der wohl aussehen? Diese Aufgabe wird dir nicht schwerfallen zu beantworten und ich glaube, an dieser Stelle ganz ohne anmaßend zu sein, ich kam diesem perfekten Bild schon recht nahe. Natürlich kann man an allem etwas meckern, aber im Toleranzbereich der eigenen Ansprüche hätte ich bei dir wohl Platz gefunden. Soweit, so gut. Kommen wir nun aber bei der Wahl der Ausstattung zu den nicht minder wichtigen Details. Welche inneren Werte sollte der perfekte Herr denn haben? Auch hier fällt die Antwort leicht, auch wenn du sie abstreiten wirst: Er muss einfach nur sein wie du: perfekt. Schlicht und ergreifend. Und wenn er dann so ist, wird es ein ganz harmonisches Leben für dich! Wäre das nicht toll? Verkleide dich doch einmal, häng dir einen Riesenmantel um, steig auf einen Stuhl, sieh in den Spiegel und stell dir vor, dein neuer Partner schaut dich an. Er ist äußerlich noch etwas optimierbar, aber innerlich ist er der Traum von einem Mann! Er ist nämlich ganz genau wie du! Und, wie fühlst du dich? Traumhaft, nicht wahr? Die Welt ist um einen perfekten Menschen reicher. Nur stellt sich bei euch beiden Turteltäubchen die Frage, wer denn nun die Deutungshoheit aller Sachfragen zwischenmenschlichen Zusammenlebens innehat. Wird es die Frau Spatz sein, die aus ihrem penibel gepflegten Gefieder immer wieder einen Trumpf hervorholt? Oder ist es unser neuer Mann 3.0, der nonchalant gegenhalten kann? Werden dann kleine Bläschen aus dem Schnabel der Frau Spatz kommen oder wird sie den Ärger runterschlucken und tatsächlich endlich einmal damit beginnen, einzusehen, dass sie nicht so perfekt ist, wie es ihre hübschen Federn erwarten lassen? Dein Mr. »Ich-weiß-alles-besser!« ist gar kein solcher, sondern nur eine neue Spezies Mann, die du gar nicht kennst. Sie nennt sich Partner und bewegt sich gewöhnlich auf Augenhöhe. Ganz gleich, wie groß das Tierchen ist.

Mach dir aber bitte keine Sorgen. Ich habe dich zumindest hinter der starken Fassade erkennen können. Deine Angst ist völlig normal. Die hast du, die habe ich. Nur kannst du sie vor lauter Stolz nicht zugeben und musst immer eine Stärke zeigen, die du gar nicht hast. Das macht deine Fassade so fragil und jeder, der alle Sinne beisammen hat, kann das erkennen. Vielleicht solltest du beim nächsten Mann entweder anerkennen, dass er ein eigenes Hirn hat, oder aber einfach einen nehmen, der deinen Schnabel ganz toll findet und immer nach ihm trällert.

Max

von: carlotta-spatz@web.de
31. Mai, 22:37 Uhr

Max,

ich frage mich, warum Du Dir jetzt so viel Zeit nimmst, diese durchaus epischen Tiraden zu verfassen, wo Du zu Lebzeiten unserer Beziehung lieber stundenlang durch die Straßen gelaufen bist, anstatt Dich mit mir und unseren Problemen auseinanderzusetzen.

Und was willst Du mir mit der ständigen Erwähnung eines neuen Partners sagen? Dass ich Dir unterdessen egal genug bin? Nun, wenn dem so wäre, würdest Du wohl kaum Deine Zeit damit verschwenden, mir diese Mails zu schreiben! Wenn man an den Beginn unserer Beziehung denkt, hat es beinahe etwas Tragisches, findest Du nicht? Ist dies also einfach Deine Art es so zu beenden, wie es begonnen hat? Oder willst Du Dir letztlich versichern können, dass Du über jeden Fehler und Zweifel erhaben bist und es sowieso alles nur meine Schuld war?

Weißt Du, fast wäre ich jetzt traurig, wenn ich nicht so verdammt wütend wäre!

»Ein Wir schaffen, ohne dabei zwei Ichs zu verlieren.«

Das war Deine Definition von Liebe, wenn Du Dich erinnerst. Große Worte, Max, die am Ende in etwa so inhaltsvoll waren, wie ein Schokoladenweihnachtsmann. Nicht einmal jetzt kannst Du aufhören an meinem Ich herum zu meckern, da es mit Dir im Grunde nichts mehr zu tun hat. Ich habe nie behauptet, ich sei perfekt! Zugegeben, ich wollte es sein, nicht zuletzt für Dich!

Aber was bitteschön soll denn daran verkehrt sein? Man hat nur dieses eine kleine Leben, warum dann also nicht alles so schön wie nur irgend möglich machen? Das ist nun einmal mein Anspruch an diese so arg begrenzte Zeit, und auch wenn es natürlich bei Weitem nicht immer gelingt, so habe ich es wenigstens versucht! Warum sollte ich mich von vornherein mit weniger zufriedengeben, wenn ich am Ende zwar weniger als alles, aber wesentlich mehr als weniger haben kann? Warum langsam in Gleichförmigkeit ersticken? Arbeiten, abends eine warme Mahlzeit und bestenfalls ein warmes Bett, Tag erledigt, na dann Gute Nacht!

Vielleicht hättest ja DU mit einem Heimchen am Herd die bessere Wahl getroffen? Eine, die keine eigenen Ansichten vertritt, die mit aufgerissenen Augen bewundernd zu Dir aufschaut, wenn Du ihr erklärst, wie man eine Zwiebel korrekt zerhackt und jedes Deiner Worte für eine Offenbarung hält. Ich bin sicher, sie wüsste Dein Hirn besser zu würdigen als ich.

Aber bitte keine Angst! Ich habe nicht vor, es Dir gleich zu tun, indem ich an Deinem Selbstwertgefühl herumkratze. Denn nichts anderes versuchst Du hier, Max, darüber kann das Niveau der Wortverpackung den Inhalt nicht verbergen. Leider hat es nicht funktioniert, denn im Gegensatz zu Dir komme ich mit mir sehr gut aus. Freu Dich am Besten einfach, dass Dir nun keiner mehr Deine hübsch geordnete Ruhe durcheinanderbringt, mit etwas, das Dir anscheinend fremd und hochgradig suspekt ist: Leben!

Du kannst Urlaub machen, wo Du willst, schwermütig sein, wann immer Dir danach ist oder Du meinst einen Grund dafür gefunden zu haben, Dein Chili mit der exakt richtigen Menge Kreuzkümmel würzen und musst Dir vor allem keine Gedanken mehr darum machen, dass jemand nach Deiner ach so wertvollen Freiheit trachten könnte.

Doch vielleicht, nur vielleicht, kommt irgendwann einmal der Tag, an dem Du bemerkst, dass da kein albernes Frauengekicher von der Terrasse zu Dir dringt, was Du als oberflächlich beschimpfen kannst, dass die Frage, ob Gleichberechtigung bedeutet, dass man morgens die gleiche Anzahl Minuten im Badezimmer verbringt, keiner mehr mit Dir erörtern mag.

Dann, ja dann, lieber Max, wirst Du vielleicht, nur vielleicht, erkennen, dass Du letztlich ganz schön einsam bist.

Carlotta

von: carlotta-spatz@web.de
09. Juni, 23:53 Uhr

Max,

wie soll ich Dein Schweigen deuten? Hast Du mittlerweile eine sinnvollere Freizeitbeschäftigung gefunden, als mir die angeblichen Missstände meiner Persönlichkeit vorzuhalten? Oder solltest Du tatsächlich eingesehen haben, dass ich, ebenso wie Du, nun einmal der Mensch bin, der ich bin? Und es infolge dessen müßig ist, darüber zu streiten?

Ich denke, es ist alles gesagt und das, was unausgesprochen bleibt, ringt immer noch nach Worten und wird sie wohl doch nicht mehr finden. Mein Mailpostfach zu öffnen und nicht zu wissen, ob eine neuerliche Mail von Dir darin liegt: Max, ich will das nicht mehr!

Es erinnert mich zu sehr an die Vergangenheit und das brauche ich nicht, nun da ich in die Zukunft schaue. Ja, ich gebe es zu! Es macht mich traurig. Dass das Radio gerade jetzt beschlossen hat, Muse zu spielen, macht es nicht besser, aber irgendwie ist es doch auf melodramatische Weise schön, dass der Soundtrack des Lebens eben manchmal doch funktioniert. Max, höre bitte auf mir zu schreiben, oder höre auf mir nicht zu schreiben, aber spiele nicht länger ein zynisches Spiel, über diesen Punkt sind wir längst hinaus.

Carlotta

von: max.tetten@gmx.de
11. Juni 2011, 12:24 Uhr

Carlotta,

würdest du bitte aufhören, dich so hinzustellen, als gäbe es nur dich in diesem Universum?! Wenn du von mir keine Mail bekommst, kann es auch einfach nur sein, dass ich gearbeitet habe! Wie du sicher weißt, arbeite ich wieder als Koch. Ich war jetzt zehn Tage auf einem Kreuzfahrtschiff und habe dort von früh bis Abend nur geschuftet. An einen Rechner mit Internetanschluss bin ich nicht gekommen. Wenn ich also keine Gedanken an deine leidgeprüfte Seele verschwendet habe, dann ist das nur das Ergebnis deiner Einbildung aufgrund einer fehlenden Mail. Tatsächlich habe ich aber an dich gedacht. An dich und an mich und an das, was wir verloren haben.

Weißt du noch, wie wir auf deinem Teppich lagen und uns gegenseitig unsere Mails vorgelesen haben? Wie wir gemeinsam gelacht und geweint haben? Und nun kramst du in den alten Nachrichten, um mir etwas zu präsentieren, das ICH zu keiner Zeit verraten habe!

Ich werde jetzt nicht der Versuchung erliegen, dich zu zitieren. Vielleicht war es aber doch so, wie ich schon immer befürchtet habe. Wir verlieben uns immer nur in die ureigene Vorstellung von jemand anderem und basteln dann so lange an ihm herum, bis er dieser entspricht. Nur leider vergessen wir dabei, dass der Andere ein echter Mensch ist und mit unserer Imagination möglicherweise herzlich wenig zu tun hat. Vielleicht solltest du das beim Unterricht aufgreifen und insbesondere deinen kleinen Mädels beibringen, dass es vor allem um das Beobachten des Anderen und das Zuhören geht. Nicht ums Träumen, Interpretieren und passend machen. Und möglicherweise können die Kleinen das in Zukunft sogar besser als du.

So, nun muss ich wieder meine Tasche packen. Das nächste Schiff fährt gleich ab und ich bin an Bord. Solltest du es wollen: Ich habe meinen Laptop dabei und kann dir antworten. Bloß nerv mich bitte nicht mit Hanteln und Omas alten Rezepten.

Max

von: carlotta-spatz@web.de
13. Juni, 09:29 Uhr

Max,

ich weiß, dass Du in dieser kleinen Küche unglücklich warst. Und habe ich Dich nicht stets ermutigt, dass das nur der Anfang ist und Besserers auf Dich wartet? Doch nun? Kreuzfahrtschiffe? Ist das die Erfüllung?

Lächerlich sonnenverbrannte Rentner zu bekochen, die Dein Essen nicht zu schätzen wissen, sondern es voraussetzen, weil sie schließlich 5 Sterne gebucht haben. Du läufst einmal mehr einfach nur davon! Aber Max, Du kannst vor mir davon laufen, vor dem Scherbenhaufen unserer Liebe, und doch wirst Du, egal wo Du bist, Dir immer wieder selbst begegnen. Du machst mich rasend!

Also wirklich! Manchmal glaube ich, dass Du Dir einfach eine völlig negative, verdrehte Version einer Carlotta zurecht gelegt hast und darüber hinaus nicht mehr in der Lage bist, mich zu verstehen, geschweige denn, mich so zu sehen, wie ich wirklich bin! Wo Du doch selbst nicht müde wirst, mir genau das vorzuwerfen! Gut Max, lassen wir die Masken fallen!

Anstatt Dir zu erzählen, es würde mir blendend gehen, dass ich mich amüsiere, wie schon lange nicht mehr und nachts um die Häuser ziehe und mich vor Telefonnummern kaum retten kann, werde ich Dir sagen, wie es mir wirklich geht.

Ungeachtet dessen, dass mich sämtliche Freundinnen und Redakteure aller Frauenmagazine dafür ohrfeigen würden. Wir hatten uns hohe Maßstäbe gesetzt und sind letztlich vielleicht sogar daran gescheitert. Max, es sind nicht nur die eigenen Vorstellungen des anderen, die man nur allzu gern an seine Wünsche anpasst. Sondern auch der, realistisch betrachtet, alberne Druck, für den Partner perfekt sein zu wollen. Wie oft verstecken wir uns hinter Masken, von denen wir glauben, dass sie dem anderen besser gefallen, als das, was sich dahinter tatsächlich verbirgt. Im Grunde ist es sogar eine doppelte Täuschung, die am Ende auch die Enttäuschung ins Quadrat nimmt.

Wir bemühen uns nicht, so zu sein, wie der andere uns gerne haben möchte, sondern so, wie wir glauben, dass es der andere gern hätte. Hören wir doch einfach auf damit! Ja, ich bin traurig!

Siehst Du, ich spreche es aus. Es stört mich dabei nicht, dass ich einem wandelnden Klischee entspreche; kurz vor dreißig, Single, kinderlos. Die, die bei Feiern immer zwischen adipöse, sterbenslangweilige Bankberater gesetzt wird und unter deren fehlender Attraktivität den angeblich wundervollen Charakter entdecken soll.

Es stört mich auch nicht, allein zu sein, keinen Partner zu haben. An sich. Ich war ja vor Dir auch nicht permanent unglücklich, bloß weil ich kein Teil eines Paares war. Single sein kann durchaus schön sein.

Solange, genau so lange, bis man von der Existenz eines Menschen weiß, mit dem man gern sein Leben teilen möchte.

Denn dann wird die leere Wohnung, die man abends betritt, vom eigenen Reich zur Bushaltestelle, in der man im Regen sitzt und wartet. Zeitweise fühle ich mich, als hätte man mir ein wichtiges Körperteil amputiert.

Es ist also keineswegs so, dass mir irgendjemand fehlt. Nein, wenn ich ganz ganz ehrlich bin, dann muss ich zugeben, dass Du es bist. Ja, Max, Du fehlst mir! Und ich höre Dich gerade zynisch fragen, ob wirklich Du, oder meine Vorstellung von Dir!

Mir fehlen Deine kleinen Zettel auf dem Küchentisch, wenn ich nach Hause komme. Die verregneten Wochenenden, wo es nichts weiter gab, als uns, ein paar gute Bücher und diese Nähe zueinander. Manchmal, wenn ich nach einem langen Abend mit den Mädels nach Hause kam und Du schon schliefst. Dann habe ich mich zu Dir gelegt und Dir beim Schlafen zugesehen und es gab keinen Ort auf der Welt, wo ich in diesen Momenten lieber gewesen wäre, als genau dort, wo ich war, neben Dir. Ja, wie könnte ich den Abend, der dann Nacht und schließlich Morgen wurde, auf dem Teppich vergessen?

Mir fehlt Dein Gesicht, und wie es sich verändert, je nachdem, worüber Du gerade sprichst. Deine Art, mit anderen Menschen umzugehen, wie Du sie innerhalb kürzester Zeit für Dich einnehmen kannst. Und auch Dein Anblick, wenn Du frühmorgens in die Küche kamst, zerzaust, und ich nur denken konnte, dass Du wahrscheinlich der einzige Mann auf der Welt bist, der in Jeans und einem weißen Unterhemd so anbetungswürdig sexy aussieht.

Ja, wenn ich an all das denke, dann wünsche ich mir, Du wärst wieder hier, wärst besser noch, nie gegangen. Doch dann lese ich Deine letzten Mails und frage mich, ob Du wirklich so wenig von mir hältst, wie es Dein Tonfall vermuten lässt. Ich denke an Deine verbissene Sturheit unter dem Deckmantel hoher Werte und an all die Streitereien. So, wie wir zum Teil miteinander geredet haben, würde wohl kaum einer mit beispielsweise dem Postmann reden, obwohl der einem gar nichts bedeutet.

Ich drehe und wende es, wieder und wieder, frage mich, wo genau der Krebsschaden eigentlich liegt. Wann kam der Punkt, an dem wir anfingen, das Wunderbare, was wir hatten, systematisch zu vergiften?

War es ein Fehler, dass Du beinahe sofort bei mir eingezogen bist? Dass wir den Teil der Verabredungen einfach übersprungen haben? Hat uns das zu früh in den gleichförmigen Alltag getrieben? Warum haben wir aufgegeben, obwohl wir beide die heutige Wegwerfgesellschaft der Gefühle verabscheuen?

Hätten wir vielleicht das eine oder andere Mal unseren Stolz herunter schlucken sollen?

Wie oft kann ein Mensch aufrichtig lieben?

Du hast mich neulich nach dem perfekten Partner gefragt.

Was, wenn ich ihn finde und ihm dann vorhalte, dass er doch einen Fehler hat? Dass er nicht Max ist ...

von: info@reederei-lux.de
20. Juni, 01:23 Uhr

Hallo Carlotta,

du wirst es kaum glauben, aber ich habe an alles gedacht: Laptop, Karte, Laptoptasche, vielleicht sogar den einen oder anderen Gedanken an eine Meldung an dich. Aber das Ladegerät liegt noch zu Hause. Ich weiß also nicht mehr genau, was du mir geschrieben hast, weil ich meine Mails nicht abrufen kann. Aber ich will mich einmal zwischendurch über die Mail des Schiffes melden. Am Mittwoch bin ich wieder in Deutschland, dann bekommst du eine längere Nachricht von mir. Jetzt sehe ich zu, dass ich den Rest von diesem Rum hier trinke und dann gehe ich endlich schlafen. Glaube mir: So hart habe ich in meinem ganzen Leben noch nicht gearbeitet. Und dabei gab es ganz sicher Tage, an denen ich in der Vergangenheit schon dachte, dass es nicht schlimmer werden kann.

Ach ja, bevor ich es vergesse: Sonst glaubst du noch, ich könne mir gar nichts merken: Du fehlst mir auch. Nicht immer. Aber doch ziemlich häufig. Und das nicht nur, wenn ich ein paar Gläser Rum getrunken habe. Bevor ich nun aber gefühlsduselig werde, logge ich mich mal aus und melde mich am Mittwoch bei dir.

Bis dahin,

Prost!

von: max.tetten@gmx.de
23. Juni 2011, 00:52 Uhr

So, Carlotta,

ich hatte dir versprochen, dass ich dir noch richtig antworte und das will ich nun tun. Ich bin wieder heil in Deutschland angekommen und es ist ganz sicher nicht die Erfüllung, für scheinbar verwöhnte Gaumen ein wirklich hochwertiges Essen im Akkord zu kochen, das diese überhaupt nicht schätzen können. Das Vermögen, eine Kreuzfahrt durchs Mittelmeer für mehrere tausend Euro zahlen zu können, hat rein gar nichts mit der Sensorik der Geschmacksknospen zu tun. Aber die betuchten Damen und Herren glauben dies scheinbar wirklich. Von einer Wertschätzung unseres Teams kann also keine Rede sein. Aber ich habe Arbeit und werde so nach und nach resozialisiert.

Nun aber zu dir. Es geht dir also schlecht. Das ist sehr schade und es tut mir ehrlich leid. Ich will nicht, dass es dir schlecht geht. Vor allem will ich nicht, dass es dir wegen mir schlecht geht. Andererseits ging es uns schon geraume Zeit miteinander schlecht und da mussten wir uns auch noch jeden Tag sehen. Insofern ist es doch schon fast ein Gewinn, dass es uns nicht besonders gut geht mit dem anderen, wir ihn aber zumindest nicht mehr sehen müssen. Jetzt hältst du mich wahrscheinlich wieder für zynisch. Das will ich nicht sein.

Dass gerade du mir Sturheit vorwirfst, hat etwas von der Geschichte mit dem Glashaus. Ja, ich bin stur! Und ja, du bist es auch! Es geht auch gar nicht darum, wer von uns beiden nun sturer als der andere ist. Das ist völlig egal. Ich habe den Eindruck, dass wir es miteinander einfach nicht schaffen, dem anderen ein Stück entgegen zu gehen. Das hat an der Stelle auch nichts mit Beziehungsunfähigkeit zu tun, sondern einfach nur damit, dass es wohl nicht sein soll. Wir können es eben nicht! Wir mögen vieles miteinander können, aber eben nicht dauerhaft miteinander leben. Und ob du mich nun in Jeans und Shirt anbetungswürdig findest oder nicht, reicht nie und nimmer für ein Leben zu zweit.

Du kannst darauf wetten, dass ich auch dich vor mir sehe, wie du mit einem Paar deiner gesundheitsgefährdenden Schuhe in das Wohnzimmer gestöckelt kommst. Nur mit deinen Schuhen bekleidet ins Wohnzimmer kommst. Ja, das bleibt ein Anblick, den ich nicht missen möchte.

Doch taugt dieser Reiz für ein gemeinsames Leben? Zur Gänze wohl kaum. Es liegt aus meiner Sicht auch nicht daran, dass wir zu schnell zusammengezogen sind. Wir sind keine zwanzig mehr und wissen, was wir wollen, oder besser wollten. Dahinter lag auch kein praktisches oder monetär orientiertes Denken versteckt. Möglicherweise hatten wir beide viel zu große rosa Brillen auf. Ja, vielleicht. Aber im Grunde war es richtig. Wenn, dann einhundert Prozent. Mit allem Drum und Dran.

Und dann hätten auch Kinder kommen können. Aber eben ohne Druck und Zwang. Ohne dauernde Debatten von Seiten der Frau, die am liebsten gleich nach dem Akt aufspringt und das Kinderzimmer gedanklich einrichtet. Carlotta, wenn so etwas pathologisch wird, braucht eine Frau keinen Mann, sondern einen Arzt! Ganz sicher hat der Mann zum Thema Kinder von Anbeginn einen anderen Bezug. Das fängt schon beim ursächlichen Akt an. Für uns Männer passiert der außerhalb unseres Körpers. Ihr Frauen erlebt alles in euch. Es hätte für das Verständnis, dass hier etwas grundverschiedenes passiert, nicht einmal des Buches »Männer sind vom Mars und Frauen von der Venus« bedurft. Wozu auch? Dazu kommt dann, ob du es bestreiten willst oder nicht, deine innere Uhr, die so laut tickt, dass Mann nachts kaum schlafen kann und im Prinzip ist es so, als würde der Klöppel deiner laut läutenden Glocke dauernd zwischen meine Beine schlagen. Und dabei soll ich Lust auf Kinder bekommen? Die männliche Logik ist nicht deshalb so sachlich, weil ich kein Gefühl für Kinder habe, sondern weil es zunächst einfach fremd ist. Das hat rein gar nichts mit einer gefühlten Überforderung wegen der Verantwortung für ein künftiges Leben oder Angst vor Veränderung zu tun! Es ist einfach nur furchtbar weit weg! Ich glaube, dass wir Männer erst dann eine Bindung zu diesen kleinen Wesen aufnehmen, wenn der Bezug zur Mutter kleiner wird. Gedanklich hattet ihr Frauen ja schon immer ein Kind im Bauch, aber dann ist es dort wunderbare neun Monate lang tatsächlich. Es bewegt sich in euch, ihr könnt versonnen mit der Hand über den immer größer werdenden Bauch streichen und redet die gesamte wache Zeit auf diesen wehrlosen Zellhaufen ein. Bei der Geburt hat es euch fast zerteilt, doch ihr verzeiht diesem Würmlein, weil es sich danach jeden Tag mehrfach vertrauensvoll an euren Busen schmiegt. Denn die Frau ist die einzige Institution auf dieser Welt, die dem armen Häuflein Leben Nahrung geben kann. Und wir Männer hocken während der ganzen Zeit ab der Zeugung blöde daneben und freuen uns auf den Tag, wenn dieser kleine Scheißer endlich in der Lage ist, vor einen Ball zu treten und wir ihm zeigen, wie man ein Nasenloch ausschnaubt. Das heißt aber nicht, dass wir Männer uns nicht freuen! Nein, Kinder sind auch für uns das Größte. Halt erst dann, wenn sie da sind.

Verstehst du das eigentlich?

Jetzt habe ich viel mehr geschrieben, als ich eigentlich wollte. Was ich auf jeden Fall noch sagen will: Uns hat nicht der Alltag zermürbt. Aus meiner Sicht war es dein Wahn, dieses »Carlotta plus Max ist gleich ein süßes kleines Zauberwesen« so dauerhaft zum Thema zu machen, dass es einfach nur erdrückend war. Von mir aus hättest du nach der ersten Nacht schwanger sein können, nach der zehnten oder wann auch immer. Aber unser Zusammenleben hätte mehr verdient gehabt, als das zwanghafte Debattieren über eine Familiengründung.

So, du Oberglucke ohne Ei, vielleicht beruhigt es dich, dass ich auch sehr oft an dich denke. Wenn ich den Part mit dem Kind weglasse (also ziemlich oft den Ton abschalte), sind es sogar eine Menge schöner Bilder, die ich sehe.

Bis bald, Max

von: max.tetten@gmx.de
23. Juni, 23:43 Uhr

Hallo Carlotta,

ist es eine sich selbst erfüllende Prophezeiung, dass nur die von dir aufgestellten Regeln zwischen uns gelten dürfen: »Max, höre bitte auf mir zu schreiben, oder höre auf mir nicht zu schreiben, aber spiele nicht länger ein zynisches Spiel, über diesen Punkt sind wir längst hinaus.« Unabhängig davon, dass ich durchaus einen sinnvollen Grund hatte, dass ich nicht schreiben konnte, hast du mir gleich einmal einen Vorwurf an den Kopf geknallt. Sollte ich eine Entschuldigung in der Folgemail überlesen haben? Wohl kaum. Schade nur, dass ich in unseren Streits nie die Möglichkeit hatte, auf eine Äußerung schriftlicher Art von dir zurückzugreifen. Dann wäre es mir doch das eine oder andere Mal gelungen, dich davon zu überzeugen, dass du keine anderen als deine Spielregeln gelten lässt.

Aber, mach dir keine Sorgen. Dies hier soll kein Vorwurf werden. Ich hatte nur geglaubt, dass du noch einmal schreibst. Nein, eigentlich hatte ich es erwartet. Vielleicht auch nur gewünscht. Ganz gleich, ob du nun nur viel um die Ohren hattest, oder einfach nicht wolltest: Ich habe zumindest nach einer Antwort von dir geschaut. Möglicherweise kommt ja noch eine.

Schlaf gut,

Max

von: max.tetten@gmx.de

03. Juli, 16:43 Uhr

Carlotta,

sind das irgendwelche Spielchen von dir oder hattest du mir wirklich nur eine Mail geschrieben, weil du die Hanteln sachgerecht entsorgen wolltest? Oder, was ja auch nicht völlig ungewöhnlich wäre, hast du dich einfach nur beim Adressaten deiner Mail geirrt und es waren gar nicht meine Hanteln? Ganz gleich, wie es nun wirklich ist: Einen schönen Sommer wünsche ich dir.

Max

von: max.tetten@gmx.de
14. Juli, 00:21 Uhr

Hallo Carlotta,

bist du im Urlaub? Hast du dich Hals über Kopf in einen neuen Referendar verliebt und kommst nun nicht mehr zum Antworten? Soll ich deine Vorwürfe bezüglich meiner schreiberischen Abstinenz nun ins Verhältnis zu der deinen setzen? Irgendetwas hinein interpretieren? Mir gar nichts dabei denken? Oder trägst du mir nun doch meine Hanteln hinterher, hast sie einsam und verlassen auf ein kleines Kanu gewuchtet, dich dazu und treibst nun allein auf dem Pazifik, Ausschau haltend nach einem Kreuzfahrtschiff voller Rentner und anderer verwöhnter Insassen? Während du dich also um eine Antwort drückst, war ich wieder auf einer Kreuzfahrt und ja, ein Stück weit hast du natürlich recht. Das ist im Grunde nichts für mich. Neulich war ein Gast in der Küche und machte ein Riesentheater, weil ihm die Crème brûlée nicht schmeckte. Wenn ich wüsste, wie das ginge, würde diese Pampe nicht so stark nach Karamell schmecken, wie sie es tat. Dieser Banause! Vor dem Essen das Gebiss noch einmal mit Corega Tabs reinigen, aber dann wundern, dass alles komisch schmeckt! Und wir katzbuckeln natürlich vor den zahlenden Idioten und versprechen umgehenden und wohlschmeckenden Ersatz. Dabei müsste man solchen Idioten einfach nur das Gebiss aus dem Gesicht schlagen, es dann ins Meer werfen und in den restlichen Tagen bis zur Ankunft nur noch Brei servieren!

Vielleicht meldest du dich ja mal bei mir. Ich würde mich freuen. Aber bitte schalte den Mecker-Modus aus!

Der »Ich schreibe einfach einmal eine nette Mail an Max Modus«, weil ich ihm ja geschrieben hatte, dass er mir fehlt, wäre ganz in Ordnung. Oder eine Mitteilung, ob du überhaupt noch gedenkst zu schreiben.

Max

von: max.tetten@gmx.de

14. Oktober, 23:58 Uhr

So, Carlotta, du hattest reichlich Zeit und ich habe jetzt die Nase voll. Ich habe einen Teil der Geschichte mit dir einfach aufgeschrieben und werde sie nun irgendwo im Netz veröffentlichen. Du magst ja das Internet, Facebook und Mails so sehr. Solltest du an irgendeiner Stelle noch Unklarheiten gehabt haben, was ich worüber denke, du kannst es nun nachlesen.

Max

von: carlotta-spatz@web.de

16. Oktober, 13:39 Uhr

Schlusspunkt

Ach je Max,

meinst Du wirklich, das könnte mich beeindrucken? Haben wir nicht früher immer gemeinsam darüber gelacht, wie die Menschen sich und ihre schmutzige Wäsche immer mehr im Netz bloß stellen?

Wie sie fröhlich-öffentlich vor sich hin menstruieren und sich selbst nicht zu schade dafür sind, die Konsistenz ihres Stuhlgangs zu dokumentieren?

Doch bitte, wenn es Dir irgendeine Art von Befriedigung verschafft, dann lass Dich nicht davon abhalten! Auch wenn ich mir nicht vorstellen kann, dass Deine neue Flamme davon begeistert sein wird. Sagt es nicht ziemlich viel über Deine Gefühle ihr gegenüber aus, wenn Du öffentlich der Ex hinterher heulst? Natürlich nicht in bekennenden Worten, nein, dazu hast Du zu viel Stil. Und dennoch, es wird Dich zumindest einiges an Zeit und bestimmt auch an Kraft gekostet haben, unsere Memoiren niederzuschreiben. Und das tut man schließlich nicht, wenn man mit einer Sache abgeschlossen hat, oder?

Wie auch immer.

Dass ich schließlich und endlich mit Dir abschließen konnte, das verdanke ich Dir. Und wie es das Wort »Verdanken« schon so schön beschreibt, bin ich Dir tatsächlich dankbar dafür. Es war der Abend des letzten Schultages vor den Sommerferien. Das ganze Kollegium traf sich in der Strandperle, um zu feiern. Der Abend versprach einen Sommer, der niemals kommen sollte und wir alle waren guter Stimmung. Ja, sogar ich ließ mich anstecken und meinen Kummer um Dich vergessen. Im Schein der untergehenden Sonne und der nie verlöschenden Lichter des Hafens feierten wir ausgelassen, tranken Cocktails und fühlten uns genauso frei und unbeschwert wie die Kinder, die wir einige Stunden zuvor in die Sommerferien entlassen hatten. Irgendwann gab Isabelle mir ein Zeichen, dass sie unter vier Augen mit mir reden wolle. Wir entfernten uns ein Stück von den anderen und schlenderten durch die Elbstrandbesucher, die zu hunderten mit ihren Grills den Sand bevölkerten. Was sie mir erzählen wollte, habe ich bis heute nicht erfahren, denn wir entdeckten Dich beinahe gleichzeitig. Du lagst ausgestreckt im Sand, scheinbar völlig versunken in das reiz- und farblose Gesicht Deiner Begleiterin. Sie lächelte Dich dümmlich grinsend an, als Du ihr eine Haarsträhne zur

Seite schobst. Und obwohl mir plötzlich furchtbar übel war, konnte ich trotzdem nicht anders, als hinzusehen. Irgendwie wollte ich mir trotz dessen, was ich sah, einreden, dass es auch alles ganz harmlos sein könnte. Vielleicht war sie eine verschollene Schwester, die plötzlich aus dem Nichts aufgetaucht war. Oder die Beiköchin, die gerade ihren Mann verloren hatte. Doch dann hast Du dich über sie gebeugt und sie geküsst.

Und ich hatte genug gesehen. Ich stolperte durch den Sand und kam doch nicht vorwärts, ich spürte Isabelles Hand auf meiner Schulter, doch ich ignorierte sie. Isabelle folgte mir wortlos bis vor zum Fährhafen. Ich bat sie, mich alleine zu lassen und sie verstand, nahm mir aber das Versprechen ab, sie am nächsten Tag anzurufen.

Vielleicht hätte ich es ertragen können, wenn Du irgendein Mädchen in einem Club abgeschleppt hättest. Unverbindlich, für eine Nacht. So trösten wir Frauen uns. Und verschwinden im Morgengrauen, nicht wissend, ob wir uns jetzt wirklich besser fühlen. Aber nein, das reicht Dir ja nicht! Selbst wenn es nur ein bedeutungsloses Intermezzo war, was ich da gerade beobachtet hatte, so war die unverhohlene Romantik dieser Situation einfach zu viel für mich! Selbst wenn sie Dir gar nichts bedeutet hatte, Du hast zumindest dafür gesorgt, dass Du ihr etwas bedeutest!

Ich stieg in die Fähre, um zu dem Parkplatz zurückzugelangen, wo ich mein Auto abgestellt hatte. Anderenfalls hätte ich zurück gemusst und ich wollte Dir auf keinen Fall noch einmal begegnen. Und dieser Person schon gleich gar nicht. Es herrschte rege Betriebsamkeit auf dem Deck der Fähre. Gutgelaunte Menschen, wohin ich auch sah. Nur ich passte nicht in ihre Mitte. Ich sah zu den Sternen auf, aber ich sah nur Dich und dieses unsägliche Weibsbild. Wahrscheinlich zeigtest Du ihr gerade die Sternbilder, die Du vorher gegoogelt hattest, um sie zu beeindrucken. Erneut wurde mir übel.

Die Fähre hatte unterdessen einige Zickzacklinien auf der Elbe genommen und ohne wirklich auf den Hafen zu achten, stieg ich aus, weil ich mich am richtigen Ufer wähnte. Es können eigentlich nur Sekunden gewesen sein, bis ich bemerkte, dass ich einen Fehler gemacht hatte. Die Fähre war weg und ich stand allein und verlassen auf dem Dock. Außer mir war keiner der zahlreichen Fahrgäste ausgestiegen.

Das konnte nichts Gutes bedeuten. Die Brücke, die an Land führte, knackte bedrohlich unter meinen Schritten. Hinter der Kaimauer: nichts. Eine Kopfsteinpflasterstraße, die in einem Wendehammer vor mir endete und ein dunkler Weg zu meiner Linken, der unheimliche Geräusche machte. Durch meine Unachtsamkeit war ich mitten im Hafen gelandet, die nächste Fähre sollte erst eine Stunde später halten. Im Nachhinein mag es vielleicht lustig klingen, denn wovor sollte ich schon Angst haben, außer mir war ja keiner da. Aber in diesem Moment war ich mir sicher, dass ich den Morgen nicht erleben würde.

Irgendeine zwielichtige Gestalt würde mich schon aufspüren und am nächsten Tag könnte man dann nur noch meine Einzelteile aus der Elbe fischen. Ich hatte nicht mal ein Pfefferspray in der Tasche. Nachdem ich vergeblich bei vier Taxizentralen um einen Wagen gebeten hatte, gab der Akku meines Handys den Geist auf. Glücklicherweise habe ich ja aber immer einen zum Wechseln dabei. Nur war das blöde Ding aus China ausgelaufen und funktionierte nicht mehr. Ich weiß, das klingt schlimmer als jedes Klischee, aber es war genau so. Meinen Autoschlüssel als einzige Waffe fest umklammernd saß ich in dem Wartehäuschen und dachte über mein Leben nach.

Die Elbe begleitete meine Gedanken mit gluckernden Geräuschen und ich schwor mir, sollte ich den nächsten Morgen erleben, würde ich mein Leben ändern. Meine Wut auf Dich oder uns und unsere gescheiterte Beziehung kamen mir auf einmal lächerlich klein vor. Am gegenüberliegenden Ufer, da, wo ich eigentlich hätte sein sollen, strahlten die Lichter in der Dunkelheit zu mir herüber. Und in dem Moment habe ich den Norden gehasst. Ich kam mir fremd und allein vor. Ich wollte nach Hause, wo immer das auch sein mochte. Ich wollte nicht länger ein trauriges Bündel Mensch sein! Ich wollte mein Leben wieder haben. Irgendwann muss ich wohl eingeschlafen sein.

Es hatte mich keine zwielichtige Gestalt gefunden, denn als ich aufwachte, frierend, aber lebendig, graute bereits der Morgen und die Fähre, die am Abend nicht mehr gekommen war, spuckte die ersten Hafenarbeiter aus.

Ich stieg ein und änderte mein Leben.

Wärst Du auch nur einmal bei mir vorbei gekommen, anstatt mir zu schreiben, so hättest Du festgestellt, dass ich gar nicht mehr in der Schröderstraße wohne. Ich bin aus Lüneburg fortgegangen. Nach einigem Hin und Her mit der Schulbehörde ist mir eine Versetzung gelungen. In Werder, einer kleinen Stadt bei Potsdam, war eine Stelle frei geworden, die ich übernehmen konnte. Max, ich habe ein neues Leben begonnen und mit Dir abgeschlossen. Es geht mir gut, ich bin glücklich. Bitte kontaktiere mich nicht wieder!

Ich wünsche Dir ein schönes Leben, mit oder ohne dieser reizlosen Gestalt, es ist mir egal.

Carlotta

von: carlotta-spatz@web.de
19. Dezember, 20:34 Uhr
Frohe Weihnachten

Lieber Max,
liegt es an den Brandenburgischen Konzerten, die mich heute kalt erwischten, als ich im Auto saß, und mich an letztes Weihnachten erinnerten? Ich weiß es nicht, aber ich musste heute den ganzen Tag an Dich denken. Max, ich wünsche Dir frohe Weihnachten und einen guten Start ins neue Jahr, wo immer Du auch gerade sein magst.
Carlotta

von: max.tetten@gmx.de
07. Januar, 17:49 Uhr
Re: Frohe Weihnachten

Liebe Carlotta,
als ich begonnen habe, diese Mail zu schreiben, stand in der ersten Zeile, dass ich seit Stunden vor deiner Nachricht sitze und sie wieder und wieder lese. Ich schreibe noch immer diesen elektronischen Brief an dich. Seit dem 16. Oktober suche ich nach den richtigen Worten. Und nachdem mich deine Weihnachtsmail erreicht hat, ist es nicht mehr nur so, dass mich mein eigenes schlechtes Gewissen quält. Nun fühle ich mich dir gegenüber doppelt, dreifach, ach, potenziert schuldig. Während ich es nicht einmal schaffe, dir über einen Zeitraum von fast drei Monaten zu antworten, findest du trotz aller Wut auf mich die Worte und die Größe, mir eine Weihnachtsnachricht zu schicken. Ich danke dir dafür.

Es fällt mir noch immer nicht leicht, dir zu schreiben. Natürlich könnte ich es mir einfach machen und dir sagen, dass ich kaum Zeit hatte. Das stimmt. Aber nur zum Teil. Ich habe etwas gemacht, das schon so lange überfällig war. Etwas, das mich endlich ankommen lässt. Doch so sehr es mich berührt, dass ich darüber Gewissheit habe und ganz tief in mir spüre, wer ich bin und wo ich hingehöre, fehlt etwas. So oft schon habe ich mich gefragt, ob du das sein könntest. Immer wieder gibt es Momente der Leere, die nur deshalb entstehen, weil ich an dich denke. Doch ich glaube, dass es erst einmal wichtig ist, etwas auszuräumen, was seit dem Sommer zwischen uns steht.

Zunächst glaube ich, dass jeder von uns das Recht darauf hatte, sich zu öffnen und eine Beziehung, egal welcher Qualität, einzugehen. Ob nun eine Geschichte für eine Nacht, oder aber der Volltreffer, mit dem man das restliche Leben verbringen will, letztlich könnte es dem jeweils anderen egal sein. Denn wir waren und sind getrennt und müssen deshalb nicht mehr auf unsere Gefühlslagen Rücksicht nehmen. Weil ich aber glaube, dass es nicht nur für mich, sondern auch für dich wichtig ist, will ich dir die Wahrheit über diesen Sommer erzählen.

Ich war an einem Abend im Park und saß auf unserer Bank. Genau auf der, auf der wir wie Hugh Grant und Julia Roberts in Notting Hill saßen. Ich aufrecht und mit den vielen Blatt Papier in der Hand, auf denen unsere Mails komplett ausgedruckt waren. Du mit deinem Kopf auf meinem Schoß, mir mit geschlossenen Augen lauschend. Dabei erinnerte ich mich nicht verklärt romantisierend an diese Szenerie. Nein, es war, als ob man sich lange Zeit nach dem Hausbau vor sein Heim setzt und auf das Fundament schaut. Damit hat alles begonnen. Und wenn diese Grundlage nicht da wäre, gäbe es die Mauern nicht. Sie gibt dem gesamten Bau Sicherheit und Stabilität. Unser Ursprung liegt in unseren Mails. Ich wollte dieses Gefühl von damals zurückhaben, doch es gelang mir nicht. Du warst noch immer bei mir, aber doch so fern. Ich saß allein und verlassen auf der Bank.

Später ging ich traurig durch Lüneburg. Ganz bewusst wollte ich dich nicht suchen. Ich sagte mir, dass es das Schicksal ganz allein besorgen müsste, dass wir einander begegnen. Denn wenn das passierte, dann könnten wir uns dem nicht mehr sperren und müssten es akzeptieren. Auf meinem Weg durch die Stadt begegnete ich dir nicht. Ich hätte auch nicht gewusst, was ich mit dir, mit uns hätte anstellen sollen. Wir wären uns doch nur fremd gewesen, weil wir mit unseren Panzern aufeinandergetroffen wären. Diese Schutzhüllen, mit denen wir unsere verletzten Seelen umgeben. Während meines Spaziergangs wurde mir klar, dass wir nie auf das wirkliche Leben vorbereitet werden. Wir lernen in der Schule tausend wichtige Dinge aus der Biologie, der Mathematik und in Deutsch lesen wir Klassiker mit den großen Themen der Menschheit. Die Liebe gehört auch dazu, unbedingt. Doch wir lesen darüber, fühlen etwas nach und haben eine diffuse Idee eines unglaublichen Gefühls.

Aber haben wir es echt erlebt? Wird uns beigebracht, wie es sich anfühlen muss? Was macht uns später nur so sicher, dass wir die eine Liebe im Leben gefunden haben? Ist diese Tiefe schon tief genug? Geht es noch tiefer, und wenn ja, mit wem, verdammt nochmal? Oder ist das gerade Erlebte schon die größte Gefühlsamplitude, die wir haben können und alles Folgende wird bloß noch ein blasses Abziehbild sein? Eine billige Kopie des wirklich größten, das wir schon erlebt haben, aber bei dem wir zu blöde waren, es zu erkennen?

Ich glaube also, dass wir etwas Großes weggeworfen haben, weil wir an den kleinen Dingen zerbrochen sind. Der einzige Trost dabei ist, dass es fast allen so geht. Ehepaare, die sich über die Jahre ertragen, weil sie aufgehört haben, miteinander zu reden, weil sie einander selbstverständlich geworden sind, sich nicht mehr sehen, ja gar nicht mehr sehen wollen. Dabei haben sie einst die Einzigartigkeit eines anderen Menschen und die Vervollkommnung des eigenen Lebens geheiratet. Wir waren auf dem besten Weg genau dorthin. Und warum? Weil wir aufgehört haben, uns zu sehen. Weil wir nicht mehr übereinander staunten, sondern jede unserer Regungen und Meinungen in unser jeweils eigenes Raster einpassen wollten. Unsere zwei Universen beharrten stur auf ihrer Einmaligkeit, blind dafür, dass ein noch viel größeres möglich war, wenn wir sie zusammengetan hätten. Diese Erkenntnis ist hart und sie tut weh. Vielleicht reicht dieser Schmerz auch aus, um zu wissen, dass es fraglos die Tiefe hatte, die in der Schule als lebenswerte Liebe gelehrt worden wäre.

»Lieber Max, für diese Liebe bekommst du eine Zwei Plus. Und schau nicht so traurig, die eins gibt es im Grunde nicht. Möglicherweise hatten die Romeo und Julia, aber die sind daran gestorben. Also, lass den Kopf nicht hängen.«

Und Max setzte sich und freute sich irgendwann doch noch über seine Zwei Plus, weil es ein Geschenk war, dass wir sie hatten. Ich ging noch mehrere Abende hintereinander durch Lüneburg. Meine Stimmung besserte sich, weil ich mehr und mehr begriff, dass wir die Zeit nicht zurückdrehen können und die Schmerzen, die wir uns zugefügt haben, kaum wieder lindern können. Sie werden vergehen. Doch in mir werde ich immer die Bilder von uns haben, die mir Kraft geben und an die ich gern zurückdenke. Ich landete irgendwann in der BarBarossa vor einem Mojito. Aus einem wurden zwei und es waren am Ende so einige, als ich mit einer Frau ins Gespräch kam. Karla, dreißig Jahre alt, frisch getrennt, Sehnsucht nach Ankunft und einer Familie in den Augen und bei jedem ihrer Sätze hallten die Glocken ihrer biologischen Uhr nach. Wir verstanden uns gut, auch wenn weder an diesem Abend, noch an den späteren ein Funke übersprang. Es war in Ordnung, Zeit mit ihr zu verbringen, mehr aber auch nicht.

Es war eben jener letzte Schultag vor den Sommerferien, an dem ich wieder an Bord gehen musste, um die feinen Schnösel mit Dingen zu bekochen, die sie nicht verdienten. Doch es gehörte zu einer meiner Bewährungsauflagen, dass ich immer pünktlich sein musste und ohne Murren meinem Dienst nachkam. Karla wollte mich zum Schiff begleiten, was mir logistisch recht war, wofür ich aber zwischenmenschlich keinen Anlass sah. Wir waren nahe des Hafens, eben unweit jener »Strandperle«, wo wir uns in den Sand setzten und auf das Wasser schauten.

»Glaubst du, dass aus uns etwas werden könnte, wenn du nicht wegfahren müsstest?«, fragte sie mich völlig unvermittelt.

Ich schaute sie an und versuchte, nicht zu überrascht zu wirken. Ich schob ihr eine Haarsträhne aus dem Gesicht und sagte ehrlich zu ihr: »Ich glaube nicht, dass es damit zu tun hat. Du hast dich erst vor kurzem getrennt und auch ich hatte eine Beziehung, die noch zu stark nachwirkt. Ich will dich nicht vergleichen oder für Dinge verantwortlich machen, mit denen du gar nichts zu tun hast. Du sollst keine Projektion werden. Ich glaube vor allem, dass es nicht der richtige Zeitpunkt ist und der auch nicht so bald kommen wird.«

»Ich kann warten. Ich weiß, dass es sich lohnt«, sagte sie, zog meinen Kopf zu sich und begann mich zu küssen. Ihre Lippen waren weich und voller Sehnsucht. Da gab es eine Menge Versprechen und pure Verheißung zu schmecken. Doch ich wusste, dass es falsch war. Also zog ich meinen Kopf zurück. »Das macht es weder einfacher, noch besser.«

»Ich weiß«, antwortete sie und küsste mich wieder.

Bis zu meiner Abfahrt konnte ich ihr klarmachen, dass sie nicht auf mich warten soll. Sie weinte und tat mir sehr leid. Doch auf Mitleid kann man keine Beziehung bauen. Es ist ein ganz schlechtes Fundament. Das, was mich also ihr gegenüber bewegte, war einzig und allein das Wissen darüber, dass ich in ihr eine Hoffnung geweckt hatte, die ich nicht erfüllen konnte und wollte. Hätte ich zu diesem Zeitpunkt gewusst, dass gerade du in der Nähe warst und uns gesehen hast, ich wäre sofort zu dir gekommen, um wenigstens das klarzustellen. Alles andere ist ein zu großer Berg, um ihn mal eben abzutragen, aber dieses Missverständnis tut mir leid und das wäre ich gern losgeworden.

Ich will dir aber auch sagen, dass ich mich dabei nicht unbedingt selbst verstehe. Es ist die eine Sache, dass Karla meine Gefühle nicht so entflammt hat, dass ich in ihr eine gemeinsame Zukunft hätte sehen können. Die andere ist aber die, dass ich eigentlich der Meinung bin, dass wir eigene Wege gehen könnten. Doch, warum zum Teufel, kann ICH es dann nicht? Warum klebt da noch etwas an mir, das wie ein unsichtbarer Carlotta-Schleier ist, der sich nicht abwaschen lässt, ganz gleich, wie heiß ich dusche und ob ich Schmierseife oder Spiritus verwende? Warum habe ich diese Zerrissenheit, ob ich dir das überhaupt schreiben soll oder besser für mich behalte? Warum habe ich ein schlechtes Gewissen, weil ich dich enttäuscht haben könnte, mit dem, was du am Strand gesehen hast? Obwohl es mein verdammtes Recht gewesen wäre, Karla genau dort flachzulegen, ob du zugeschaut hättest, oder nicht?! Carlotta, ich gebe es gern zu. Du bist noch bei mir, ob ich es will oder nicht. Ich will dich aber im realen Leben nicht bei mir haben, weil ich weiß, wie das wieder werden würde. Aber vielleicht täte es mir und dir doch gut, wenn wir wieder mehr schreiben. Sei es, dass dabei Muse im Hintergrund läuft, oder eben die Brandenburgischen Konzerte.

Ich denke an dich. Öfter, als mir lieb ist. Und ich wünsche dir ein gesundes neues Jahr.

Max

Von: carlotta-spatz@web.de

08. Januar, 19:49 Uhr

Lieber Max,

völlig ahnungslos rief ich gestern Abend meine Mails ab, weil ich auf eine längst überfällige Versandbestätigung warte, und plötzlich warst Du wieder da! Nicht der Max, der mich nach einem Streit allein in der Wohnung zurückließ und auch nicht der, der keine Familie mit mir gründen wollte. Nein, der Max, in den ich mich damals verliebt hatte, ohne ihn je gesehen zu haben. Für ein paar glückliche Minuten fühlte ich mich in die Zeit von vor zwei Jahren zurück versetzt. Und wenn ich noch einen kleinen letzten Stoß gebraucht habe, so hat ihn Deine Mail kurioserweise bewirkt.

Meine Wut ist verraucht.

Ich sehe gerade aus dem Fenster, der Nebel über dem Schwielowsee lichtet sich und doch weiß man noch nicht, ob dahinter die Sonne wartet oder eine graue Wolkendecke. Das ist es, was ich jetzt fühle. Und ich weiß, dass Du es verstehst. Lange Zeit war ich noch nicht an diesem Punkt. Das Bild von Dir und dieser Frau hatte sich in meine Netzhaut gebrannt. Dabei war ich weniger wütend auf Dich oder sie, sondern vielmehr auf mich selbst. Dass es mir so viel ausmachte, Euch dort zu sehen, das war es, womit ich nicht klarkam. Und natürlich ist es wesentlich leichter, seine Wut auf andere zu richten, als gegen sich selbst.

Daher danke ich Dir für Deine Klarstellung, auch wenn ich weiß, dass Du mir längst keine Rechenschaft mehr schuldig bist. Aber in Momenten wie diesen, misst man nur zu gern mit zweierlei, wenn nicht gar vielfachem Maß. Deinen kryptischen Zeilen entnehme ich, dass Du Kontakt zu Julia aufgenommen hast. Natürlich frage ich mich nun auch, ob Du der Vater bist oder nicht, aber wie auch immer das Ergebnis ausgefallen ist, offenbar macht es Dich zufrieden und das freut mich aufrichtig.

Wirst Du es mir sagen? Zum ersten Mal nach langer Zeit fühle ich mich durch Deine Worte mit Dir verbunden. Sie liegen wie eine warme Decke um meine Schultern und gaukeln mir vor, all die Antworten zu kennen, die ich dem glucksenden Wasser vor mir stelle.

Und doch weiß ich nicht, ob es richtig wäre. Ob es uns beiden gut tun würde, wieder zu schreiben. Als ich mich damals von Martin trennte, dann aus dem Grund, dass ich glaubte, ich könne noch mehr fühlen. Ja, diese Liebe hätte in Deiner Metapher nur eine Vier Minus bekommen. Und das war nicht genug. Nicht genug für ein Leben. Zu gehen in dem festen Glauben, dass da noch mehr sein müsse, war richtig. Doch seitdem Du fort bist, habe ich Angst. Und es ist nahezu grotesk, dass ausgerechnet Du es aussprichst, in Worte packst und somit real werden lässt. Ja Max, auch ich hatte die Angst, dass ich mit Dir schon das Maximale gefühlt habe, dass ich dieses Gefühl nie wieder werde übertreffen können. Vielleicht war aber auch genau diese Angst etwas, was mein Leben zum Positiven verändert hat.

Als ich in Werder ankam, beschlich mich das ungute Gefühl, davon gelaufen zu sein. Plötzlich kam ich mir überhaupt nicht mehr mutig, meine Entscheidung mir nicht mehr lebensverändernd vor. Ich war weggerannt und hatte mich somit lediglich der Wahrscheinlichkeit beraubt, Dich zufällig auf der Straße zu treffen. Meine Möbel waren eingelagert, ich wohnte die ersten Wochen in einer kleinen Pension. Bis zum Ende der Ferien wollte ich eine Wohnung gefunden haben. Aber was ich mir auch ansah, nichts fühlte sich wie ein Zuhause an. Wenn ich nicht gerade Wohnungen besichtigte, lief ich. Ich joggte unzählige Kilometer und kam doch nie an. Bis ich es eines Tages entdeckte. Ein kleines Häuschen, versteckt hinter wucherndem Gestrüpp, direkt am See. Und wie ich mir einen Weg durch das Unkraut bahnte, entstanden Bilder in meinem Kopf. Das Häuschen veränderte sich vor meinen Augen, erhielt einen neuen Anstrich, die Tür öffnete sich und ich konnte beobachten, wie ich aus der Tür trat. Ich trug ein flatterndes Kleid und karierte Gummistiefel an den Füßen, auf der Hüfte einen Wäschekorb. Und wie ich damit beschäftigt war, die weiße Wäsche aufzuhängen, kamen ein Mann und ein kleines Kind aus dem Haus. Sie lachten und liefen auf mich zu. Der Mann war sehr verschwommen, aber Dir nicht unähnlich.

Als unter meinem Fuß ein Zweig krachend zerbrach, erwachte ich aus meinem Tagtraum. Ja, dieses Haus wäre einfach perfekt gewesen, wenn ich eine Familie hätte. Ich lief zurück zur Pension und schaute mir weiterhin Wohnungen an.

Doch das Haus ließ mir keine Ruhe. Nachts träumte ich davon. Jeden Tag lief ich hin, wie magisch davon angezogen. Und eines Tages kam mir ein Gedanke. Die meisten von uns haben eine klare Vorstellung davon, wie ihre Zukunft aussehen soll. Und dabei verschwenden wir die Gegenwart und vergessen, dass sie nichts anderes als die Zukunft von gestern ist. Wir wissen genau, was uns glücklich machen würde, aber nicht wie man glücklich ist! Ständig sagen wir Dinge wie: »Wenn ich erst fünf Kilo abgenommen hätte, dann wäre ich glücklich!«

Was aber, wenn man diese fünf Kilo nie abnehmen würde?

Wenn ich dieses Auto, diesen Job, die Schuhe, diesen Mann, die Frau hätte ... was aber, wenn uns morgen ein Blumentopf auf den Kopf fällt?

Wann waren wir dann glücklich? Wir wären glücklich gewesen, wenn wir Dinge erreicht hätten, zu denen wir keine Zeit mehr haben sollten.

Das kann doch nicht richtig sein! Warum sollte ich mein Lebensglück von Umständen abhängig machen, die im Ungewissen liegen?

Was eigentlich hindert mich daran, jetzt glücklich zu sein? In wenigen Wochen würde ich dreißig Jahre alt werden. Das magische Alter, vom dem uns die Gesellschaft glauben machen will, dass man die Grenze vom coolen emanzipierten Single zur verzweifelten alten Jungfer überschreitet. Okay, ich hatte keine Kinder und ich hatte jüngst die Beziehung vergeigt, von der ich glaubte, sie war im Grunde die Eine, aber sollte mich das wirklich daran hindern, glücklich zu sein? Hatte ich, wie ich dort stand, nicht genau das gleiche Recht darauf, wie jeder andere Mensch auch?

Es war ein Fehler.

Max, es war ein Fehler, Dich für mein Glück verantwortlich machen zu wollen. Das begriff ich in diesem Augenblick. Nur ich konnte das. Und ich wollte nicht länger in der Warteschleife sitzen und mich fragen, wann zum Teufel mein Leben endlich beginnt. Denn im Grunde hatte es längst begonnen, es musste nur von mir gelebt werden. Und dies bedeutete auch, Entscheidungen zu treffen, die die Zukunft beeinflussen würden, von der ich noch nicht wusste, was sie mir bringen würde.

Glück ist untrennbar mit Liebe verbunden, doch, so wurde mir klar, musste diese Liebe nicht zwangsläufig die Liebe zu einem Mann bedeuten. Sie kann viele Gesichter haben. Sie kann auch das eigene Leben sein, oder eben ein Haus. Ich habe dieses Haus also gekauft. Anstatt zu erwarten, dass mir ein anderer Mensch Sicherheit verspricht, habe ich sie mir selbst geschaffen. Mit einem Haus, das langsam ein Heim wird. Hannes und Graziella haben mich dabei sehr unterstützt. Hannes hat einen Bautrupp organisiert und die Arbeiten überwacht, während Graziella mit mir unermüdlich durch Baumärkte, Badausstellungen und über Flohmärkte gezogen ist. Als ich einzog, war lediglich das Nötigste nutzbar. Und seither bin ich unermüdlich dabei, mein Häuschen schön zu machen. Ich habe schon viel geschafft, aber fertig ist es längst nicht.

Doch gerade das gefällt mir. Der Prozess, selbst etwas zu schaffen, hat etwas Beruhigendes. Die Schneeglöckchen gucken schon zwei Zentimeter aus der Erde und warten mit mir auf den Frühling. Ja, und wenn ich sie ansehe, dann denke ich an Dich. An Dich und daran, was wir hatten und auch daran, was wir verloren haben. Und wie das Leben dennoch weiter geht. Es scheint so leicht, Dir zu schreiben und trotzdem weiß ich nicht, ob es richtig ist. Züchten wir uns damit nicht nur wieder eine Sehnsucht heran, die wir außer Stande sind zu erfüllen? Setzen wir uns damit nicht in der Vergangenheit fest und verbauen uns so womöglich die Zukunft?

In der Theorie waren wir beide zusammen unschlagbar und sind dennoch an der Realität gescheitert. Könnten wir es ertragen, einander ein zweites Mal zu verlieren und das, ohne uns vorher gefunden zu haben?

Carlotta

von: max.tetten@gmx.de

22. Januar, 0:50 Uhr

Re: Frohe Weihnachten

Liebe Carlotta,

im Moment will ich gar nicht darüber nachdenken, ob wir Sehnsüchte schüren, uns schreibend in schöne Erinnerungen flüchten, aber im wahren Leben nur an die schlechten Zeiten denken. Es ist schön, dass du mir geantwortet hast und noch schöner ist es, dass ich mich dir erklären konnte. Allerdings gehen deine Carlotta-macht-sich-um-alles-Gedanken-Vermutungen doch einen deutlichen Schritt zu weit. Den Kontakt zu Julia gibt es nicht, und wenn es nach mir geht, wird es ihn auch nie wieder geben. Letztlich war sie damals dabei und hat zu allen Dingen geschwiegen, nie eindeutig Position bezogen. Sie allein hatte es in der Hand, die Wahrheit zu sagen, doch sie hat sich für Schweigen entschieden. Dieses Schweigen führte zu der ersten Verurteilung und den Rest kennst du. Vielleicht sollte ich ihr doch noch einen Blumenstrauß schicken, weil es somit an ihr lag, dass wir uns kennengelernt haben. Wenn ich es genau bedenke, sollte ich das aber nicht tun. Ob ich der Vater ihres Kindes bin, nun, diese Frage geistert nicht mehr so stark in meinem Kopf herum. Zum einen glaube ich fest daran, dass ich es spüren würde. Eine Art Unvollständigkeit würde mich dann umgeben, doch es ist nicht so. Andererseits schätze ich Julia inzwischen so ein, dass, wäre ihr Kind von mir, sie bereits mit Unterhaltsforderungen an mich herangetreten wäre.

Heute habe ich leider nicht so viel Zeit, um dir zu schreiben, weil ich gleich wieder arbeiten muss. Die Nachmittagsschicht ruft und deshalb kann ich nicht ausführlich auf deine An- und Einsichten zum persönlichen Glück eingehen. Mir scheint aber, dass wir im schriftlichen Kontakt immer wieder eine sehr große Nähe aufbauen können. Wir verstehen uns dann gut und wissen sehr genau, was wir wie schreiben und ausdrücken wollen. Weißt du, Carlotta, vielleicht ist genau das unser Problem. Es gibt viele Menschen, die scheuen sich vor einem weißen Blatt Papier und sind nicht in der Lage, ihre Gedanken und Gefühle in eine Schriftform zu bringen. Sie vermögen es einfach nicht, das gedachte in das geschriebene Wort zu transformieren. Bei uns scheint es genau anders zu sein. Die größte Nähe haben wir, wenn wir einander schreiben. Für eine Beziehung in der Realität ist das sicher nicht ideal, aber auf jeden Fall unterhaltsam. Wir würden alle Gespräche am Tisch sitzend führen. Jeder über sein Laptop gebeugt und auf die Mail des anderen wartend und antwortend. Eine wunderbar stille und harmonische Beziehung. Einzig die Unterhaltung beim Sex wäre etwas umständlich, aber vielleicht werde ich jetzt auch nur albern. Schön, dass ich dir wieder schreiben kann, so, wie ich dir schreiben will. Was hat mich nun aber so ausgeglichen werden lassen? Das will ich dir noch sagen, bevor ich arbeiten gehen muss. Es war ein einfacher Ortswechsel. Nachdem ich alle rechtlichen Hindernisse hinter mir gelassen und die Justiz volle zwölf Monate mit meinem Wohlverhalten zufriedengestellt habe, brauchte ich einen radikalen Tapetenwechsel. Auf Kreuzfahrtschiffen durch die Welt gondeln, mag sich toll anhören, wenn du aber in der Kombüse eingeschlossen bist und den lieben langen Tag ackerst, ist der Erholungs-

und Welterkundungsfaktor eher bescheiden. Ich hatte mich auf einer Atlantikkreuzfahrt in einen kleinen Ort in Irland verliebt, den ich auf einem Landgang von Cork aus kennengelernt hatte. Mit einem Mietwagen bin ich einfach nach Norden gefahren und irgendwann stand ich in Dingle am Hafen und fühlte mich wohl. Also habe ich mich seit dem Herbst umgeschaut, unzählige Mails geschickt und Kontakt aufgenommen. Nun bin ich hier. Wenn ich einen Ausflug von einer Viertelstunde mache und nach Westen schaue, sehe ich nur Wasser. Wellen schlagen krachend an die Felsen. Wir haben acht Grad und der Himmel ist wolkenverhangen. Vom Atlantik her weht ein kalter Wind, aber trotzdem war ich heute bereits am Strand unterwegs und habe meinen Spaziergang gemacht. Ich bewege mich viel. Gleich morgens, wenn ich von meiner Wohnung in der Grey Lane rüber zu meiner Arbeit laufe, genieße ich die Meeresluft und die kleinen Stiche, die mir der Wind auf die Wangen setzt. Ich mache gern einen ausgedehnten Spaziergang, vorbei am Hafen, durch die Stadt mit ihren kleinen, bunten Häusern, setze mich in ein Café und lande schließlich im »Bull's Head«, einem Restaurant, in dem ich bei Peter arbeite. Er ist eine Seele von Mensch, gutmütig und warmherzig. Mit ihm arbeite ich toll zusammen und wir ergänzen uns wunderbar. Ich darf mich nach Herzenslust austoben, muss aber gerade jetzt, im Winter, sehr auf den Geschmack der Iren Rücksicht nehmen. Die haben es nicht so sehr mit Haute Cuisine. Doch das bodenständige, naturverbundene macht mir sehr viel Freude. Als ich hier im Dezember ankam, hatte ich gleich dieses für mich neue Gefühl des Nachhausekommens. Meine Wohnung ist sicher nicht der Reißer und sie wird einem Junggesellenheim in jedem Punkt gerecht, aber ich fühle mich so wohl wie lange nicht. Ich bin ganz bei mir, erfreue mich an jedem Tag und genieße diesen

Ort und seine Menschen. Natürlich gibt es hier keine Carlotta. Doch im Moment ist es für mich schön, eine virtuelle Vorstellung meiner Carlotta zu haben, sie so zu perfektionieren und vor meinen Augen all ihre guten Seiten zu sehen.

Wenn du so willst, bist du immer mit hier. Nur muss ich jetzt leider los. Ich freue mich, von dir zu lesen.

Max

P.S.: Glückwunsch zum neuen Heim! Wer bewacht dich eigentlich, wenn es dunkel ist?

von: carlotta-spatz@web.de
15. Januar, 23:16 Uhr
Tapetenwechsel

Lieber Max,
als ich Deine Mail abrief, hatte ich mir gerade erst die Farbe von den Fingern gewaschen, weil ich gestern das Holz, mit dem meine Wäschekammer verschalt ist, weiß lackiert habe. Und auch wenn ich ein paar Anläufe genommen habe, so musste ich doch erst meine Gefühle sortieren, ehe ich Dir antworten konnte. Vielleicht ist es auch einfach so, dass die Dinge anders aussehen, wenn der Nebel sich über dem See lichtet, als wenn die Sonne gerade untergeht.

Irland also!

Was soll ich sagen? Du weißt ja selbst, dass ich damals zu einem Auslandssemester in Dublin war. Ich kann verstehen, dass Du dich dort heimisch fühlst, und weiß selbst gerade nur zu genau, welch inneren Frieden dieses Gefühl mit sich bringt. Und doch, ich gebe es zu, hat es mir einen gehörigen Stich versetzt. Aus einem einfachen Grund: Es ist so verdammt weit weg! Mit der Postkutsche nicht zu erreichen. Kein schönes Gefühl.

Fast scheint es, als stünden wir wieder am Anfang. Eine große räumliche Distanz und eine beinahe erschreckend geschriebene Nähe. Fast ein bisschen wie abends nach Hause kommen und sich vom erlebten Tag erzählen. Bloß ohne blödsinnige Streitereien über vergessenes Brot und rumliegende Socken. Leider auch ohne den anderen zu sehen, zu riechen oder zu schmecken. Gerührt war ich von Deiner Frage, wer mich bewacht, wenn es dunkel wird. Nein, das war kein plumper Versuch nach meinem Liebesleben zu fragen. Du weißt es besser, weißt, dass ich mich fürchte, wenn es finster wird. Sei unbesorgt, es gibt wirklich jemanden, der mich beschützt.

Er ist groß, zottelig schwarz, mit hängenden Ohren und riesigen braunen Augen, aus denen er schaut, als hätte er gravierende Probleme. Kurz nach meinem Einzug stellte ich fest, dass es noch viel schöner wäre, wenn ich das Gefühl hätte, es ist jemand da. Jemand, der auf mich wartet, wenn ich nach Hause komme, jemand der mit mir spazieren geht und mir zuhört. Ich durchstreifte etliche Tierheime in Berlin und Potsdam, bis ich ihn fand. Du hast es bestimmt schon längst erraten. Weißt Du noch, wie wir damals auf unserer Bank saßen und das alte Ehepaar mit dem Hund vorbei lief? Sie waren so süß miteinander, hielten sich an den Händen und wirkten so einträchtig miteinander. Wir beschlossen, dass es irgendwann auch in unserem Leben einen Hund geben würde, und überlegten, wie wir ihn nennen würden.

Hemingway meintest Du und ich lachte und fragte Dich, ob Du glaubst, dass ein Hund suizidgefährdet sein könne. Ich hoffe, Du bist mir nicht böse, aber ich dachte, nur weil wir unsere Chance vergeigt haben, sollte Hemingway nicht darunter leiden müssen. Also suchte ich nicht irgendeinen Hund, ich suchte Hemingway. Im Grunde ist die Atmosphäre in solchen Heimen immer so erdrückend für mich, dass ich in dem Moment geneigt bin, all diese Tiere mit nach Hause zu nehmen. Aber ich wusste, dass ich Hemingway vor mir hatte, als er mich ansah. Die anderen sprangen kläffend herum, verzweifelt um Aufmerksamkeit heischend. Hemingway stattdessen sah mich nur an, in seinen melancholischen Augen so viel Würde, als wolle er seiner Umgebung trotzen und mir zeigen, dass sie ihm nichts anhaben könne, ganz gleich, wie lange er schon hier war. Ich nahm ihn sofort mit und habe es keine Sekunde bereut. Und ja, Hemingway ist derzeit der einzige Mann in meinem Leben.

Ich suche nicht mehr nach dem Richtigen. Vielmehr versuche ich, den Richtigen hinter mir zu lassen und wieder Freude an den Falschen zu empfinden. Oder anders gesagt: ich habe in den letzten Monaten in einer sehr netten Seifenblase gelebt und bin derzeit nicht gewillt sie so bald wieder zu verlassen. Da gibt es nur mich, Hemingway, mein Häuschen und jede Menge weiße Farbe und gepunktete Stoffe. Max, es ist unterdessen spät geworden, ich gehe nun ins Bett. Arbeitest Du noch? Erzähl' mir ein bisschen mehr von Deinem neuen Leben.

Gute Nacht!

Carlotta

von: max.tetten@gmx.de
22. Januar, 0:50 Uhr
Re: Tapetenwechsel

Liebe Carlotta,

ich wollte dir schon früher auf deine Mail antworten, aber ich war viel unterwegs. Und dann ist da auch noch etwas Unvorhergesehenes passiert. Nicht zuletzt war ich bis eben unten in Murphys Pub und jetzt bin ich ziemlich platt, um nicht zu sagen, stark angeheitert. Das Leben der Iren findet im Pub statt. Und es gab reichlich Guinness, Paddy und Jameson.

Ich lege mich jetzt mal hin und versuche dir morgen mit einem klaren Kopf zu schreiben. Grüß' Hemingway von mir.

Max

von: max.tetten@gmx.de
24. Januar, 1:21 Uhr
Re: Tapetenwechsel

Liebe Carlotta,

eigentlich wollte ich dir ja schreiben, wenn ich wieder nüchtern bin und ich war es im Grunde auch. Jetzt bin ich es aber wieder mal nicht. Ich muss meinen Brief an dich also noch einmal vertagen. Sei mir nicht böse. Ich melde mich morgen. Aber schau nicht zu früh nach einer Nachricht von mir.

Bis dann,

Max

von: carlotta-spatz@web.de
24. Januar, 8:14 Uhr
Re: Tapetenwechsel

Siehst Du Max,

und genau das wollte ich mir eigentlich nicht wieder antun. Natürlich schulden wir uns im Grunde nichts und ich habe ganz bewusst auf Deine letzte Mail nicht geantwortet, weil ich mich nicht über Dein Verhalten ärgern wollte. Denn letztlich bin nur ich diejenige, die dann mit schlechter Laune herumläuft, weil Du wie immer der Ansicht bist, alles richtig gemacht zu haben.

Doch so langsam beschleicht mich das Gefühl, dass Du nichts aus unserer Trennung gelernt hast. Du schreibst jedes Mal, dass Du an mich denkst und dennoch hast Du ständig was anderes im Kopf, was dann erst mal viel wichtiger ist. Da ist es natürlich ungemein praktisch, sich eine Carlotta zu basteln, die schlichtweg perfekt ist, nicht wahr? Sag es ruhig! Deine virtuelle Vorstellung von mir ist genau so, wie Du sie brauchst! Ohne unbequeme Ansprüche, die Du nicht in der Lage bist zu erfüllen. Und sobald Du offline bist, ist auch Deine Carlotta sorgsam verstaut, bis Du sie nach Belieben wieder hervor holen willst. In dem Moment, wo es DIR passt. Doch das hat nichts mit Achtung vor einem geschätzten Menschen zu tun. Es ist schlichtweg egoistisch. Zumal ich aktuell wohl gegen eine Flasche Whiskey verloren habe.

Ja, das ist Deine Welt!

Umgeben von raubeinigen Typen, die Tiefgang mit Schwermut ob der Ungerechtigkeit der Welt verwechseln, gepflegt einen hinter die Binde kippen.

Doch ich gehöre da nicht hin und für eine Nebenrolle bin ich leider nicht geeignet. Warten ist die Verschwendung von

Lebenszeit bei vollem Bewusstsein. Ich habe besseres zu tun. Nämlich mein Leben leben. Und da hat das Warten keinen Platz mehr. Und gibt es Dich nur in Verbindung damit, so hast auch Du Deinen Platz verwirkt.

Carlotta

von: max.tetten@gmx.de

24. Januar, 10:24 Uhr

Re: Tapetenwechsel

Hallo Carlotta,

das ist doch wieder einmal typisch für dich! Waren wir nicht auf dem Weg der Besserung? Hatte sich nicht ein angenehmerer Tonfall in unsere Konversation geschlichen? Aber warum denn auch dabei bleiben? Mit dem Vorwurf des Egozentrischen kann die gute Carlotta schnell mal wieder in alte Muster verfallen, obwohl sie damit lediglich klarstellt, dass es eigentlich nur um SIE SELBST geht! Habe ich mich gemeldet?

Ja!

Habe ich, weil ich nicht in der Lage war, viel zu schreiben, eine Alternative angeboten?

Ja!

Ich habe gesagt, dass ich mich ausführlicher melde, jawohl, das habe ich getan! Aber was machst du damit? Du wirfst es wieder in ein Raster, das du dir passend machst. Du hast offensichtlich weder aus unseren Mails, noch aus unserer gemeinsamen Zeit etwas gelernt. Aber, Carlotta, vielleicht ist das der Grund, warum du nun mit einem Hund zusammenlebst! Ist der nicht wunderbar dressurfähig? Kannst du ihn nicht herrlich abrichten? Eigentlich wollte ich dir den Grund für meine alkoholischen Abstürze schreiben. Sie sind weitaus weniger gefährlich, als du sie einstufst. Aber im Moment will ich das nicht. Weil es aber wirklich wichtig ist, schreibe ich es dir später. Gerade ärgere ich mich über dich. Mach dir aber keine Sorgen, ich greife nicht zur Flasche. Die würde auch nur an der Wand landen.

von: max.tetten@gmx.de
03. Februar, 01:15 Uhr
Etwas mehr aus meinem Leben

Carlotta,

ich habe meinen Ärger über dich heruntergeschluckt und kann jetzt wieder schreiben. Sehr lange schon sitze ich an einer Antwort an dich. Dabei verfolge ich, was bei dir in Deutschland passiert. Ihr habt eine richtige Kältewelle bekommen. Hier ist es gerade zehn Uhr früh am Morgen und wir haben angenehme zehn Grad über Null. Der Wind weht trotzdem sehr kalt vom Meer rüber, doch die Luft ist wunderbar klar und rein.

Ich kann nicht verstehen, warum du so aufgebracht bist, aber ich kann und ich konnte vieles an dir nicht verstehen, also lege ich es einfach zu den anderen Dingen auf den Haufen. Diesen großen Berg, über den ich eine Decke gelegt habe. An ihr hängt ein Zettel mit der Aufschrift: »Unverständliches Carlotta-Zeugs, bei Gelegenheit Gott nach Klärungsansätzen fragen.«

Warten, sagst du, hat keinen Platz mehr in deinem Leben. Du setzt Schlusspunkte, wie es dir gefällt, und definierst die erlaubte Karenz bei der Beantwortung einer E-Mail ganz nach deinem Empfinden. Glaubst du, dass es bei mir einen Katalog der Wartezeit für dich gibt? Zwei Tage – sie ist gut drauf. Vier Tage – olle Schnepfe. Zehn Tage – sie hat mich vergessen. Einen Monat – soll sie doch verrecken!

Carlotta, wach auf!

Wir haben beide unsere Leben und keiner von uns hat das Recht, dem anderen Vorschriften zu machen! Vielleicht ist das diese Lehrerart in dir, die sich schon früh breitmacht. Ihr Lehrer behandelt alle Menschen als eure Schüler, wisst alles und dürft sagen, wo es lang geht. Außerhalb der Schule ist das aber nicht so! Da gibt es Lebewesen auf Augenhöhe, ob dir das passt oder nicht! Und ich will mich auch nicht damit abfinden, dass der Beruf einfach super zu dir passt und du nicht anderes kannst. Ich mag es mir nur einreden, aber ich will wirklich daran glauben, dass du es besser kannst. Jetzt habe ich keine Lust mehr, über dich zu reden, denn eigentlich sollte ich aus meinem Leben berichten. Ich komme aber auf dich zurück.

Nun, es ist meist ein schönes Leben, hier im rauen Klima Irlands, jeden Tag am Meer und inmitten von sehr netten, offenen Menschen. Ich fühle mich wohl. Meistens jedenfalls. Die Masse der Tage denke ich nicht an uns und all das, was bei uns schief gegangen ist. Du bist dabei trotzdem als Teil von mir präsent, ob ich das will, oder auch nicht. Du bist immer da. Wenn du nicht gerade eine deiner legendären Kratzbürsten-Ekel-Carlotta-Mails absonderst, plätschert meine Erinnerung an uns beide brav an der Oberfläche wie bei ruhiger See. Nichts wird aufgewühlt und durch die Sonne wird nur das Gute und Schöne unserer gemeinsamen Zeit reflektiert. Doch genau diese Präsenz von dir macht mir zu schaffen. Es wäre so schön, wenn du dich in der Wirklichkeit so verabschieden könntest, wie du es in deinen Mails tust.

Ob ich will oder nicht, ich trage dich und unsere Vergangenheit mit mir herum. Das, was ich dir jetzt schreibe, kann ich nur dir schreiben, denn erzählen kann ich es als Mann kaum, vor allem nicht anderen Männern. Also behalte es bitte für dich. Ich weiß, dass du das trotz deiner Plaudertaschennatur kannst. Für dich behalten bedeutet übrigens auch, dass der engste Freundeskreis nichts davon erfährt. Gar nichts.

Neulich war ich mit meinem Fahrrad unterwegs. Ich bin die Straße runter gefahren, den Slea Head entlang, auf einer endlos langen, aber verdammt schmalen Straße, die direkt an der Küste entlangführt. Am Slea Head gibt es einen richtigen Sandstrand. Wie du dir vorstellen kannst, kommt bei den Temperaturen hier kein Südseegefühl auf, aber schön ist es auf jedem Fall. Ich kam einigermaßen geschafft dort an und sah, wie mehrere Kleinbusse in der Zufahrt zum Strand geparkt waren und eine Menschenmenge hektisch umherlief. Es waren Fotografen und Models, die Aufnahmen in verschiedenen Garderoben machten. Also setzte ich mich auf die Felsen und schaute dem Treiben zu. Die Frauen waren allesamt wunderschön. Eine aber stach sie alle aus. Sie war relativ groß, hatte lange, schwarze Haare und sehr helle, fast weiße Haut. Selbst auf die noch große Entfernung konnte ich ihre blauen Augen sehen. Da sie sich immer wieder umziehen musste, wusste ich auch gleich über ihre gesamte Anatomie Bescheid. Unglaublich! Wenn man einen Prototypen für Frauen bauen müsste, würde man sie als Vorlage nehmen. In einer Pause schlenderte sie durch den Sand und kam sehr nah bei mir vorbei. Ein schönes Bild. Sie, noch im langen, schwarzen Abendkleid vom letzten Bild und ich in meinen Sportsachen vom Fahrrad- fahren. Sie lächelte zu mir rüber und dabei konnte ich auch die Sommersprossen um ihre Nase sehen und das Blau ihrer Augen, mein Gott, ich war verloren. Sie drehte noch eine Runde über den Strand und kam wieder bei mir vorbei. Ich sprach sie an und weiß heute nicht einmal mehr, was ich da von mir gegeben habe. Vor lauter Aufregung redete ich mich womöglich um Kopf und Kragen und fühlte mich wie ein kleiner Junge, der den Klassenschwarm um Hilfe bei den Hausaufgaben bittet. Sie dagegen war freundlich, natürlich und ganz und gar nicht so, wie ich es bei einem Model erwartet hätte. Vielleicht eine Viertelstunde redeten wir über ihre Arbeit, dass es heute sehr anstrengend sei und dass sie sich auf den Abend freue, wenn sie im Pub sind und sie danach endlich ein paar Tage frei hat. Schon brüllte der Fotograf über den Strand und sie musste los.

Carlotta, in jenem Moment habe ich nicht eine Sekunde lang an dich gedacht. Nicht an das, was wir hatten, nicht all die wunderbaren Erlebnisse, nicht an die Einmaligkeit unseres Zusammentreffens. Alles war weg und ich war gefangen im Augenblick, im Hier und Jetzt. Völlig erschossen von dem, was Biochemie, Hormone und ein unbekannter Zauber mit uns machen, wenn uns die Begegnung mit einem Menschen erschlägt.

So sehr erschlägt, dass du an nichts anderes mehr denken kannst, die Augen nicht schließen darfst und dein Kopf zu jeder Zeit nur noch aus einem einzigen Bild besteht. Wie in Trance fuhr ich zurück nach Dingle, setzte mich dort in Murphys Pub und trank einen Kaffee.

Ich bin nicht umsonst so weit weggegangen. Es gab auch Angebote aus Deutschland, doch ich wollte ein anderes Land, eine andere Sprache und was ich in erster Linie nicht mehr wollte, waren Frauen, die mein Leben durcheinanderbringen. Ich wollte also meine Ruhe.

Und nun das!

Es brodelte in mir. Ich ärgerte mich darüber, dass ich diese Ohnmacht in mir spürte, diese Machtlosigkeit mir selbst gegenüber. Dass ein einziger Anblick einer schönen Frau, ein belangloses Gespräch mit ihr, mich derart in ein Loch stieß, machte mich rasend. Nach dem Kaffee ließ ich mir einen Irish Coffee bringen und nach noch einem wurde mir klar, dass ich unmöglich mit dem Fahrrad bis nach Hause fahren konnte. Doch zum Glück ist Dingle eine kleine Stadt und der Weg bis nach Hause war problemlos zu Fuß zu absolvieren. So ein Mist, dachte ich, während ich diese Gefühle in mir spürte, die ich hoffte, besiegt zu haben. Verlangen und Sehnsucht nach einer Frau.

Carlotta, ihr Frauen habt so viel Macht über uns Männer, dass es mich graut. Mit eurer bloßen Existenz, mit einem Moment der Nähe, einem Augenaufschlag, eurem Geruch und winzig kleinen Atomen, die uns einen Streich spielen, bringt ihr uns zur Strecke. Ein Kerl, groß wie ein Baum, kräftig, bodenständig und eigentlich hart im Nehmen, zerfließt haltlos.

Es ist zum Kotzen!

Am Abend hielt ein Transporter vor dem Pub und mir blieb gleich wieder das Herz stehen. Während im Hintergrund eine Band damit begann, Boxen und Instrumente aufzubauen, kam sie in einem Pulk gesichtsloser Anderer in den Pub. Sie sah mich sofort, setzte sich zu mir und spätestens jetzt war es um mich geschehen.

Keira war unglaublich!

Wir lachten miteinander, tanzten und fanden auch die Zeit, vor dem Pub und damit in Ruhe und vertraut zu reden. Es war alles so leicht! Für eine kleine Unendlichkeit vergaß ich alles, was es bereits Schlechtes in meinem Leben gab, weil ich die Zeit mit ihr teilen konnte. Sie sorgte dafür, dass ich mich wohl fühlte. Einfach so, weil sie bei mir war. Der Abend verging natürlich viel zu schnell und wir saßen schließlich nicht nur als letzte im Pub. Nein, wir saßen mitten in der Nacht auch als einzige auf einer Mauer am Hafen und unterhielten uns weiter. Dort haben wir uns das erste Mal geküsst. Fast vorsichtig, wie unerfahrene Teenager, die nichts falsch machen wollen. Doch nach und nach bekam ich zu spüren, dass Keira schon viele Männer geküsst haben mochte. Es war einfach nur folgerichtig, dass wir zu mir nach Hause gingen.

Und genau hier, Carlotta, begann mein Leiden. Kaum, dass wir die Schwelle zur Wohnung überschritten hatten, fielen wir übereinander her. Ich riss ihr hastig das Kleid vom Körper und kam aus dem Staunen kaum wieder raus, weil sie von solch unglaublicher Schönheit war. Dabei ging sie so natürlich mit ihrem Körper um, wie es nur jemand tun kann, der sich seiner Einmaligkeit nicht bewusst ist. Wir landeten im Bett und in meinem Kopf feuerten die Synapsen wilde Bilder ab, was ich mit ihr anstellen werde, wie ich sie verwöhnen wollte. Doch was passierte? Was machte ich mit ihr? Ich spulte das bewährte Carlotta-Verwöhnprogramm ab. Mit all den Inhalten, auf die eine Carlotta anspringt. Doch mit mir im Bett lag Keira! Statt auf sie zu einzugehen, verharrte ich in meiner Innenwelt und staunte über mich selbst. Ich hätte darauf achten müssen, auf welche Reize sie reagieren würde. Was ich alles nicht tat: Darauf hören, wie sich der Atem beschleunigt, wenn ich hier mit meiner Zunge entlangfahre, wenn ich sie mit meinen Fingern dort streichle. Sie anschauen, diesen Moment genießen, wenn sie von Lust gepackt wird und die Augen langsam schließt, dabei die Lippen leicht öffnet und so weiter.

Carlotta! Ich machte nichts von alledem. Ich war sowas von unkonzentriert und durcheinander! Es war nicht so, dass ich an dich dachte, aber ich war gehemmt, ohne zu wissen, warum. Tief in mir spürte ich Lust und ich begehrte Keira so sehr.

Aber schon in diesem Moment horchte ich in meine Lenden und merkte, dass es dort nichts zu spüren gab! Sie hatte sich dorthin bereits zweimal mit ihren Händen vorgearbeitet. Vielleicht würde sie das auch ein drittes Mal erfolglos tun, aber dann kämen Sorgenfalten auf ihrer faltenfreien Stirn auf, war ich mir sicher. Also konzentrierte ich mich noch mehr auf sie und meine Erektion, oder besser, meine noch nicht vorhandene Erektion. Aber das machte es noch schlimmer. Keira merkte es und fragte, ob etwas nicht mit mir in Ordnung sei. Dabei sah sie mich mit ihren Augen an, in denen so viel Liebe stand. Ein Blick, in dem ich mich an diesem Abend schon mehrfach verloren hatte. Sie streichelte meine Wange und ich begann zu weinen.

Carlotta!!

Ich begann zu weinen! Du kennst mich! Ich bin ein großer Kerl. Einer, hinter dem man sich verstecken kann, der Mann, der Frauen im Wald beschützt, an dessen Seite man sich aber als Frau nicht restlos sicher sein kann, seine Beute im Wald zu werden. Und ich saß da, wie ein Häufchen Elend, heulend, ohne Erektion und mit einer Leere im Kopf, die ich so noch nie erlebt hatte. Ich bat Keira, einfach nur zu gehen. Dann gab ich ihr noch all die lächerlichen Sprüche mit auf den Weg, dass es nicht an ihr lag, und dass sie eine unglaubliche Frau sei und wer weiß, was ich alles noch so zusammenstammelte.

Carlotta, ich will vorläufig keine Frau mehr in meinem Leben. Es überfordert mich. Erst ging es im täglichen Miteinander nicht. Nun ist das Ende erreicht. Das, was du als Mann immer hinbekommst, immer hinkriegen musst, ist mir abhandengekommen. Wenn du als Mann im entscheidenden Moment keinen hochkriegst, ist Feierabend. Das ist der Nullpunkt, tiefer geht es nicht.

Und warum das ganze Malheur? Weil ich im Kopf nicht mehr frei bin. Weil mich die Beziehungen in meinem Leben zu viel Kraft gekostet haben, weil ich an einem bestimmten Punkt viel zu weich bin und immer wieder reflektieren muss. Warum bin ich nicht als hirnlose Fickmaschine auf die Welt gekommen?

Wäre das nicht angenehmer? Für mich, für die Frauen? Für Keira zumindest an jenem Abend? Seit diesem Abend habe ich keine Frau mehr in meine Nähe gelassen. Es gibt Blicke und Grüße, aber das ist alles. Wie ich es auch drehen und wenden will, es bleibt immer bei einer Erkenntnis. Solange ich nicht richtig im Reinen mit mir selbst bin, brauche ich nicht zu glauben, dass mich eine Frau rettet. Retten muss ich mich selbst. Im Moment weiß ich mir dazu aber keinen echten Rat. Ich suche nach etwas Greifbarem, drehe mich aber immer wieder im Kreis. Dabei komme ich immer wieder auf ein Ergebnis. Carlotta, ich will nicht, dass wir einander völlig verloren gehen. Ich will wissen, dass es dich gibt. Irgendwo dort draußen. In so sicherer Entfernung, dass wir einander nicht weh tun können, aber doch nah genug, dass ich spüre, dass du dort irgendwo bist. Ich kann im Moment nicht aus meiner Haut, mag mich selbst nicht leiden, spüre, dass ich mürrisch, ungerecht und zynisch der Welt gegenüber werde. Für eine entscheidende Änderung dessen fehlen mir im Moment die Kraft und der Mut und der kleine Knacks in meiner Männlichkeit ist größer als mir lieb ist, glaube mir.

Gegenüber vom Hafen gibt es einen Hügel, auf dem ein alter Turm steht. Es ist kein Leuchtturm. Aber ich stelle mir oft vor, dass du dort bist und mir dein Licht schickst. Carlotta, ich wünsche mir nichts mehr von dir, als mein Leuchtturm zu sein. Etwas, von dem ich weiß, dass es da ist, wenn ich es brauche, das mir Licht schickt und ab und an etwas Wärme.

Dabei sollst du auch auf mich schauen können und sicher sein, dass ich für dich da bin, wenn du mich brauchst. Aber lass mich nicht zu deinem Sklaven werden, der sofort kritisiert wird, wenn er nicht gleich schreibt. Ich schreibe dir, sobald es mir möglich ist. Und du kannst dir sicher sein, dass mich dieser Brief hier sehr viel Überwindung gekostet hat. Angefangen habe ich heute Morgen um zehn und nun ist es kurz nach eins in der Nacht. Noch immer bin ich nicht sicher, ob ich die Mail abschicken soll. Andererseits habe ich auch nichts zu verlieren. Solltest du wieder einmal einen Schlusspunkt setzen wollen, kannst du das tun. Du sollst auch dein Leben so leben, wie es dir gefällt. Ich würde mich freuen, wenn darin noch Platz für einen kleinen Teil Max ist. Einen, der nicht mit Carlotta leben kann, aber so ganz ohne eben auch nicht.

Max

P.S.: Ich bin kein Alkoholiker, aber die zwei bis drei Whiskeys sorgen zumindest dafür, dass ich mir nun getraue, diesen Brief abzuschicken. Hoffentlich ist mir das beim Lichte des morgigen Tages nicht zu peinlich.

von: max.tetten@gmx.de
14. Februar, 21:51 Uhr
Heute

Liebe Carlotta,
ich mag gar nicht auf die letzten Mails schauen. Ich möchte auch nicht wissen, warum du mir nicht schreibst. Heute will ich dir einfach nur sagen, dass du mir fehlst. Zumindest fehlt mir der Teil von Carlotta, den ich nicht mehr aus meinem

Leben drängen kann. Das, was von dir in mir ist und ich nicht loswerden kann, ja nicht einmal will. An das, was unsere Liebe so groß und einzigartig gemacht hat, will ich heute denken. Daran will ich auch dich erinnern. Ohne Vorwürfe, ohne Hintergedanken. Nur um dir zu sagen: Ja, da war etwas, das größer war als wir beide. Und genau das war wundervoll und wenn ich ganz tief in mich hineinschaue, dann lächelt es mir noch zu. Ganz schwach zwar, aber es ist da. Und ich lächle zurück.

Dein Max

von: carlotta-spatz@web.de
16. Februar, 09:20 Uhr
Re: Heute

Lieber Max,

seit Tagen setze ich wieder und wieder zu einer Antwort an und doch will es mir nicht gelingen. Als ich die vorletzten beiden Mails erhalten habe, war ich gerade in Düsseldorf, wohin ich meine Schwester für ein Wochenende zur Modemesse begleitet habe. Dort wollte ich mich jedoch nicht mit Dir befassen, denn nicht zuletzt Du warst der Grund, weshalb ich mitgefahren bin. Ich brauchte Abstand zu Dir und dieser virtuellen Traumwelt, in die wir uns zu verstricken drohen, die jedoch in der Realität keinen Bestand hat.

Ja, Max, auch ich denke wieder sehr oft an Dich. Du fehlst mir und doch möchte ich die Gefühle, die ich noch immer für Dich habe, nicht in Worte kleiden. Vielleicht hatten wir tatsächlich etwas ganz Großes. Eine Nummer zu groß und wir haben es vergeigt? Vielleicht haben wir uns das beide aber auch nur gewünscht und sind deshalb gescheitert, weil es eben doch nicht so groß war, wie wir dachten. Ich komme in meinen Überlegungen zu keinem Ergebnis. Seit unserer Trennung ist fast schon wieder ein Jahr vergangen. Eigentlich sollten wir beide nach vorn blicken, Dates haben, uns verlieben oder sogar mit jemand anderem die Zukunft planen. Doch was tun wir stattdessen? Wir laufen davon, verlassen die Stadt oder sogar das Land und nehmen einen Weichzeichner, den größten, den wir finden können, und überarbeiten die jeweilige Vorstellung, die wir von uns haben, so lange, bis sie zu dem passt, was wir zweifelsohne wirklich hatten.

Zum einen die Möglichkeit, miteinander zu schreiben. Dabei lassen wir völlig außer Acht, dass wir unfähig waren miteinander zu reden. Und zum anderen die große, die wirklich große, chemische Anziehungskraft, die zwischen uns herrschte. Hast Du Dich eigentlich jemals gefragt, wo Dein grau-weiß gestreiftes T-Shirt abgeblieben ist, das Du immer zum Trainieren angezogen hast?

Ich gestehe Dir etwas. Es liegt hier in Werder unter meinem Kopfkissen. Wahrscheinlich riecht es längst nicht mehr nach Dir, aber ich bilde es mir weiterhin ein. Es ist ganz einfach so: Mir ist nie zuvor und danach gleich gar nicht, ein Mann begegnet, der so gerochen hat wie Du. Auf den ich körperlich so stark reagiert habe. Dessen Duft ich am liebsten in Flaschen abgefüllt hätte. Du weißt es selbst, wenn wir Sex hatten, dann war das nicht nur Sex, es war wie eine Naturgewalt, die außer Kontrolle geriet. Hast du je darüber nachgedacht, dass es einfach niedere menschliche Instinkte sind, die das Hirn besiegen und es uns somit unmöglich machen einander zu vergessen?

Ja, es gibt Momente, oft genug, wo ich mir nichts mehr wünsche, als Dich bei mir zu haben. So nah wie nur irgend möglich. Deinen Körper bei mir spüren und im Kopf Deine geschriebenen Worte haben. Doch dann denke ich an all das andere und werde wütend. Sehr wütend. Wie Du mir stets das Gefühl gegeben hast, Du hast Recht und ich nicht, bloß weil ich meinen Standpunkt explosiver verteidigt habe als Du.

Das ist doch keine Partnerschaft auf Augenhöhe!

Und während Du dich selbstgerecht umgedreht hast und bald darauf eingeschlafen warst, lag ich wach. Traurig, verletzt, mit dem unschönen Gefühl unzulänglich, nicht gut genug zu sein. Carlotta, Du gehst nicht über Los, ziehst auch keine viertausend Euro ein, sondern fängst noch mal hübsch von vorne an! Und wenn Du diesmal besser bist, dann wirst Du dem großen Max vielleicht auch besser gefallen und er wird über Deine Wünsche nachdenken. Denk nicht dran, dass Du dabei immer älter wirst und es in Deiner Planung das letzte Jahr also gar nicht gegeben hat.

Höre doch bitte auf mit den Albernheiten, die Du Deine Eigenschaften nennst!

Und, nein Carlotta, es ist eben nicht das größte Geschenk, was Du Max machen kannst, wenn Du eine Zukunft mit ihm planen willst! Es macht ihm Angst!

Versuch es doch lieber mal mit einem Urlaub am Meer, auf das er starren und sich dabei tiefsinnig fühlen kann, und ganz viel Sex dazu, dann machst Du ihm eine Freude. Aber doch nicht mit Häusern, Babygeschrei und meterweise weißer Rüsche. Merkst Du jetzt endlich selbst, wie albern Du bist?

Du hast mir beigebracht, dass es eben falsch ist, in einer Zeit des großen Glücks alles zu wollen. Man darf zwar schweben, aber träumen, nein, das darf man nicht. Weil man diesen Traum eben nicht gemeinsam, sondern für sich allein träumt. Weil der andere etwas ganz anderes will. Weil es genug an einem gibt, was der andere nicht mit liebendem Auge, sondern mit zunehmender Genervtheit betrachtet.

Erinnerst Du Dich an den Schnappschuss, den ich auf Peters und Claudias Hochzeit von Peter gemacht habe? Den Arm zu einer Siegerpose geformt und in seinen Augen alles Glück dieser Welt vereint, weil er sich für diese Frau entschieden hatte. Wie sehr habe ich mir gewünscht, Du würdest nur einmal meinetwegen etwas empfinden, was dem gleichkommt. Stattdessen bietest Du mir nun einen Job als Leuchtturm an. Wenn Du mich auch nur ein bisschen kennst, weißt Du selbst, wie absurd das ist. Ich bin für derartige Rollen nicht geschaffen und die Zeiten, in denen ich mich um deinetwillen verbogen habe, sind zum Glück vorbei. Ich merke, wie ich mich verändere, seit Du mir wieder schreibst.

Zuvor war ich glücklich. Mit dem zufrieden, was ich hatte und im Einklang mit mir und der Welt. Doch eine innere Unruhe hat mich wieder ergriffen und mich an all das erinnert, was ich eben nicht haben kann. Zumindest nicht mit Dir. Und es nimmt mir die Hoffnung, dass es irgendwo da draußen in Gestalt eines anderen Mannes doch noch auf mich warten könnte. Das sind die Gedanken, die mir vor allem in den Sinn kommen, wenn es draußen dunkel wird.

Und dann, wenn ich morgens aufstehe, ein neuer Tag beginnt, werden meine Kampfgeister wach. Ich lese von Deiner Verzweiflung und möchte uns beide gleichsam schütteln.

Wir tun einander nicht gut, Max!

Ich möchte nicht zerbrochen sein! Ich möchte ganz bleiben und mein Leben leben, auch wenn ich eine Beziehung, die mir viel bedeutet hat, verloren habe. Und Du solltest das auch!! Hör auf damit, auf endlose grüne Hügel zu starren, oder Deinen Blick ins Meer zu tauchen! Was willst Du denn damit erreichen? Nein, auch Dir wird keine Rosamunde Pilcher mit einem perfekten Drehbuch unterm Arm begegnen! Ebenso wenig wie mir.

Wir haben einen Wendepunkt erreicht.

Entweder wir hören auf uns zu schreiben oder wir reden endlich mal übers Wesentliche. Meinst Du, wir wären dazu in der Lage? Sachlich und ohne neuerliche Verletzungen?

Drei Tage habe ich für diese Mail gebraucht und ich bin mir noch immer nicht sicher, ob ich alles so ausgedrückt habe, wie ich es fühle. Andererseits sind wir beide doch schon lange jenseits von richtig oder falsch, nicht wahr?

Carlotta

von: max.tetten@gmx.de

25. Februar, 13:51 Uhr

Re: Heute

Meine liebe Carlotta,

ich verstehe jedes Wort deiner letzten Mail, ich kenne die Ängste, die du schilderst, deine Wut und deine Verzweiflung. Wie konnten wir so etwas miteinander fühlen und dabei unfähig sein, es in ein gelebtes Leben umzusetzen? In eine Partnerschaft, die nicht nur an bestimmten Punkten passt, sondern sich durch alles zieht. Warum war das so? Weshalb waren wir uns so nah und doch gleichermaßen fern? Liebe Carlotta, ich habe keine Antworten auf deine Fragen. Zumindest keine normalen. Während unserer gesamten Beziehung wusste ich bereits über das, was ich dir heute schreiben will; ich habe es schon immer gewusst und es ist auch der einzige Grund, warum meine Beziehungen in die Brüche gehen. Nicht du bist es, Carlotta und es sind auch nicht die Umstände des Alltags.

Es liegt an mir.

Das Schuldeingeständnis kommt mir in einem normalen Streit selten und ungern über die Lippen, das weißt du. Vielleicht kannst du deshalb auch ermessen, was es bedeutet, wenn ich dir sage, dass ich allein die Schuld in mir trage. Jetzt habe ich mich ein Stück weit getraut und weiß doch nicht, wo ich anfangen soll. Wann ich anfangen soll. Carlotta, ich weiß nicht, was du darüber denkst, was ich dir jetzt schreibe. Du kannst darüber nachdenken, solange du willst. Ich habe Zeit und das meine ich sehr ernst. Schreibe mir zurück, wenn du überhaupt noch willst, wann du willst, wie du willst. Es ist alles in Ordnung.

Also gut, dann lege ich mal los. Vor einigen Jahren traf ich eine Frau in meinem Restaurant. Sie saß mit ihrem Mann an einem Tisch und aß etwas zu Abend. Sie war sehr schön. Sie hatte lange, blonde Haare und ein wunderbares Lachen. Schon ihr Lächeln verzauberte mich. Ich erkundigte mich persönlich bei ihnen, wie das Essen geschmeckt hat. Als sie mich ansah und mir sagte, dass sie es toll fand, verlor ich mich in ihren Augen. Blau, unendlich tief und ich könnte noch einiges mehr darüber schreiben; es würde aber nicht das Wesentliche treffen. Das Entscheidende war nämlich, dass ich sie kannte. Ich wusste nur nicht, woher ich sie kennen sollte. Die beiden verließen das Lokal und ich ging in meine Küche zurück. Julia war damals unterwegs, deshalb schlief ich am Abend bei mir zu Hause allein ein. Mitten in der Nacht wachte ich auf und hatte ein ganz warmes Gefühl in meinem Bauch. Dazu tauchten Bilder dieser Blondine auf, wie sie mit ihrem Mann schlief. Wir sahen einander an. Für einen kurzen, aber unglaublich langen Moment. Dann verschwanden die Bilder wieder, aber das Gefühl in meinem Bauch blieb. Ich konnte bis zum Morgen nicht schlafen.

In der Folge vergaß ich das mit dieser Frau wieder. Sie war offensichtlich glücklich verheiratet, hatte guten Sex und sah umwerfend aus. Das hatte nichts mit mir zu tun Sagte ich mir zumindest. Ein halbes Jahr später saß sie mit einer Freundin im Restaurant. Sie lachten viel miteinander und ich schaute, nachdem ich meinen ersten Schreck überwunden hatte, sehr oft nach vorn, damit ich sie beobachten konnte. Das Gefühl in meinem Bauch aus jener Nacht war wieder da und ich war völlig aufgewühlt. Um irgendetwas zu tun, nahm ich dem Kellner die bestellte Flasche Rotwein ab und brachte sie den beiden Damen an den Tisch. Beim Einschenken schauten wir uns lange in die Augen. Da waren erneut diese Unendlichkeit und das Gefühl, dass wir uns kennen. Aber woher? Ich wusste es nicht.

Seit jenem Abend träumte ich oft von ihr und hatte immer das Gefühl zu wissen, was sie gerade dachte oder tat. Ich konnte es nicht nachprüfen, aber ich war mir sicher. Bis heute habe ich diese Frau nie wieder getroffen. Aber ich veränderte mich. Es war, als hätte ich eine Tür zu einer vergessenen Welt gefunden. Bei einigen Gästen, aber nicht bei allen, hatte ich das Gefühl zu wissen, wer sie waren. Ich bekam Informationen, die ich gar nicht bestellt hatte, aus Leben, die ich nicht kannte und die mich vor allem gar nichts angingen. Inzwischen glaube ich auch, dass unser Mailwechsel kein Zufall war. Ich wusste nicht ohne Grund so viel von dir. Die Informationen waren einfach da. Es gab auch Träume am Tag und in der Nacht, die mich durch das Universum trugen. Eine Unendlichkeit voller hell erleuchteter Türen lag vor mir. Dabei lag es an mir, zu entscheiden, hinter welche Pforte ich schauen will. Wann ich sie öffnen will. Und immer wieder gab es dort einen Max, der durch die Welt irrte und etwas suchte. Manchmal traf er eine Frau, doch meistens blieb er über kurz oder lang allein. Er war kein Arsch zu den Frauen, nein er verwöhnte sie. Doch irgendwann stellte er fest, dass er das, wonach er suchte, nicht gefunden hatte und ging. Zu Beginn meiner Reise dachte ich, dass es ihm nur um die Frauen in seinem Leben ging und ich begriff es als Metapher für mein eigenes Liebesleben, das du möglicherweise auch so umschreiben würdest. Er legte sich ins Zeug, war auch über die rosa Phase hinaus toll, aber später ebbte es ab. Eine wirklich tiefe Beziehung war nicht möglich. Es hat nichts mit dir zu tun, liebe Carlotta.

Ich habe mehr und mehr das Gefühl, dass ich durch die Zeit reise, um irgendwann einmal etwas Großes zu finden. Das, was außerhalb von uns ist, was wir aber trotzdem in uns haben, was uns geschaffen hat, so wie wir es auch geschaffen haben. Nenne es Gott, nenne es Karma oder die eine Wahrheit. Es ist egal, wie es heißt, doch ich suche es. Wenn ich die Bilder des Suchenden vor mir habe, insbesondere, wenn ich an den Klippen sitze und aufs Meer schaue, dann habe ich eine tiefe innere Ruhe und Zufriedenheit. Weißt du, warum das so ist? Weil ich mir sicher bin, dass, sollte ich es in diesem Leben nicht finden, ich im nächsten Leben fündig werde. Und wenn nicht dann, halt in dem danach. Aber ich werde die Antwort haben, eines Tages. Das kannst du als liebender Partner unmöglich deiner Partnerin erzählen, weil sie sofort glaubt, dass du der Welt entrückt bist und sie nicht mehr die Nummer eins in deinem Leben ist. Das ist auch der Grund dafür, dass ich so viele deiner weltlichen Probleme nicht ernst genommen habe, liebe Carlotta. Ich wollte dir damit nie weh tun, aber ich weiß natürlich, wie weh ich dir getan habe.

Manchmal fehlten mir tatsächlich die Worte im Streit, sehr oft fand ich ihn vor allem überflüssig. Wenn du auf der dauernden Suche nach etwas Großem bist, entgeht dir mitunter das kleine Glück im Hier und Jetzt. Es gab etwas, bei dem ich immer ganz da war, das weißt du. Beim Sex konnte ich mich hingeben. Glaube mir; ich bin keiner von diesen Esoterikern, Tantra-Typen oder sonst wie Entrückten, aber ich glaube wirklich, dass die Vereinigung von Mann und Frau zu einer höheren Ebene führt, zu einem echten Moment des Glücks. Und das meine ich nicht im sexuell-körperlichen Sinne.

So laufe ich also schon einige Jahre mit der Erkenntnis herum, dass es möglich ist, dass ich deshalb kein echtes Zeitgefühl habe, weil es weder die Zeit gibt, noch nur ein Leben. Dass es aber vor allem etwas gibt, das größer ist als wir selbst und dass ich gar nicht so weit weg davon bin, das herauszufinden. Ein Leben oder zehn, vielleicht auch hundert. Das hört sich viel an, doch in der Unendlichkeit ist es wenig.

Es gibt nur eine Angst, die ich dabei habe. Was ist, wenn ich in vielen Jahren erkenne, dass ich das einzige Glück, das es geben kann, schon einmal hatte? Dass ich aber zu blind in meiner Suche war, um es zu sehen? Dass du, Carlotta, bereits mein Glück warst?

Das ist die Angst, die ich habe und am Ende auch die ehrliche Begründung, warum ich den Kontakt mit dir nicht abbrechen will. Möglicherweise sehen wir uns in einer anderen Zeit wieder und ich habe das Gefühl wie bei der Frau damals in meinem Restaurant. Vielleicht habe ich auch nur einen Defekt, der behandlungswürdig ist. Mag sein, dass ich im Knast falsch war und tatsächlich in die Geschlossene gehörte. Ich weiß es nicht. Manchen Tag habe ich das Gefühl, durchzudrehen. Dann flüchte ich mich in mein Universum mit den vielen Pforten, mache eine auf und schaue hinein. Dann ist alles wieder gut

Schön, dass du da bist, Carlotta. Ich würde mich freuen, wenn du mir wieder schreibst und nicht völlig an dem verzweifelst, was ich dir geschrieben habe.

Alles Liebe,

Max

von: carlotta-spatz@web.de

01. März, 19:07 Uhr

Re: Heute

Lieber Max,

ohne eine Wertung dessen, was Du mir geschrieben hast, möchte ich Dir eine Frage stellen:

Du beschreibst Dich auf einer ewigen Suche.

Was, wenn das, was Du eines Tages erhoffst zu finden, gar nicht das ist, wovon Du heute glaubst, dass es das ist? Was wäre, wenn Deine Lektion, die Du offenbar lernen musst, eine ganz andere ist?

Wie kann das, wonach Du strebst, in einer anderen Person manifestiert sein als in Dir selbst?

Denke darüber nach, mein Liebster!

Deine Carlotta

von: max.tetten@gmx.de
04. März, 16:00 Uhr
Re: Heute

Liebe Carlotta,

ich habe mich sehr über deine Mail gefreut. Erwartet hatte ich ein Feuerwerk mich niederschmetternder Entgegnungen. Alles gepaart mit deiner Wut auf und deiner Enttäuschung über mich. Aber du hast mich überrascht. Ganz bewusst vermeidest du eine Bewertung meiner Zeilen, und allein, dass du mir diese Fragen stellst, lässt mich hoffen, dass wir uns noch nicht verloren haben, dass ich dir etwas wert bin. Vor allem, dass du mir zuhören willst, um mich zu verstehen. Über dein Zuhören, und das wirst du gewollt haben, werde ich bei meinem Erzählen wiederum Dinge über mich erfahren. Dafür danke ich dir schon einmal.

Nun, was passiert, wenn ich nicht das finde, wovon ich glaube, dass ich es suche, sondern etwas ganz anderes? Liebe Carlotta, diese Frage stellt sich mir nicht, weil ich ganz demütig weiß, dass es mir nicht zustehen wird, diese Frage zu beantworten. Im Gegenteil, wenn es eine Antwort geben wird, dann ist es ein unglaublich großes Geschenk, dass ich sie erkennen darf. Ob sie mir gefällt, steht dabei nicht zur Debatte. Das ist, zumindest bis heute, die wichtigste Lektion, die ich gelernt habe. Wir sind nicht die Größten auf Erden. Wir sind ein kleiner Teil von etwas viel Größerem. Deshalb steht es uns auch nicht immer zu, uns über alles zu setzen und erhaben auf die Welt zu schauen. Die Erde kommt auch ohne uns aus, ganz gewiss.

Jetzt könnte natürlich die erschreckende, andere Lektion sein: Max, du Idiot, es gibt nichts Größeres. Du hast dieses Leben vergeigt auf der Suche nach Sinn, obwohl dir die größten Geschenke immer wieder über den Weg liefen. Du aber wolltest sie nicht sehen. Weil du blind für die wahren Wunder warst. Das wäre eine erschreckende Erkenntnis.

Die schlimmste überhaupt.

Natürlich ist alles in mir manifestiert. So eben, wie ich ein Teil der Welt bin, ist sie ein Teil von mir. Im Grunde bin ich auch zufrieden mit mir. Wer sollte das besser wissen als du, liebe Carlotta? Manchmal scheint es, dass ich zur Selbstgerechtigkeit neige, weil ich mir selbst genug bin, dass ich ungerecht erscheine, weil mir die Menschen egal sind. Ich nenne es Toleranz, du sagtest, ich sei ignorant für die Sorgen und Nöte anderer. Das eigentliche Problem wird also dann auftreten, wenn ich in meiner Weltentrückung allein bleibe, weil ich die wahren Wunder dieses Lebens nicht sehe oder nicht sehen will. Und wenn es dann etwas Größeres nicht gibt.

Jetzt weißt du vielleicht, warum ich diese Zeit hier brauche. Ich schaue nicht voller Missachtung auf die Welt und fühle mich unverstanden, wenn ich aufs Meer blicke. Nein, ich muss für mich herausfinden, ob ich mich einem Leben im Hier und Jetzt stellen will und das zu einhundert Prozent, ohne immer darauf zu hoffen, dass es etwas noch Größeres gibt. Oder ob ich darauf hoffen will, dass da etwas ist, was wir vielleicht nie begreifen. Wir hatten schon einmal darüber gesprochen und ich sagte dir, dass ein Leben mit mir kompliziert sei. Wir lachten darüber, aber ich meinte es ernst.

Schön, dass du da bist.

Dein Max

von: carlotta-spatz@web.de
03. Juni, 1:54 Uhr
Mein Koffer, der gar nicht da ist

Lieber Max,
nun, da ich diese für mich magischen Worte niedergeschrieben habe, frage ich mich gerade, weshalb ich dafür so lange gebraucht habe.

Lieber Max,
es tut mir sehr leid, dass ich mich so lange nicht bei Dir gemeldet habe. Deine letzten Mails hatten mich sehr nachdenklich gemacht. Und doch wusste ich, dass ich in dem Moment nichts hätte tun oder sagen können, um für uns beide zu irgendeiner Art von Ergebnis zu gelangen. Was Du mir mitzuteilen versuchtest, war schlicht und ergreifend jenseits meiner Vorstellungskraft. Deine Worte klangen rein und magisch und keine Sekunde zweifelte ich an ihrer Aufrichtigkeit. Doch mit mir und der Realität, wie ich sie kannte, hatten sie nichts gemein.

Ich war buchstäblich verstummt.

Doch eine kleine, wenngleich sehr hartnäckige, Stimme tief in mir, ließ mir keine Ruhe. Eines Nachts, unfähig zu schlafen, stand ich schließlich auf und begab mich auf die Suche, die mich auf eine Reise schickte.

Ziel dieser Reise war Dich zu verstehen.

Ankunftsort dieser Reise ist, dass ich mich selbst nicht mehr verstehe. Und hier hocke ich nun also auf meinem Koffer, den es ja eigentlich gar nicht gibt, und warte darauf, dass mir jemand die blaue Pille reicht. Gleichzeitig glaube ich, dass ich die rote schon längst geschluckt habe, doch ich weiß einfach nicht, ob sie mir schmeckt. Max, mehr als dreißig Jahre lang lebte ich in einer Welt, die ich glaubte, zu kennen und zu verstehen. In dieser Welt war das Gras grün, der Himmel blau, und wenn man sich nicht erkälten wollte, so musste man sich immer einen Schal umbinden. Ich wusste, dass man mit ehrlicher Arbeit nicht reich wird, dass man ab dreißig Falten bekommt, dass das Leben oftmals hart und ungerecht und man am Ende sowieso tot ist. Dass eine ganze Nation blöd genug ist, um sich von schauderlichen Sätzen, wie: »Geiz ist geil!« mitreißen zu lassen, dass es gute und schlechte Tage, Gesundheit und Krankheit, Armut und Reichtum gibt. Und dass man, wenn man Glück hat, in diesem Menschenspiel, wo die Menschen eher Eseln gleichen, noch eine Weile mitspielen darf, bevor der böse Krebs kommt, Hartz IV oder der langersehnte Welt-Untergang der Zeugen Jehovas. Eine Welt, in der es Wunder nur im Märchen gibt, wo die meisten Frauen wissen, was Angelina Jolie und Brad Pitt gerne zum Frühstück essen, aber nicht, wie man glücklich ist. Wo wir Faltencremes kaufen, an deren Wirkung wir nicht glauben und Ossi das neue Wort für Neger ist.

Wo Beziehungen an herumliegenden Socken zerbrechen, Chefs grundsätzlich böse Menschen sind und sich Frauen damit brüsten, nicht kochen zu können.

Wo es viel mehr unmöglich als möglich gibt.

Eine Welt, in der man halt das Beste draus machen musste. Und das tat ich dann also auch. Mal mehr, mal weniger erfolgreich, aber so ist es nun mal, das Leben, oder etwa nicht? Ich gebe zu, zuweilen habe ich mir gewünscht, es käme jemand daher, der mir die Welt erklärt. Der mir sagt, was wirklich richtig und was falsch ist. Doch er kam nicht, der Moment zog vorüber und ich widmete mich wieder dem Leben, das ich kannte.

Und nun sitze ich also hier auf meinem Koffer, den es eigentlich gar nicht gibt. Irre, oder? Ich meine, offensichtlich trägt er mein Gewicht ja doch.

Und das kam so:

Ich begann zu lesen. Ich sagte mir, irgendeinen Grund für Deine Ahnungen muss es schließlich geben und ich war wild entschlossen, ihn zu finden. Zuerst suchte ich nach Anomalien und Geisteskrankheiten. Bitte versteh mich nicht falsch, aber irgendeinen Ansatzpunkt brauchte ich doch. Allerdings wurde mir schnell klar, dass ich damit nicht weiter kam und mehr aus einer Laune heraus suchte ich nach früheren Leben. Was dann geschah, würde ich aus der damaligen Warte heraus als unglaublich bezeichnen. Heute weiß ich, dass es wohl so und nicht anders kommen musste. Über Seelenwanderung gelangte ich schließlich zum Glauben, von dort aus zum Gesetz der Anziehung, zur Energie, zur Quantenphysik und zurück.

Im ersten Moment war ich unendlich euphorisiert. So leicht sollte das alles sein! Ich sollte der alleinige Schöpfer meines Lebens sein, mehr noch, ich hatte es freiwillig und bewusst gewählt und nicht einmal die Menschen um mich herum waren zufällig da. Nein, meine Schwester war in einem früheren Leben höchstwahrscheinlich mein Sohn und davor war ich der Großvater meiner Mutter. Somit hatte ich zwar eine Erklärung für meine an sich unerklärliche Abneigung gegen tickende Uhren, aber ich blieb skeptisch.

Ich dachte an alles Unglück dieser Welt und fand dafür keinen Sinn. Außerdem zeigten mir der Zustand meiner Pflanzen und die Gemütsverfassung meines Hundes, dass ich mich bereits zu lange von der wirklichen Welt entfernt hatte. Im Außen funktionierte ich auf Autopilot, während ich in dieser unglaublichen Welt versank. Ich schleuderte die Bücher in die Ecke, sagte mir, dass ich Dir zum einen nicht helfen kann, und ich zum anderen mein Leben endlich ohne Dich weiter leben muss und kehrte in die Realität zurück.

Einige Wochen vergingen. Ich las jeden Morgen in der Zeitung von Schlechtigkeiten, Verbrechen und Unfällen, die sich auf dem Planeten so ereigneten. Ich versuchte mir davon nicht die Laune versauen zu lassen und machte das Beste aus meinem Leben. An den Wochenenden schlenderte ich über Flohmärkte, um nach Schätzen für mein Häuschen zu suchen, verbrachte ein wunderbares Wochenende mit zwei Freundinnen und überlegte, was ich von dem diesjährigen Modetrend Color-Blocking halten sollte.

Mit anderen Worten: Ich lebte einfach ganz normal weiter.

Bis zu jenem Tag.

Ich wachte am Morgen schon schlecht gelaunt auf. Ein ganz übler Traum schlug mir aufs Gemüt. Zwar konnte ich mich an den Inhalt nicht mehr erinnern, wohl aber haftete mir die negative Stimmung daraus noch an. Mein Rücken tat weh, ich hatte mich überdies wohl auch noch verlegen. Als Nächstes stellte ich fest, dass der Kaffee alle war. Übler Laune ließ ich Hemingway nach draußen, der völlig verdreckt wiederkehrte. Nur hatte ich da keine Zeit mehr, ihn zu säubern. Der Kaffee, den ich mir unterwegs zur Schule kaufte, schmeckte wie lauwarmes Spülwasser. In der Schule ging es weiter. Es hatte einen Wasserrohrbruch gegeben, mein Klassenzimmer stand zentimetertief unter Wasser und ich musste mit den Kindern auf die Turnhalle ausweichen, wo es kalt war und nach Schweiß roch.

Meine Laune sank, so das überhaupt noch möglich war, immer weiter herab. Ich kam erst zwei Stunden nach Feierabend aus der Schule raus. Beim Einkaufen vergaß ich natürlich den Kaffee und musste noch einmal umkehren, als ich schon fast zu Hause war. Ich gestehe, dass ich bis zu diesem Zeitpunkt noch nichts begriffen hatte. Es war einfach ein mieser Tag und ich war bereits an dem Punkt angelangt, wo ich daran auch nichts mehr ändern wollte. Nein, ich war so übel drauf, dass ich anfing, diesen Zustand zu kultivieren. Während ich daheim der Schweinerei zu Leibe rückte, die Hemingway verursacht hatte, klingelte es an der Tür.

Es war ein Postbote, der mich fragte, ob ich ein Paket für meine Nachbarin annehmen würde. Natürlich tat ich das gern für sie, gar kein Problem. Das Paket war jedoch an einer Stelle stark eingedrückt. Also wies ich den Boten darauf hin und sagte ihm, er möge dies bitte notieren, da ich später nicht für den möglichen Schaden des Inhaltes verantwortlich sein wolle. Da schnauzte mich dieser Typ aufs Übelste an. Ich solle hier mal nicht so rumzicken, ist ja wohl nicht seine Schuld! Warum solle er sich jetzt also meinetwegen Ärger einhandeln, entweder ich nehme es jetzt an oder eben nicht und überhaupt, was ich mir eigentlich einbilde, er wolle schließlich auch mal Feierabend haben. Und in diesem Moment begann ich zu begreifen.

Der Postbote war ein Arschloch!

Noch während er mich grimmig anstarrte, lief vor meinem inneren Auge ein Film mit all den unschönen Situationen des Tages ab. Mal ehrlich, vielleicht hatte ich bisher einfach Glück, aber bisher ist mir nie ein Postbote dieser Art begegnet. Ich kannte diesen auch nicht, obschon seine Spedition öfter bei uns ausliefert. Ich begriff, dass genau dieser Postbote mir geschickt worden war. Als Spiegel meiner selbst.

Wie von Sinnen riss ich ihm das unselige Päckchen aus den Händen und knallte die Tür hinter mir zu. Mit Hemingway an meiner Seite rannte ich danach los. Ich rannte und rannte, so lange, bis ich alles, was an diesem Tag geschehen war, hinter mir gelassen hatte. Am Ende war ich nicht nur außer Puste, sondern auch außer Gedanken. Als ich, wieder daheim, das Paket erblickte, schoss mir ein Satz, den ich gelesen hatte, durch den Kopf:

»Ob Du es verstehst, oder nicht, ob Du es glaubst, oder nicht, es funktioniert immer!«

Und so beschloss ich, dem Universum und allem, was damit einhergeht, noch eine Chance zu geben. Manchmal wünschte ich mir ganz bewusst etwas herbei und es kam. Andere Male genügte der einfache Gedanke: »Es wäre aber schön, wenn ich das hätte«. Zum Beispiel dachte ich an eine alte Schublade, die ich als Regal umfunktionieren wollte, die dann plötzlich buchstäblich vor mir auftauchte.

Es fühlte sich wunderbar an!

Schließlich ging ich dazu über, an den wirklich wichtigen Dingen zu arbeiten. Und ... nichts passierte.

Nächtelang steckte ich meine Nase in Bücher, um den Grund dafür zu finden. Und ich suchte nach Menschen, mit denen ich darüber reden konnte. Mit mäßigem Erfolg. Gut, dass ich ein solches Gespräch besser nicht mit dem Satz: »Du sag mal, du weißt schon, dass der Stuhl, auf dem Du da sitzt, eigentlich gar nicht existiert?« beginnen sollte, das weiß ich jetzt.

Weißt Du Max, ich habe da eine ganz neue Welt entdeckt, die mir ständig zuruft: »Ob Du willst, oder nicht, ICH bin die Wirklichkeit«.

Ich habe das ganz starke Gefühl, dass das so ist.

Aber ich fühle mich mit dieser Erkenntnis so schutzlos wie ein Neugeborenes. Die Menschen um mich herum leben alle weiter in ihrer Matrix und wollen es auch nicht anders. Doch ich weiß, dass ich dieses Wissen von jetzt an nie mehr werde ignorieren können. Ich fühle mich so schrecklich allein damit und ehrlich gesagt weiß ich nicht, ob mich dieses Wissen glücklich macht. Im Moment gerade überhaupt nicht. Und das Allerschlimmste: Ich bin Lehrerin! Herrgott, ich soll Kindern, diesen wunderbaren Geschöpfen, etwas beibringen. Was aber, wenn das alles falsch ist? Was tue ich ihnen damit an? Dass sie zwanzig Jahre später auch auf ihrem Koffer sitzen und dann erst merken, dass er gar nicht existiert? Im Moment suche ich krampfhaft nach unverfänglichen Themen, doch je mehr ich darüber nachdenke, umso schwieriger erscheint es mir.

Und warum bist Du zweitausend Kilometer von mir entfernt, wenn ich mir doch so sehr wünsche, Du wärst an meiner Seite?

Carlotta

von: max.tetten@gmx.de

06. Juni, 22:46 Uhr

Re: Mein Koffer, der gar nicht da ist

Liebe Carlotta,

schön, dass ich nach so langer Zeit von dir höre, oder besser, lese! Ich hatte die Hoffnung schon aufgegeben, dass du mir noch einmal schreibst, denn ich war mir sicher, dass ich mich ein paar Schritte zu weit nach draußen begeben hatte. Hinaus in die Welt, die wir nicht verstehen und nicht kennen und die uns deshalb ängstigt. Nun aber hast du mich mit deiner Mail sehr überrascht. Du hast dich mit all diesen Dingen beschäftigt und hängst möglicherweise an derselben Stelle wie ich. Weitermachen und durchdrehen oder die blaue Pille lutschen und alles ist, wie es mal war? Weißt du, liebe Carlotta, ich hatte ja nun eine Menge Zeit, um über alles im Kosmos und natürlich auch uns nachzudenken. Ich habe es getan und komme immer wieder zu einem Ereignis zurück, das mich nicht loslässt. Ich kann es drehen und wenden, wie ich will und es überdeckt auch all die Gedanken, die deine Mail in mir auslöst. Erinnerst du dich?

Es war der Tag, an dem ich meine Sachen bei dir abgeholt habe. Du hast mich erwartet. Stark nach außen, aber ich konnte dir ansehen, wie es dir wirklich ging. Nächte ohne Schlaf, dazu Wut, Verbitterung und Enttäuschung. Alles, was du dir nie hättest vorstellen können, trat ein. Und das bei deinem Max. Dem Mann, von dem du das nie gedacht hättest. Es war einfach unmöglich. Du konntest dich nicht in ihm täuschen, aber du hast es getan. Und ich stand vor dir, unfähig, ein Wort zu sagen, wie so häufig. Aber wir setzten uns noch einmal zusammen auf dein Sofa und du sagtest mir so viele Dinge über mich, die wahr sind. Du hast mir den Spiegel vorgehalten, wie es nur eine liebende Frau tun kann. Eine, die mit allen Sinnen liebt, deren Intuition für einen Mann unbegreiflich ist und die einfach nur überirdisch gut ist. Und was hatte ich dieser wundervollen Frau alles angetan? Ich habe sie belogen, ich war feige und ich floh. Natürlich weiß ich heute, dass ich vor mir selbst geflohen bin. Wenn du nicht weißt, wer du selbst bist, wie willst du dann jemand anderen lieben? Und vor allem: Wie willst du stark sein, wenn dich dein weibliches Gegenüber dermaßen durchschaut und dir all das zeigt, was du selbst am wenigsten an dir magst? Eigentlich vergöttere ich dich dafür. Und erst recht schäme ich mich für die Lügen und meine Feigheit. Damals konnte ich dir das so nicht sagen, weil mir meine Worte im Hals steckten und weil ich selbst fassungslos über mein Verhalten war. Das war nicht der Max, den ich kannte, den die anderen zu kennen glaubten und der, in den du dich verliebt hast. Dieser Max war ein völlig anderer Mensch.

Und heute will ich dir sagen: Ich war mir selbst fremd, eine bloße Hülle, die all die Werte, für die ich einstmals stand, irgendwo abgelegt hatte. Kein Wunder, dass du so enttäuscht von mir warst. Natürlich weiß ich, dass es an mir lag. Die Vorgeschichte war meine Schuld und ich bin mir sicher, dass ich hätte bleiben können. Trotz deines Schmerzes. Ein richtiger Schritt von mir und du hättest es dir überlegt. Deine Tür stand noch immer offen. Aber ich zog es ja vor, meine Sachen zu schnappen, sie in mein Auto zu packen und von dir zu fahren. Dann habe ich mich weit weg verdrückt. Bis nach Irland. Und was mache ich hier? Im Grunde könnte ich meinen Kopf jeden Tag vor die Wand schlagen, weil ich weiß, was ich dir damals angetan habe. Und weil ich außerdem weiß, dass ich es hätte wieder gutmachen können, wenn ich nur allen Mut zusammengenommen hätte. Habe ich aber nicht. Ich saß lethargisch rum und leckte meine Wunden. Dabei waren deine sehr viel größer.

Warum du nun aber in dieselbe Richtung stößt wie ich, macht mich nachdenklich. Wir haben uns so sehr geliebt. Wir hatten im Grunde alles, was man im Leben braucht. Aber trotzdem hat es nicht geklappt. Der falsche Zeitpunkt? Der falsche Ort? Nicht die richtige Umgebung? Die falsche Metaphysik? Energetische Missstimmungen? Ich weiß es nicht. Ich weiß aber ganz sicher, dass ich unendlich viele Fehler gemacht habe und dass ich schon allein deshalb deiner gar nicht würdig bin.

Manchmal kommt mir aber auch der Gedanke, dass ich mich einfach für perfekt gehalten habe. Nicht im eigentlichen Sinne eines Beaus. Vielmehr so, wie ich immer in mir ruhe, als könne mir gar nichts passieren. Da draußen ist die Welt und hier bin ich. Dazu meine körperliche Präsenz, mein unerschütterlicher Optimismus und meine Fähigkeit, Menschen zu begeistern. Wer hätte gedacht, dass ich mich wie ein Arschloch verhalten würde? Noch dazu gegenüber der Frau, die ich liebte? Niemand hätte das für möglich gehalten und doch war es so. Am meisten habe ich mich darüber selbst erschrocken, denn ich hätte es nie geglaubt; es war undenkbar. Der Max, für den ich mich hielt, hatte klare Grenzen, die er nie überschreiten würde. Aber ich habe es getan und es war kein anderer Max, sondern ich ganz persönlich. Das werde ich mir selbst kaum verzeihen können und so ist es auch kein Wunder, dass du es nicht tun kannst.

Die ganze Zeit frage ich mich, warum dieses Ereignis so aus mir sprudelt, obwohl wir uns doch in eine ganz andere Richtung vorgewagt hatten. Denn theoretisch gibt es diese Zeilen hier nicht, oder, noch besser, du kreierst sie, damit du in deinem eigenen Menschenspiel eine Menge Spaß hast oder aber eine neue Aufgabe suchst. Also nehme ich jetzt an, dass alles einen tieferen Sinn hat und unser jeweiliges höheres Selbst schon genau weiß, warum ich das endlich einmal geschrieben habe. Also, liebe Carlotta, für all das, was ich dir angetan habe, das dich schmerzte und was du nie von mir erwartet hättest, tut es mir unendlich leid. Ich bin selbst über mich und mein Verhalten dir gegenüber erschüttert. Auch wenn es jetzt schon eine Weile her ist, berührt es mich noch immer. Verzeih mir.

Dein Max

von: carlotta-spatz@web.de
07. Juni, 9:14 Uhr
Re: Mein Koffer, der gar nicht da ist

Lieber Max,

nehmen wir mal an, unsere Liebe ist nie gegangen, sondern sie hat sich nur vor uns versteckt. Denn dass noch immer eine starke Verbindung zwischen uns besteht, wissen wir beide. Was, wenn sie sich zum damaligen Zeitpunkt vor uns verstecken musste, damit wir sie nicht kaputtmachen?

Ich lese Deine Zeilen und ich spüre, wie sich dabei ein eisiger Klumpen in meinem Bauch bildet. Unser ungeborenes Kind, Max. Und nicht einmal diese Bezeichnung ist dafür richtig. Vielmehr war es meine Idee, die nie das Licht der Welt erblicken durfte. Und ich kann all den Schmerz darüber wieder fühlen, die Enttäuschung, die wie Eiswasser durch meine Adern fließt. Für mich war es nicht das Baby, das Du nicht mit mir haben wolltest, sondern ICH fühlte mich zurückgestoßen, abgewiesen. Und je größer diese Zurückweisung wurde, umso fieberhafter arbeitete mein Verstand. Nächtelang lag ich wach, während ich grübelte, was ich nur tun könnte, um Dich davon zu überzeugen.

Dabei ging es nicht einmal um die Überzeugung.

Es wäre ein Leichtes gewesen, einfach die Pille nicht mehr zu nehmen, und es dann wie einen Unfall wirken zu lassen. Doch das wäre nicht fair gewesen, am Wenigsten dem kleinen Menschen gegenüber. Du warst der erste Mann, bei dem ich das Gefühl hatte, ich könne einfach so sein, wie ich bin. Aber offensichtlich reichte das nicht. Es gab auf Dein Verhalten nur einen möglichen Rückschluss: Du liebtest mich einfach nicht genug. Nicht genug, um Dich derart festlegen zu können. Als dieser Gedanke sich erst einmal in mir festgesetzt hatte, gab es nichts mehr, was ihn hätte aufhalten können. Er war allgegenwärtig. Ganz gleich, was wir auch gerade taten, ob wir miteinander lachten, im Bett lagen oder an dem Wochenende in Amsterdam. Weißt Du noch, wie Du mir an diesem Morgen diesen kleinen filigranen Anhänger auf den Teller legtest, den wir tags zuvor bei dem Antiquitätenhändler mit der blauen Holztür entdeckt hatten?

Ich wollte mich darüber freuen, doch ich sah ihn nur als eine Art Entschuldigung von Dir, dafür, dass Du mich eben nicht genug lieben konntest, um meine Wünsche zu teilen.

Weißt Du, wenn Du einer von den anderen gewesen wärst, dann hätte ich Dir verzeihen können. Aber ich wusste, spürte, dass Du anders warst, als die meisten Menschen heutzutage. Du bist ein Mensch mit Tiefgang, wie man ihn nur selten auf dieser Welt findet.

Einer, der noch in der Lage ist zu fühlen und weiß, dass das etwas ganz Wunderbares ist.

Einer, mit dem man keine blöden Spielchen spielen muss, um sein hochglanzpoliertes Ich noch interessanter zu gestalten. Darum tat es auch so weh. Und so erschufen wir uns eine Sackgasse und liefen gegen eine Wand, die unsere Liebe als Selbstschutzmechanismus gebaut hatte. Aufgrund Deiner Worte habe ich mich abermals auf diesen Schmerz eingelassen. Bin in die Haut der alten Carlotta geschlüpft und habe erneut mit ihr gelitten.

Es gab eine Zeit, da hätten mir diese Worte von Dir alles bedeutet. Sie hätten sich als Pflaster auf meine Wunden geklebt, und während diese zu heilen begonnen hätten, hätte ich mich in Deinem Schuldeingeständnis gesonnt. Schließlich hattest Du mir weh getan und nur Deine Reue wäre die Salbe gewesen, die die offenen Stellen hätte verschließen können. Eines Tages dann hätte ich Dich mit strahlenden Augen angeschaut und gefragt: »Max, aber nun willst Du doch ein Kind mit mir, oder?«

Man könnte es natürlich müßig nennen, darüber zu spekulieren. Und dennoch bin ich mir sicher, dass unsere Probleme damit von Neuem begonnen hätten. Ich habe es schon einmal gesagt, auch wenn ich damals noch nicht wusste, woher ich diese Ahnung nahm: Ich weiß heute, dass ich keinen anderen Menschen für mein Glück verantwortlich machen darf. Ja, nicht einmal Dich.

Vielleicht bist Du jetzt überrascht, aber Deine Worte bewirken in mir nicht das, was Du, oder von mir aus auch Dein inneres Selbst, damit bezweckt hast.

Ich kann Dir keine Absolution erteilen.

Denn die gibt es für Dich nicht, nicht von mir. Nachdem ich gestern Abend Deine Mail gelesen hatte, wusste ich, was zu tun war. Es war mir bis dahin nicht klar, Du weißt, dass ich eine Meisterin im Verdrängen sein kann, aber Du zeigtest mir, dass dieser Schmerz immer noch in mir wohnte. Abgelegt zwischen glücklicheren Erinnerungen kauerte er in einer Ecke, bereit, jederzeit wieder die Bühne zu betreten. Ich habe ihn vor mich hingesetzt und angesehen. Wie er zitterte und sich schutzlos fühlte, so herausgelöst aus seiner warmen Höhle in mir drin. Ja, auch der Schmerz hat Angst.

Denn was ist er denn noch, wenn man ihn durchschaut hat?

Also habe ich ihn behutsam in die Hand genommen und bin mit ihm nach draußen gegangen. Wir blickten eine Weile in den Sternenhimmel, wohl wissend, dass der Abschied nahte. Dann war es Zeit, zu gehen. Ich öffnete ihm meine Gartentür und entließ ihn hinaus in die Nacht. Es war wie ein Befreiungsschlag. Nein, es war ein Befreiungsschlag. Ich fühlte mich unendlich leichter und hatte das starke Gefühl, dass alles gut werden würde.

Max, bisher hat mir der Gedanke, dass wir die alleinigen Schöpfer unseres Lebens sein sollen, große Angst eingejagt. Bedeutet es doch, dass unsere Verantwortung weitaus größer ist, als wir bisher geglaubt haben. Heute aber habe ich zum ersten Mal eine Ahnung davon, wie wunderbar das tatsächlich ist. Ist es nicht absolut großartig, dass wir somit selbst entscheiden können, was wir aus dem, was geschehen ist, machen wollen? Wir können es mit uns tragen und weiterhin der Meinung sein, dass das Leben eben hart und ungerecht ist und uns als logische Konsequenz daraus tiefe Falten ins Gesicht graben lassen.

Vielleicht gewinnen wir damit in unserer Gesellschaft sogar einen Preis, denn erscheint doch die Leidensfähigkeit immer mehr als Statussymbol. Die obere Stirnfalte waren meine Eltern, weil sie mich dazu gezwungen haben, die Schule zu beenden. Die darunter verdanke ich meiner Pollenallergie. Die dritte ist der Krankenkasse geschuldet, weil sie sich weigerte, mir die richtige Therapie zu finanzieren. Die Zornesfalten in der Mitte, links, war mein erster Freund, rechts das Arbeitsamt.

Oder aber wir können uns jeden Tag entscheiden, neu anzufangen. Wir können aus dem Geschehenen lernen, es als wichtige Erfahrung betrachten und es abschließend gehen lassen.

Mein lieber Max, ich muss Dir nicht verzeihen.

Ich habe mir selbst verziehen.

Deine Carlotta

von: max.tetten@gmx.de
10. Juni, 22:17 Uhr
Re: Mein Koffer, der gar nicht da ist

Liebe Carlotta,

deine eigene Befreiung gefällt mir gut. Sie zeigt mir, dass du dich als eigenständiges, schöpferisches Wesen begreifst, das nicht darauf angewiesen ist, ob es in dieser Welt einen Kerl gibt, der deine Großartigkeit begreift, oder eben nicht. Das ist zwar für den Betroffenen ein kleiner Rückschlag, aber im Grunde ist es genau richtig. Die Masse der Menschen definiert sich über die Jahre über den Partner und vergisst irgendwann sich selbst, bloß, damit es dem Anderen und der Partnerschaft als solcher gut geht. Nur wenn sie dann eine kleine Inventur des eigenen Lebens machen, stellen sie fest, dass sie sich selbst verloren haben.

Du schreibst, dass du mir nicht verzeihen musst, weil du dir selbst verziehen hast. Das ist gut für dich, aber diesen Punkt habe ich noch immer nicht für mich geschafft. Es geht nicht nur darum, ob du mir verzeihen kannst oder nicht. Einzig und allein zählt, ob ich mir verzeihen kann oder eben nicht. Denn wenn ich auch nur einen Hauch Anstand und Moral in mir trage, dann entschuldige ich mich nicht nur bei dir und bitte um Verzeihung (was ich auch getan habe). Ich gehe darüber hinaus mit mir selbst zu Gericht und bekenne mich vor mir schuldig. Das, meine Liebe, ist das entscheidende Tribunal, vor dem wir im Leben stehen können: Unser eigenes Gewissen. Es war das eine, dich zu belügen und dir einen Blödsinn zu erzählen, dass es einem die Haare zu Berge stehen lässt. Das andere ist aber, das ich das glaubte und im Moment der Lüge für möglich hielt, ja, noch schlimmer, dir wissentlich etwas zu erzählen, das nicht stimmte. Und das gegenüber der Frau, die ich liebte!

Doch ich habe es getan! Ich habe dich angelogen! Und jetzt geht es auch gar nicht mehr allein darum, ob du mir verzeihst, oder nicht. Natürlich wäre es ein wenig Balsam auf meine Seele, wenn du es wenigstens tun könntest, um diese eine Seite der Qual zu lindern. Doch die andere wird dadurch nicht besser. Unsere Liebe habe ich mit Füßen getreten. Ich war ihrer und deiner nicht würdig. Und das nicht nur wegen der Lüge dir gegenüber, sondern weil ich mich selbst ihrer Reinheit und Einzigartigkeit beraubt habe. Weil ich am Ende vor allem mich belogen habe und mir, ganz allein mir, diesen Fehler nicht verzeihen kann. Es mag falsche Eitelkeit sein oder schon wieder der mir im Wege stehende männliche Stolz. Eine unsinnige Begründung womöglich auch. Ich hasse mich dafür, die Liebe meines Lebens belogen zu haben. Damit habe ich mir selbst etwas vorgemacht. Denn schlussendlich tut das doch jeder Lügner. In der Hoffnung, gegenüber einer anderen Person besser dazustehen, manchmal sogar in guter Absicht, sie vor der Wahrheit zu verschonen, verschweigt er die Tatsachen und baut ein Lügengebäude, in das er den anderen eintreten lässt. Dann tut er alles, damit Fundament, Wände, ja jeder einzelne Stein, über die Zeit halten. Doch irgendwann kommt es doch raus, dass nichts von allem wahr ist. Und dann ist es zu spät für das Vertrauen des Getäuschten. Der Täuschende aber, der schon die gesamte Zeit in einem Trugbild seiner selbst lebte, wird nicht nur entlarvt, nein, er wird mit der Lüge konfrontiert. Mit der eigenen Falschheit und Unzulänglichkeit. Und wenn der Lügner dann auch nur einen Hauch Moral in sich hat, ist der Vorwurf des anderen wirklich noch das kleinere Übel.

Das, meine liebe Carlotta, musste ich schmerzhaft erfahren. Wenn ich einen Menschen wahrhaft liebe, dann bin ich auch wahrhaftig, authentisch und ehrlich. Nie kann es mir in den Sinn kommen, eine geliebte Person zu täuschen. Das ist unmöglich!

Oder ist es so, als hätte sich das Dunkle in mir meines Handelns ermächtigt und für mich gesprochen? Aber dahinter will ich mich nicht verstecken. Denn trotzdem ich dich so sehr liebte, habe ich dich angelogen.

Jetzt, viele Wochen und Monate später, kann ich dir eins mit Überzeugung sagen:

Ich bereue es. Aus tiefster Seele.

Weil ich den Schmerz gespürt habe, den du einst hattest. Unsere Liebe ist nie gegangen. Sie mag sich versteckt haben und verzweifelt gewesen sein, was wir mit ihr anstellten. Doch ganz weg war und ist sie nicht. Es bleibt immer eine Aufgabe, die sie uns stellen wird. Das, was wir auf die Entfernung mit unserem Gedankenaustausch so wunderbar hinbekommen, müssen wir auch in der direkten Zweisamkeit schaffen. Sonst verlässt sie uns irgendwann doch für immer.

Dein Max

P.S.: Beim nächsten Mal können wir uns gern wieder darüber unterhalten, ob es diese Mail hier gibt, oder nicht. Ob wir beide nur eine Illusion des jeweils anderen sind und welche höhere Aufgabe wir mit oder ohne einander haben. Heute aber war mir danach, das hier loszuwerden.

von: carlotta-spatz@web.de
14. Juni, 7:44 Uhr
Re: Mein Koffer, der gar nicht da ist

Max, ach Max,

ganz bewusst antworte ich Dir erst jetzt, ein paar Tage später. Bis zum Eintreffen Deiner Mail schwebte ich auf meiner schönen, weichen rosa Wolke durch das Universum mit einem ebenso rosafarbenen, flauschigen Gefühl in mir. Es ist Dir wahrhaft vortrefflich gelungen, mich da herunter zu schubsen. Genau wie damals ist auch in dieser Mail Dein Egoismus geradezu beispielhaft grenzenlos. Es wäre ein Leichtes und sicherlich auch ein ganz plausibler Rückschluss, Dir zu unterstellen, dass es Dir nicht reicht, allein zu leiden. Dass Du, wenn Du schon mal drin sitzt, mich gleich in dieses Boot dazu holen willst.

Doch immerhin weiß ich, dass dies nicht Deine Absicht ist. Jedenfalls jetzt, da ich mir die Zeit genommen habe, gründlich darüber nachzudenken. Genau wie damals stehst Du hier vor einer Mauer Deiner Ängste und blickst all Deinen Unzulänglichkeiten ins Gesicht. Doch damit kommst Du nicht klar und in der Folge versuchst Du panisch, Dich zu retten und merkst nicht, wie Du mir damit den Boden unter den Füßen wegziehst.

Ich war sehr ehrlich zu Dir, als ich beschrieb, wie ich mich gerade fühle. Hin und her gerissen zwischen einer ganz neuen Weltanschauung und dreißig Jahren so völlig anders gelebtem Leben. Ich war mir sicher, dass Du der Mensch sein würdest, der mich am besten versteht. Dass ich mich genau jetzt mehr nach Geborgenheit sehne, als jemals sonst. Doch Du polterst einfach heraus mit allem, was Dir in den Sinn kommt und denkst dabei kein bisschen an mich. Bewusst lässt Du mich abermals durchleben, was ich zunächst zu verdrängen und dann zu vergessen versuchte.

Ich nahm selbst mehrere Anläufe sehr unschmeichelhafter Mails. Mein Herz hämmerte wütend im Gleichklang mit meinen Fingern auf der Tastatur. Erst, als Hemingway laut bellend neben mir saß, wurde mir bewusst, was ich da tat. Er hatte es ganz offensichtlich schon viel eher gespürt als ich und wollte mir Einhalt gebieten. Ich hatte mich benommen wie früher. Aufbrausend und, wenn einmal in Fahrt, kaum zu bremsen. Mein Magen verknotet, die Wangen rot glühend vor Zorn und ungeweinte Tränen in den Augenwinkeln.

Erschöpft ließ ich mich von meinem Hund ins Freie dirigieren, und erst als mir der Wind ins Gesicht blies, bemerkte ich, was gerade geschehen war. Meine Gefühle waren so abgrundtief schrecklich gewesen, dass Hemingway sie erfühlen konnte.

Ich erkannte, dass sich mir genau in diesem Augenblick eine Möglichkeit bot, etwas grundlegend zu verändern. Dass ich mir selbst beweisen konnte, dass ich sehr wohl etwas Wichtiges begriffen hatte. Es ist nicht schwer, sich gut zu fühlen, wenn es einem schon gut geht. Aber würde es mir tatsächlich gelingen, mich neu zu orientieren, während ich gerade innerlich kochte? Konnte ich allen Ernstes aus reinem Herzen vergeben, selbst wenn ich die Tat an sich nicht gutheißen konnte? In meinem Garten steht eine mächtige, bestimmt hundert Jahre alte Blutbuche. Ich setzte mich unter ihr ins weiche Moos und lehnte mich an ihren kühlen Stamm. Hoch über mir rauschte der Wind leise durch ihre Blätter. Ich schloss die Augen und horchte lange in mich hinein. Ein ganzer Max-Film spielte sich vor meinem inneren Auge ab.

Weißt Du noch, unser allererster Tag nach Deiner Freilassung?

Wir wollten ihn zu etwas ganz Besonderem machen. Nachdem wir uns so lange erträumt hatten, wie es wohl wäre, wenn wir uns endlich vollends körperlich spüren könnten, wollten wir beide diesen Moment noch hinauszögern und gemeinsam die Vorfreude genießen. Es fing schon damit an, dass ich Dich nicht mit dem Wagen abholen durfte, sondern in Lüneburg auf dem Bahnhof auf Dich warten sollte. Auch ohne Wecker war ich längst wach, bevor die Sonne aufging. An Essen war den ganzen Tag über nicht zu denken. Stundenlang probierte ich all meine Kleider an. Am Ende entschied ich mich für das schlichte graue. Du solltest mich sehen, so, wie ich war, ohne etwas, das hätte ablenken können. Die Minuten auf dem Bahnsteig, bevor der Zug einfuhr, waren die längsten meines Lebens. Ich fühlte mich wie die Hauptdarstellerin aus einem alten Film. Und wäre es tatsächlich einer gewesen, so hätte man diese Szene kein zweites Mal drehen müssen.

Sie war perfekt.

Ich weiß bis heute nicht, ob Du diesen Auftritt geplant hattest oder ob mein Erinnerungsvermögen in der Nachbearbeitung den Weichzeichner angesetzt hat. All die Menschen auf dem Bahnsteig verschwammen zu einer diffusen, grau mit bunt gesprenkelten Masse in dem Moment, als ich Dich erblickte. Mit einer schäbigen schwarzen, ledernen Reisetasche über der Schulter kamst Du ohne Eile auf mich zu. Ich war unfähig mich zu bewegen. Wartete, bis Du bei mir warst. Endlich standest Du vor mir. Die Reisetasche fiel wie in Zeitlupe zu Boden und immer noch quälend langsam nahmst Du mein Gesicht in Deine Hände.

Ich glaube bis heute nicht, dass es eine Zeiteinheit gibt, in der man unseren ersten Kuss in Freiheit messen könnte. Hand in Hand liefen wir los. In eine Zukunft, die ganz sicher uns beiden gehören würde. In der endlich nichts mehr zwischen uns stand. Wir mussten es nicht aussprechen, wir wussten, dass es genau so war. Wir liefen in die Abenddämmerung und schließlich in die Dunkelheit hinein. Es war auch der Abend, an dem wir unsere Parkbank fanden, oder sie uns. Stundenlang saßen wir dort, ehrfürchtig vor dem Zustand des Zusammenseins, eng aneinander geschmiegt. Ganz im Jetzt. Wir lauschten den nächtlichen Geräuschen des Parks und unseren Herzen. Wir hatten keine Eile. In der Morgendämmerung gingen wir im Springbrunnen spazieren. Du küsstest mich fast um den Verstand, das kalte Wasser, in dem meine Füße standen, merkte ich allenfalls als nette Abkühlung, während der Rest von mir Feuer fing.

Langsam wich die Vorfreude der Realität. Unsere Hände fest umschlungen, wanderten wir barfuß durch die noch schlafenden Straßen nach Hause, begleitet vom morgendlichen Konzert der Vögel, das nie schöner geklungen hatte, als an diesem Tag. Mit den ersten Sonnenstrahlen des neuen Tages kamen wir schließlich zuhause an. Und unsere Ahnung wurde Gewissheit. Wir waren eins. Dazu bestimmt, miteinander zu verschmelzen. Körper wie Seelen.

Ich weiß nicht, wie viel Zeit vergangen war. Als ich die Augen öffnete, saß ich immer noch unter meinem geliebten Baum. Innerlich zur Ruhe gekommen. Ich rief mir den anderen Moment vor Augen. Du weißt, welchen ich meine. Spulte diese Szene im Geiste ab und spürte dabei in mich hinein. Nein, da war nichts. Mein Herzschlag blieb ruhig und gleichmäßig, mein Magen bildete keinen Knoten. Ganz stark wurde mir bewusst, welches Gefühl in mir die Oberhand gewonnen hatte. Das »Scheußlich« war im Begriff sich aufzulösen, seit Tagen schon, während mich wieder dieser ungewohnte innere Frieden ergriff.

Ja Max, ich konnte Dir vergeben, hatte es längst getan.

Liebe sollte bedingungslos sein. Ja, diese Lüge war schlimm. Und dennoch, ich kann entscheiden, was mit ihr passiert. Ich kann sie aufbauschen, ihr immer neue Nahrung geben und sie damit immer stärker werden lassen. Oder ich kann sie fortschicken, als etwas, das einfach ist. Nein, nicht einmal ist, sondern WAR. Sie hat keine Bedeutung mehr für mich. Heute weiß ich, dass Du sie nicht aus Böswilligkeit ins Leben gerufen hast.

Du hattest Dir viel zu hohe Maßstäbe an Dich selbst gesetzt. Und es kam der Punkt, da wurde Dir klar, dass Du sie nicht erfüllen konntest. Die Lüge war in dem Moment der scheinbar einzige Weg für Dich, um Dein Gesicht zu wahren, denn in der Theorie warst Du perfekt, das waren wir beide. Dass wir genau an der Umsetzung scheitern würden, damit hatte keiner von uns gerechnet.

Max, wie ich schon sagte, ich kann Dir keine Absolution erteilen. Doch ich merkte, dass wir an einem Punkt angelangt sind, wo wir stecken bleiben könnten. Keinesfalls möchte ich die Fehler der Vergangenheit wiederholen. Du weißt, dass ich damals gesagt habe, ich möchte nie wieder ein Wort darüber sprechen. Das hast Du bis jetzt ja auch respektiert. Doch es hat sich etwas verändert, wir haben uns verändert. Und vielleicht können wir es diesmal richtig machen. Max, ich bin nun bereit, dieses Gespräch mit Dir zu führen.

Deine Carlotta

von: max.tetten@gmx.de
8. Juli, 16:27 Uhr
Angekommen

Liebe Carlotta,
nun endlich finde ich die Zeit, dir zu schreiben. Meine Antwort ist schon lange überfällig, ich weiß. Ich will mich auch nicht hinter der vielen Arbeit verstecken, auch wenn es ein gutes Versteck wäre. Denn wenn wir viel zu tun haben, dann ist es in den Monaten von Mai bis Juli, wenn sich hier die Touristen die Klinke in die Hand geben.

Heute habe ich einen freien Tag. Ich schaue hinaus aufs Meer, höre das Tosen der Wellen, rieche das Salz und die Frische und manchmal kommt es mir so vor, als könnte ich es schmecken, wenn ich mit meiner Zunge über meine Lippen fahre. Es hat sich in letzter Zeit einiges bei mir getan. Wie du habe ich eine Zeit der Einkehr hinter mir. Mit den ganz normalen Fragen habe ich angefangen. Wonach strebe ich? Was ist mein Ziel? Was suche ich wo? Dabei habe ich herausgefunden, dass diese Fragen zwar alle ihre Berechtigung haben, aber im Grunde uninteressant sind, weil es die falschen Fragen sind. Die einzig richtige Frage bleibt: Wer ist der Suchende?

Oder anders: Wer bin ich?

Auf dem Weg zur Frage und dem noch schwierigeren zur Antwort habe ich vor allem erkannt, was ich alles falsch gemacht habe. Zunächst einmal habe ich immer im Außen gesucht. Kraft meiner fünf Sinne habe ich meine Umwelt, mein Verhalten, die anderen Menschen und deren Verhalten wahrgenommen, gewertet und verarbeitet. Daraus baute ich wie alle brav meine Schubladen, auf dass auch ja alles in jede passt und wenn etwas mal nicht passte, sorgte ich dafür. Man kann sich wunderbar selbst betrügen, dort, im Außen. Zu meiner Suche gesellten sich in der Vergangenheit andere Menschen. Eine Partnerin, Freunde und die Familie. Und weißt du, was die alles über mich wussten? Sie kannten mich alle so gut, dass ich ihre Erkenntnisse in mich aufnahm und das Bild der anderen von mir so perfekt imitierte, dass ich am Ende glaubte, dass ich genau der bin. Und so habe ich mich dann auch verhalten. Ich war der Max, den alle wollten.

Das, meine liebe Carlotta, war derselbe Fehler, den ich auch bei uns gemacht habe. Ich trat vor dich in der Wirklichkeit, damit ich Stück für Stück so werden konnte, wie du mich gesehen hast. Mit deiner Idealisierung, deinen Kästen und deinem Traum vom Glück mit mir. Und weil ich so wenig konfliktfähig wie scheu bin, rebellierte ich auch nicht dagegen. Warum auch? Manchen Tag gefiel mir der Max für dich eigentlich auch.

Nicht selten tat er das nicht, aber ein Ankämpfen dagegen hätte Stress bedeutet und so verlor ich mich, oder besser, ich lernte mich gar nicht richtig kennen, weil mir schon immer gesagt wurde, wer ich bin.

Carlotta, es ist mir unbegreiflich!

Da leben wir Menschen paarweise zusammen und trauen uns nach einigen Monaten, vielleicht Jahren, nicht mehr, dem Partner Dinge mitzuteilen, die uns bewegen. Sehnsüchte, die möglicherweise die Partnerschaft belasten. Abgründe, die wir in unseren Träumen entdeckt haben und Wünsche, die so dunkel sind, dass wir uns selbst nicht mehr trauen. Aber wir fressen alles in uns hinein, um dem Bild des Partners zu entsprechen, das wir mühsam gemalt haben. Darum ist auch noch ein goldener Rahmen und es wäre doch zu schade, wenn wir nun alles zerstören. So zu leben, meine liebe Carlotta, ist der pure Blödsinn. Und ich weiß jetzt, wie ich leben will. Ich habe in den letzten Wochen sehr viel Zeit allein verbracht. Du hast das oft belächelt, weil du glaubst, dass ich meinen Weltschmerz damit füttere. Doch es ist der einzige Weg, zu sich zu kommen. Die Tür der Welt verschließen und dann in die eigene eintreten. Du glaubst gar nicht, wie dunkel es zunächst dort ist. Wie verloren und orientierungslos du dich fühlst. Und wenn du dann, ganz langsam, wieder beginnst zu sehen, glaubst du nicht, was du siehst. Denn irgendwann zeigst du dich dir selbst so, wie du bist. Dann brauchst du die anderen nicht mehr, die dir immer gesagt haben, wer du bist. Du stellst fest, dass einige auf dem richtigen Weg waren, vor allem aber erkennst du, dass es die Melange der Meinungen ist, die am Ende ein Ganzes gibt. Und das Ganze bist du. Mit all den Eigenschaften, die dir auch nicht gefallen mögen. Denn dort in dir gibt es Gutes und Böses und du musst es annehmen, so, wie es ist.

Als ich aus dem Dunkel meines Selbst zurückgekommen bin, war mir schlagartig klar, dass ich so oft in meinem Leben nicht ich war. Obwohl mir mein Bauchgefühl immer schon etwas anderes signalisierte, setzte ich meine Maske auf und spielte den Max, der gerade von mir verlangt wurde. Das habe ich geändert. Ich bin ich. Keine Maske mehr, kein Verstellen. Auch wenn es weh tut, wenn es Konflikte gibt und ich eben nicht überall gemocht werde, ich bin ich!

Weißt du noch, wie wir zusammen immer darüber geträumt haben, was wir dann und dann machen? Wenn wir erst ein Kind haben und wenn wir dann ein Haus hätten und wenn, und wenn und wenn ...

Wir waren so oft mit den Gedanken an die Zukunft beschäftigt, dass wir die Gegenwart vergessen haben. Ich will diese Zeit des Träumens nicht schlecht reden. Wir hatten Spaß dabei und es ist schön, Ziele in der Zukunft zu haben, für die es sich zu leben lohnt. Doch schon allein bei der Frage nach dem

Kind, dem richtigen Moment, der richtigen Umgebung scheiterten wir.

Oder besser: Du scheitertest an mir, weil ich ohne Meinung war. Richtig ist natürlich, dass ich schon eine Meinung hatte, diese aber nicht äußern wollte, um dich nicht zu verletzen, nicht zu kränken oder um einfach nur keinen Konflikt herauf zu beschwören. Ich hätte wohl wenigstens eine Meinung haben müssen und diese dir kundtun. Das weiß ich jetzt. Doch mein Kernproblem bleibt bestehen. Warum verbauen wir uns das Glück des Moments mit den Gedanken an die Zukunft, die keiner von uns kennt? Und wenn wir das schon tun, warum träumen wir dann nicht wenigstens, dass alles gut wird? Müssen es immer die Bedenken sein, die tausend »aber« und die Negation des Glücks, weil das Leben so ungerecht ist?

Nein!

Wir haben doch die Chance, mit Freude nach vorn zu schauen. Und selbst wenn es Dinge gibt, die dann anders laufen, auch wenn es Herausforderungen und Probleme gibt. Dann sollten wir dankbar sein und alles annehmen. Weil wir, wenn wir in Liebe beieinander sind, alles schaffen können. Nun komme ich also noch zur Liebe. Sie ist die Grundlage von allem. Und, was oft vergessen wird, mit der Liebe zu uns selbst fängt es an. Es gibt noch einiges anderes, was im Leben wichtig ist. Wir dürfen unsere Werte nicht vergessen, die Ziele nicht und, da haben wir es wieder, die meisten haben vor allem damit zu tun, den Erwartungen der anderen gerecht zu werden. Aber im Kern bleibt die Liebe. Sie ist unendlich groß und kann alles. Auch verzeihen. So ist es im Grunde egal, ob du mir verzeihst, oder nicht. Im Grunde ist es auch egal, ob ich dich angelogen habe oder nicht. Es gab Gründe dafür, es zu tun. Der einfachste Grund ist der, dass ich dich schützen wollte. Der andere ist, dass ich dich nicht verlieren wollte.

Sonst hätte ich es doch nie getan. Das Entscheidende aber ist, ob ich etwas daraus gelernt habe oder nicht. Es geht nicht um die Lüge, sondern um den Grund dahinter. Der intuitive Impuls aus mir heraus wurde von mir falsch übersetzt. Ich war nicht genug bei mir. Ich trug meine Maske. Statt also inne zu halten und in mir nachzuspüren, codierte ich ein Signal in eine vorschnelle Handlung, hier war es die Lüge. Sie steht für etwas und nicht für sich selbst. Ihre Wertung schaffen wir Menschen. Urteile sind rein menschliche Erfindungen.

Wenn ich mir aber im rechten Moment meiner inneren Stimme oder meines höheren Selbst bewusst bin, fälle ich gar kein Urteil. Ich denke gar nicht daran, wie etwas bei dir ankommen könnte, weil ich ganz bei mir und eins mit mir bin, weil ich voller Liebe bin. Ich kann dann also nur das sagen, wofür ich stehe, das, was mich authentisch macht. Dies ist die eine Seite der Medaille. Ich war zu keiner Zeit bei mir, habe mir das Tor der Liebe mit Angst und meinen Wertungen verbaut. Das war schon alles.

Und was hast du mit meiner Lüge gemacht? Bei dir glaube ich, dass du sie nicht vordergründig bewertet hast. Zur weltlichen Begründung taugte sie allemal, doch im Grunde hast du intuitiv gehandelt. Es ging in der Folge auch nicht darum, mir zu verzeihen oder eben nicht. Man kann einem Lügner verzeihen, wenn man hinter die Maskerade schaut und verstehen will, warum er so handelt. Wenn der Kern verständlich ist, ist Verzeihen möglich. Wenn ich das aber gar nicht will, benutze ich die Lüge nur als Vorwand, um meine innere Stimme nicht hören zu müssen.

Was ich dir also sagen will, meine liebe Carlotta, ist das Folgende. Ich bin inzwischen bei mir. Ganz bei mir. Ich habe mich gefunden und die Liebe zu mir. Trotzdem ich eine Menge Dinge entdeckt habe, die mir nicht gefallen. Aber ich vergebe mir und nehme mich so an, wie ich bin. Ich scheue keinen Konflikt mehr, weil ich authentisch sein will. Ich bin zu jeder Zeit ich. Der, als der ich gemeint bin. Und weil das so ist, genieße ich jeden Moment und freue mich auf alle, die da kommen mögen. Auch ich bin nun bereit.

Alles Liebe,
dein Max

von: carlotta-spatz@web.de
11. Juli, 22:03 Uhr
Re: Angekommen

Lieber Max,

die Zeit ist ein seltsames Gebilde. Findest Du nicht auch? Es ist mir, als wäre alles, was Du geschrieben hast, direkt aus mir selbst herausgekommen. Und dennoch, an der Stelle, an der Du geendet hast, bleiben für mich einige Fragen offen. Ich habe lange darüber nachgedacht, ob es denn tatsächlich ausreicht, ganz mit sich selbst im Reinen zu sein. Natürlich ist das wohl eine ganze Menge und vielleicht sogar mehr, als so manch einer in seinem Leben überhaupt erreicht. Bei all den Spekulationen über die Zeit, ob sie denn existiert oder nicht, bleibt die dringendste Frage doch immer außen vor:

Wie viel von ihr bleibt uns noch?

Und wenn da noch etwas von ihr ist, wie viel von ihr nutzen wir wirklich? Im Verschwenden sind wir wahrhafte Meister. Wir verschwenden Zeit und Energie noch obendrein, fast vierundzwanzig Stunden am Tag und merken es nicht einmal. Den wahren Grund, warum wir hier sind, haben wir vergessen, und wenn wir dann mit der Nase darauf gestoßen werden, belächeln wir ihn mit der geballten Arroganz der Unwissenden. Freude empfinden, wie unendlich profan!

Gibt es doch so viele Dinge, über die man sich aufregen, ärgern und stressen kann. Wie, Du hast keinen Ärger, keinen Stress? Nicht mal eine klitzekleine Zwangsneurose? Keine Depression? Du genießt Dein Leben? Kann man davon Krebs bekommen? Und das sagst Du auch noch laut? Ffui, schäme Dich!

Okay, jetzt haben wir es vielleicht beide geschafft. Wir sitzen jeweils mit uns selbst auf unserer Wolke und sind zufrieden. Schön. Doch mir scheint, Max, damit fängt es erst an. Wenn jetzt also jemand, möge ihn jeder nennen, wie er will, zu mir auf meine Wolke käme und sagen würde:

»So, liebe Carlotta, deine Zeit ist leider um, bitte lass all deine persönlichen Sachen hier und folge mir«, da würde ich nicht mitmachen können.

Es ist keineswegs so, dass ich das, was ich erreichen möchte, schon erledigt habe, sondern vielmehr so, dass ich mir endlich die Grundvoraussetzung geschaffen habe. Doch, was würde der, den jeder nennen kann, wie er mag, mir antworten?

»Das war keine Frage, Carlotta!«

Welche Relevanz hätte die Lüge dann noch? Einzig die Zeit wäre zu betrauern. Nämlich die, die wir nicht genutzt haben. Ich bin also zufrieden mit mir, mit meinem schwarzen Hund und meinem weißen Haus. Und sicherlich, wenn es von nun an bis an mein Lebensende so weiter gehen würde, würde ich in diesem Leben auch eine Art der Erfüllung finden können.

Gäbe es da nicht noch einen Superlativ des Ichs.

Das Wir.

Denn in diesem Moment gleicht auch das schönste Einsiedlerleben irgendwie einer Bushaltestelle, in der man sitzt und wartet und hofft, dass es nicht umsonst gewesen ist.

Zuweilen denke ich, dass dieses Ich mit mir selbst auch auf seine Weise eine philosophische Form der Feigheit ist. So, als würde man mit sich selbst »Mensch ärgere Dich nicht« spielen. Wenn ich mich selbst rausschmeiße, gewinne ich trotzdem, denn es ist ja kein anderer da, der mich verletzen könnte.

Weißt Du, Max, was ich mir wünsche?

Nicht im Sinne des mit allen Mitteln darauf Hinarbeitens, oder dass ich dann wieder etwas hätte, wohinter ich das Ich verstecken kann. Vielmehr als eine Art Erweiterung, als eine Vollendung meines Ichs. Wenn ich eines Tages diese Welt verlassen muss, dann möchte ich dies als Ehefrau und Mutter tun.

Sagen können: »Mein Sohn, meine Tochter, mein Mann«.

Das wäre es, was mich mit Freude erfüllen würde. Nicht Carlotta, die Millionärin, die Nobelpreisträgerin, Oberstudienrätin oder dergleichen.

Carlotta, die Ehefrau und Mutter.

Denn wenn es mir gelingen würde, gemeinsam mit einem Mann und einem Kind glücklich zu sein und diese zu erfüllten Menschen zu machen, dann hätte ich meinen Teil dazu beigetragen, diese Welt ein Stückchen besser zu machen.

Du weißt, dass ich der Kirche sehr kritisch gegenüberstehe. Ich brauche keine scheinheilige Institution, der ich Abgaben leisten muss, um ein tiefgläubiger Mensch zu sein, noch brauche ich sie, um mir zu sagen, wie dieser Glauben aussehen soll. Doch eines gibt es, was in der Kirche gesprochen wird, was ich als heilig empfinde.

In guten wie in schlechten Tagen.

In Armut und Reichtum.

In Gesundheit und Krankheit.

Bis dass der Tod Euch scheidet.

Dies ist die größte freiwillige Wertschätzung, die ein Mensch einem anderen zuteilwerden lassen kann.

Lieber Max, wir beide waren in den letzten Monaten auf Reisen, und wenn ich mir einer Sache sicher bin, dann der, dass wir nicht mehr dieselben sind, wie noch vor einem Jahr. Doch solange wir einander nur schriftlich begegnen, werden wir nie herausfinden, ob unsere nicht endende Sehnsucht nacheinander berechtigt ist, oder ob wir vielmehr immer noch zwei völlig unterschiedlichen Wunschbildern nachjagen. Mein Wagen ist bereits gepackt. Ich werde noch heute Nacht eine weitere Reise antreten. Hemingway und ich machen Urlaub in Cork. Wir haben Zeit und unsere Reise führt uns durch viele interessante Gegenden. Ich schätze, dass wir Anfang nächster Woche da sein werden. Bitte fühle Dich jetzt nicht überrumpelt.

Es wäre gelogen zu behaupten, dass unser Reiseziel nichts mit Dir zu tun hat. Natürlich sehne ich mich unendlich danach in Deiner Nähe zu sein, Dich wieder zu sehen. Und ich bin außerdem der Ansicht, dass es Themen gibt, die wir von Angesicht zu Angesicht bereden sollten und nicht per Mail. Dennoch, und das meine ich ernst, wäre ich Dir nicht böse, wenn Du mich nicht sehen willst. Hemingway und ich hätten trotzdem einen schönen Urlaub.

Handy und Notebook habe ich dabei, Du kannst mich also weiterhin jederzeit erreichen. Ich melde mich von unterwegs aus.

Deine Carlotta

von: max.tetten@gmx.de
15. Juli, 12:41 Uhr
Vom Reisen und Ankommen

Liebe Carlotta,

schön, dass du zu Beginn der kommenden Woche in Irland sein wirst. Ich bin mir sicher, dass dich dieses Land in seinen Bann ziehen wird. Die tolle Natur, das satte Grün der Wiesen, die wilden Wellen des Meeres, die sich an den schroffen Felsen brechen und dazu die Gastfreundschaft von wundervollen Menschen, die fast jeden Abend im Pub grandios feiern und das Leben lieben. Es wird dir hier gefallen und Hemingway sicher auch.

Was dir vielleicht nicht gefallen wird ist, dass ich nicht da sein werde. Denn genau zu der Zeit, in der du in Irland bist, werde ich in Deutschland sein. Zufall, liebe Carlotta? Ich glaube es nicht. Meine Einkehrwoche im Kloster Waldsassen in Bayern habe ich bereits vor Wochen gebucht und nun schreibst du mir, dass du zur selben Zeit hierherkommst. Früher hätte ich mich darüber geärgert und alles daran gesetzt, dass ich meinen Urlaub umbuche oder dich gefragt, ob du später kommen kannst. Auf jeden Fall hätte ich es als Problem gesehen und nicht als Geschenk. Heute sehe ich es wirklich so. Wir werden uns nicht sehen und das ist nicht schlimm. Natürlich hätte ich mich über dich gefreut und sehr gern hätte ich dir meine Welt hier gezeigt und mit dir über all das gesprochen, was noch zwischen uns steht. Dabei weiß ich genau, dass wir uns verstanden hätten. Weil die Zeit einiges geheilt, aber vor allem auch uns beide nicht getrennt hat. Sie hat uns verändert, nicht aber das Gefühl füreinander. Und so muss es wohl auch sein. Die wahre Liebe lässt zu, dass die Liebenden sich trennen und eigene Wege gehen. Denn sie werden immer wieder zusammenkommen. Alles, was sie im Moment der Trennung ängstigt, sind nur die Grenzen des Denkens, gesellschaftliche Zwänge und die guten Ratschläge von Freunden, die das Leben der zweiten Wahl führen. Nicht das echte, tiefe, sondern das auf der Oberfläche. Wenn die Liebenden aber auf ihr Gefühl vertrauen, wissen sie, dass auch das Getrenntsein zum Lieben gehört.

Denn im Grunde ist so, dass die Liebe etwas ist, das von innen nach außen geht. Und so werde ich die Gedanken an meine Carlotta mit mir nehmen, wenn ich im Kloster bin. Ich werde dich sehen, wie du mit Freuden dieses wunderbare Land entdeckst. Und natürlich wird es mich etwas schmerzen, dich dabei nicht wirklich zu sehen. Aber gefühlt bin ich immer bei dir.

Weißt du, Carlotta, manchmal sitze ich auf dem Hügel neben dem Eask Tower, schaue aufs Meer und lächle vor mich hin. Viele Leute haben bei mir immer geglaubt, dass ich diesen Rückzug nur aus Weltschmerz mache und weil ich mich meinen eigenen, tief sitzenden Problemen nicht stellen will. Doch so ist es nicht. Ich brauche diese Klarheit für mich, ganz gleich, wie lange es dauert. Und obwohl ich die ganze Zeit über allein war, wenn ich von diesem Fiasko mit Keira einmal absehe, habe ich mehr über die Liebe gelernt, als in einer Partnerschaft. Vielleicht ist aber genau das der Kern des Problems, das auch wir hatten, als wir zusammen waren. Viele Menschen beziehen die Liebe vom Partner oder wollen es zumindest. Sie kommt aber nicht von dort. Sie kann nicht vom Anderen kommen, weil es ein inneres Erleben, eine eigene Entscheidung ist. Liebe funktioniert nicht, indem ich sage, wenn du, Partner, dieses und jenes machst, kann ich dich richtig lieben.

Wir sollten einfach nur geben, in einem immerwährenden Prozess, jeden Tag aufs Neue. Nicht, weil wir es uns irgendwann einmal, vor einem Altar oder in einer romantischen Stunde bei Kerzenlicht versprochen haben, nein. Weil wir uns jeden Tag wieder bewusst dazu entscheiden!

Ich habe mich viel zu oft zurückgezogen, nicht körperlich, sondern im Geiste. War dann hinter meiner Maske dir gegenüber nicht aufrichtig. Eins habe ich nun aber erkannt. Unsere Beziehung muss jede Ehrlichkeit und gelebte Authentizität aushalten. Ich habe gar nicht das Recht dazu, vorher für dich, für mich und für uns zu entscheiden, ob ich dir etwas sage, was ich dir sage und wie. Und ob ich mit einer Lüge an einer Auseinandersetzung vorbeikomme, zeigt nur meine Angst und Bequemlichkeit. Ich will dir immer alles sagen. Und es ist immer meine Wahrheit, mehr nicht. Auch wenn ich darüber das Risiko eines Konflikts eingehe. Doch wenn wir wirklich zusammengehören, wird unsere Beziehung jede Wahrheit vertragen.

Und deshalb, liebe Carlotta, will ich dir sagen, dass ich nicht da sein werde und auch keine Kopfstände machen werde, um das zu ändern. Ich freue mich auf meinen Urlaub im Kloster. Außerdem freue ich mich für dich für deine Zeit in Irland. Ganz aufrichtig und ehrlich. Und natürlich freue ich mich, wenn wir uns wiedersehen. Weil ich weiß, dass das passieren wird. Dass wir uns verzeihen können und als die voreinander treten, die wir inzwischen sind. Zwei Menschen, die an sich selbst und ihrer Liebe gewachsen sind. Ich freue mich auf deinen Reisebericht und werde dir auch von meiner Zeit im Kloster erzählen.

Alles Liebe, dein Max

von: carlotta-spatz@web.de
15. Juli, 14:36 Uhr
Re: Vom Reisen und Ankommen

Lieber Max,

ich schreibe vom Handy aus, also entschuldige bitte die Kürze der Mail. Ich bin eher angekommen, als ursprünglich gedacht. Mit Hemingway sitze ich am Strand in Fennell's Bay. Wenn Du mich vor Deiner Reise doch noch sehen möchtest, findest Du mich hier.

Deine Carlotta

von: max.tetten@gmx.de
15. Juli, 18:21 Uhr
Re: Vom Reisen und Ankommen

Liebe Carlotta,

wenn mich nicht alles täuscht, bist du dann in der Nähe von Cork, also nicht gerade um die Ecke. Ich muss nächste Woche noch arbeiten, aber ich könnte am Mittwochvormittag dort sein. Dann hätte ich auch genügend Zeit, um mir ein Auto zu besorgen. Denn mit dem Fahrrad wären mir die knapp zweihundert Kilometer zu weit. Wirst du am Mittwoch noch dort sein? Ich bin bis zum nächsten Samstag hier in Dingle, am Sonntag fliege ich von Shannon nach Frankfurt

Liebe Grüße, Max

P.S.: Komisches Gefühl, dich so nah hier zu haben. Ungewohnt, schön und aufregend.

von: carlotta-spatz@web.de
15. Juli, 21:36 Uhr
Re: Vom Reisen und Ankommen

Lieber Max,

zweieinhalb Jahre ist es nun her, dass ich mich in der gleichen Situation befand wie jetzt. Und wie damals setze ich abermals alles auf eine Karte. Ich wusste nicht, was mich erwartet, hoffte und bangte, dass der Mann, den ich nie zuvor gesehen hatte, sich tatsächlich als der Eine entpuppen würde. Heute bin ich mir dessen sicher. Doch bin ich deswegen klüger?

Vielleicht um die Erkenntnis, dass diese Gewissheit allein nicht ausreicht. Die Gefühle jedenfalls sind liebe alte Bekannte, die über den Rücksitz gekrochen kamen, während ich, so schnell es irgend möglich war, auf der falschen Seite der Straße in die richtige Richtung fuhr. Damals hast Du mich erwartet, jetzt weißt Du nicht, dass wir uns in wenigen Minuten zum ersten Mal seit mehr als einem Jahr wieder sehen werden. Oder ahnst Du es? Spürst Du vielleicht genau jetzt, in diesem Moment, eine latente Unruhe? Kommst suchenden Blickes aus Deiner Küche heraus, nicht genau wissend, was Du eigentlich suchst?

Jetzt, da Du nur ungefähr fünfzig Meter von mir entfernt bist, zögere ich den Augenblick hinaus. Anstatt auszusteigen, meinen Hund an die Leine und mein Leben in die Hand zu nehmen, sitze ich hinterm Lenkrad und schreibe Dir. Du bist mehr als nur DER Mann in meinem Leben, Max, Du bist ein Teil von mir, mein antwortendes Tagebuch, die Erweiterung meiner Seele. Ich möchte uns beide gleichsam anschubsen wie beschützen.

Gleich, in wenigen Minuten, werde ich die Tür zu Deinem Pub aufstoßen und in unserem eigenen kleinen Universum Geschichte schreiben. Und diese Geschichte geht so:

Es war einmal eine zierliche brünette Frau mit einem großen zotteligen schwarzen Hund. Die eine hieß wie ein Vogel und der andere wie ein denkwürdiger Mann. Eines Abends betraten sie beide ein Pub irgendwo in Irland. Sie setzten sich ganz hinten an einen unbesetzten Tisch und ignorierten die neugierigen Blicke der Einheimischen, die, wie jeden Abend, um den Tresen versammelt waren. Der Wirt, der nicht wusste, dass sie wusste, dass er Peter heißt, kam an ihren Tisch und fragte, was er ihr bringen könne. Sie bestellte ein Guinness, weil sie schon lange davon geträumt hatte, in ebendiesem Pub zu sitzen und ein Guinness zu trinken, obwohl sie auch wenn sie das nie zugeben würde, bis jetzt gar nicht wusste, wie es schmeckte. Ob es auch etwas zu Essen sein dürfe, fragte er weiter. Allein bei der Erwähnung des ihr so vertrauten Essens dieses Kochs traten ihr beinahe die Tränen in die Augen. Vor Freude, vor Aufregung, vor all den aufgestauten Emotionen. Der Wirt wunderte sich ein wenig über diese seltsame Touristin, doch er erfüllte ihren Wunsch, nachdem er das bestellte Bier vor ihr abgestellt hatte und eilte in Richtung Küche, um den Koch zu holen.

Der Koch, der an diesem Tage etwas durcheinander war, weil ihn ein paar Stunden zuvor eine Nachricht, die ihn reichlich aufwühlte, erreicht hatte, kam kurz darauf aus der Küche. Auf dem Weg zu dem Tisch, den sein Chef ihm gewiesen hatte, stolperte er beinahe über einen großen schwarzen Hund. Das Tier sah ihn mit einem merkwürdig fragenden Blick an. Der Koch erschauderte. Und begriff. Sein Herz begann zu rasen und seine Worte waren nur ein Flüstern:

»Jetzt wäre ich beinahe über Dich drüber gefallen, Hemingway.«

Verblüfft starrte selbiger den Koch an. Der kannte seinen Namen! Doch dann verstand auch der Hund. »Ist ja nichts passiert, Max!«, antwortete er.

Doch der Koch hörte ihn nicht mehr. Wobei sich Hemingway keineswegs sicher war, ob dies daran lag, dass die meisten Menschen die Tiere eben nicht hören können, oder vielmehr daran, dass der Koch seine Arme fest um die Frau geschlossen hatte, deren treuer Begleiter er war.

Max, ach Max ...

wird es so, oder so ähnlich sein? Zweitausend Kilometer bin ich gefahren. Nicht um eine Geschichte zu schreiben, sondern um Geschichte zu schreiben. Mag sein, ich werde enttäuscht, mag sein, die Wirklichkeit übertrifft meine Geschichte. Aber weißt Du, was das Beste daran ist?

Mit jeder Faser meines Seins spüre ich das Jetzt. Spüre ich mich! Ich bin jetzt. Ich bin.

Und allein dafür hat sich diese Fahrt gelohnt. Auch morgen werde ich noch sein. Vielleicht eins mit Dir.

Deine Carlotta

PS: Und jetzt steige ich aus.

Carlotta

Als ich mich endlich entschließe aus dem Auto zu steigen, ist die Dämmerung bereits fortgeschritten und der Wind pfeift. Die Luft riecht nach Meer, ich kann hören, wie es an die Felsen brandet. Max' Meer. Hemingways Lederleine habe ich mir fest um die Hand gewickelt. Eigentlich braucht er sie nicht. Ich weiß, dass ich mich blind auf ihn verlassen kann. Aber ich brauche sie. Ich muss mich an etwas festhalten, während sich meine Gefühle im freien Fall befinden. Hemingway drückt sich fest an meine Seite, als wolle er mir Mut machen.

Noch einmal hole ich tief Luft, dann drücke ich die Klinke zu Max' Arbeitsstätte entschlossen herunter. Wärme, Musik, dämmeriges Licht und Stimmengewirr empfangen mich. Der Wirt (Peter?) schaut von seinen Biergläsern auf, ich nicke ihm zu. Einen Moment bleibe ich unschlüssig stehen. Welcher Tisch ist der beste für Max' und mein Wiedersehen? Ich entscheide mich für einen kleinen Zweiertisch, ganz hinten in der Ecke, der von der Küchentür aus nicht direkt einsehbar ist. Plötzlich beschleichen mich Zweifel. Max ist genauso unberechenbar wie das Meer, das ihn so magisch anzieht.

Trotz der vergangenen Monate bin ich mir keineswegs sicher, ob er zu einem Treffen mit mir schon bereit ist. Denn, natürlich, auch wenn ich das ihm gegenüber nie zugeben würde, war er der einzige Grund für meine Reise nach Irland. Ich meine, dass dieses Land absolut grandios ist und man vergebens ein Zweites sucht, das sich mit seiner Schönheit messen könnte. Keine Frage. Aber ich wäre auch im Winter nach Sibirien gefahren, nur um Max wieder zu sehen.

Peter, ich beschließe, dass es sich um Peter handeln muss, kommt an meinen Tisch. Unaufgefordert stellt er eine Schale Wasser vor Hemingway, der sich zu meinen Füßen zusammengerollt hat, und fragt nach meinen Wünschen. Ich bestelle ein Guinness und nehme die Speisekarte zur Hand. Neben den typisch irischen Gerichten wie Smoked Bacon und Beans, Irish Stew, Roast Beef, und Whiskey Nutcake entdecke ich eine Seite in der Karte, die mein Herz höher schlagen lässt.

»Unser Koch empfiehlt« steht da und es besteht kein Zweifel, dass mit ebendiesem Max gemeint ist.

Für einen Moment schließe ich die Augen und reise zurück in die Vergangenheit. Max hat kein anderes, als unser ganz persönliches Menü hier abdrucken lassen. Es war vielleicht vier Wochen nachdem unser gemeinsames Leben in Lüneburg begonnen hatte. Ich kam an diesem Tag erst spät nach Hause, denn in der Schule hatte ein Elternabend stattgefunden. Max hatte gekocht. Auf der Terrasse hatte er einen Tisch gedeckt, mit steifem weißen Leinen, von dem ich sicher war, dass er es eigens für diesen Abend angeschafft hatte.

Gläser, Teller, Besteck standen in perfekter Reihenfolge auf dem blütenweißen Stoff, in der Mitte prangte ein riesiger Strauß bunter Sommerblumen. Ich war überrascht, denn nachdem er die Kerzen angezündet hatte, holte Max einen Seidenschal hervor und verband mir die Augen. Ein wirklich gutes Essen müsse man erfühlen, erklärte er mir. Riechen und schmecken, auch mit allen anderen Sinnen. Ich zitterte vor Aufregung und Verliebtheit, als er mir den ersten Bissen vorsichtig in den Mund schob. Ich schmeckte herrlich würzigen Rucola, der mit lieblichen Karotten einherging. Wallnussöl tanzte mit Balsamico auf meiner Zunge, gemischt mit einem Hauch Süße, die ich nicht benennen konnte. Es folgte ein knuspriges Paket mit scharf angebratenem Bacon, der ein winziges Stück Mozzarella umarmte.

Erst als ich das Gericht auf diese Weise gefühlt hatte, durfte ich die Augenbinde abnehmen und weiter essen. Dem Salat folgte ein Kohlrabi-Süppchen, anschließend der Rehrücken, natürlich der Rehrücken, und schließlich eine Fruchtgrütze mit Vanillesauce. Peter, der das Guinness vor mir abstellt, holt mich abrupt in die Wirklichkeit zurück. Für einen Moment weiß ich nicht, wo ich bin. Doch dann denke ich an die Geschichte, die ich vorhin im Auto an Max geschickt habe, und besinne mich meiner Rolle darin.

Auf Peters Frage nach meinem Essenswunsch antworte ich, ob es möglich sei, dass der Koch mir persönlich etwas empfehle. Er blickt zwar etwas erstaunt drein, doch er kommt meiner Bitte nach und verschwindet in Richtung Küche. Rasch ziehe ich einen kleinen Spiegel aus meiner Handtasche und überprüfe noch einmal mein Make-up, das ich gerade eben erst im Auto erneuert hatte.

Hemingway spürt meine Aufregung und beginnt unruhig hin und her zu laufen. Ich lasse ihn. Um mich zu beruhigen, nehme ich einen großen Schluck von meinem Bier. Es rinnt mir eiskalt und ungewohnt köstlich die Kehle hinunter. Nein, ich habe nicht die geringste Ahnung, was ich gleich sagen werde, wenn Max vor mir steht. Früher hätte ich Stunden damit verbracht, die richtigen Sätze zu üben. Aber ich bin nicht mehr die, die ich früher war. Wenn der richtige Augenblick da ist, werde ich wissen, was ich zu sagen habe. Plötzlich höre ich ein Poltern, ein unterdrücktes Fluchen, gefolgt von Hemingways leisem Knurren.

Ich blicke auf und erstarre.

Für eine endlose Weile blicke ich den Mann an, der vor mir steht. Die Zeit steht still. Er räuspert sich verlegen, während ich gleichzeitig nach Luft schnappe und verzweifelt nach Worten ringe. Als ich die Worte endlich hervor würge, hört sich meine Stimme seltsam fremd an:

»Wo ist Max?«

Der Koch, der definitiv nicht Max ist, schaut mich jetzt ebenso verwirrt an, wie ich ihn.

»Max? Der hat sich heute kurzfristig für einige Tage frei genommen. Keine Ahnung, wo er steckt«, antwortet er mir.

Das Allerschlimmste ist das Begreifen in seinen Augen zu sehen, gefolgt von Mitleid. Ich will es nicht, danke, kann er gern behalten. Ich schlucke den Ärger, der in mir aufkeimt, hinunter. Der falsche Koch kann ja nichts dafür. Er scheint zu ahnen, dass mir der Appetit vergangen ist, und trollt sich unverrichteter Dinge wieder in seine Küche. Tausend Gedanken jagen sich in meinem Kopf, während mein Herz kollabiert. Ist es meine eigene Dummheit, dass ich einfach davon ausgegangen bin, Max hier zu treffen?

Immerhin kannte ich seinen Dienstplan nicht. Ich hatte vorausgesetzt, dass er während der Saison an einem Sonntagabend arbeiten würde. Oder hatte er meine Gedanken geahnt, wie er es manchmal tat, und war vor mir geflohen? In seiner vorletzten Mail hatte er ja ganz deutlich zum Ausdruck gebracht, dass er das Schicksal annehme, auch wenn dies bedeutete, dass wir uns nicht sehen würden. Meinte er damit vielleicht sogar, dass es ihm ganz recht sei? Im Monolog ist Max perfekt. Das war er schon immer. Doch ich erinnere mich auch noch sehr deutlich an Situationen, aus denen er geflohen war. Weil er nicht mehr zurechtkam. Mit sich, mit mir und der Welt. Ich trinke mein Bier in riesigen Zügen aus. Es schmeckt plötzlich seltsam schal, doch das ist mir egal.

Plötzlich verschlucke ich mich und mit dem Husten spuckte ich einen ungeheuerlichen neuen Gedanken aus. Ich wische mir die Tränen aus den Augenwinkeln, krame einen Fünf-Euro-Schein hervor, den ich achtlos auf den Tisch werfe und stürme aus dem Lokal. Draußen lehne ich mich für einen Moment gegen die Tür. Hemingway sieht mich fragend an.

Hektisch beginne ich nach meinem Autoschlüssel zu wühlen und finde ihn schließlich in der Jackentasche. Im Auto schalte ich das Navi ein und starre auf das Display, als könne es mir die Antwort auf meine Frage geben, die ich fürchte, auszusprechen?

Wie heißt Max' Straße???

Verdammt!

Im Nu kommen all meine Gedanken zum Stillstand, mein Kopf ist leer.

Es war ein Name. Nur welcher? Ginger? Gavin? Graham? Grey's Lane. Genau!

Meine Finger zittern, doch nach dem fünften Anlauf schaffe ich es, den Namen einzutippen. Ich starte den Motor. Merke, wie ich automatisch rechts fahre. Zum Glück ist gerade kein anderes Auto auf der Straße zu sehen. Darf man in Irland überhaupt nach einem Bier noch Auto fahren? Ich weiß es nicht. Ich weiß nur, dass ich diese verdammte Straße finden muss. Sieben Minuten später biege ich in die Grey's Lane ein und das auch nur so spät, weil ich in meiner Hektik nicht nur die Fahrbahn, sondern generell die Straßenseiten verwechselt habe. Wenn mich nicht alles täuscht, mündet die Grey's Lane nämlich in der John-Street, woher ich gerade aus dem »Bull's Head« gekommen bin. Ich stelle mein Auto am Straßenrand ab. Mittlerweile ist es stockdunkel. Es beginnt zu regnen. Ich steige trotzdem aus. Hemingway macht ein ergebenes Gesicht, als er aus dem Wagen springt. Aber er folgt mir, käme nie auf die Idee, es nicht zu tun. Ich beuge mich zu ihm hinunter und drücke mein Gesicht in sein dunkles Fell.

Die Grey's Lane ist eine kleine Gasse, hinter der sich ein Park befindet. Die meisten Häuser sind zweistöckig, keins gleicht dem anderen und doch stehen sie in perfekter Harmonie beisammen. Die Nacht verschluckt den Großteil ihrer Farbe und dennoch kann ich erkennen, wie hübsch sie aussehen. Mal beige, mal erdfarben oder langweiliges gelb und zwischendrin dann auf einmal ein kräftig rotes oder blaues. Wunderschön. Leider fällt mir aber wieder ein, warum wir hier sind und mein Herz krampft sich erneut.

Damals, nach Max' Geständnis, brach im ersten Moment meine schöne heile Welt zusammen. Vielleicht war es Dummheit, später gepaart mit einer gehörigen Portion Glück. Aber einzig meinem unerschütterlichen Vertrauen in ihn, einen Mann, den ich zu diesem Zeitpunkt noch nie gesehen hatte, war es geschuldet, dass unsere Geschichte danach noch weiter ging, ja tatsächlich erst begann. Max beteuerte damals unentwegt, er habe nie gelogen, was auch stimmte. Aber einen beträchtlichen Teil der Wahrheit hatte er verschwiegen.

Dass er der Lüge durchaus fähig war, erfuhr ich dann ein Jahr später. Und genau diese beiden Erinnerungen paaren sich nun in meinem Kopf zu einem wirklich ungeheuerlichen Verdacht. Was, wenn Irland eine Lüge ist? Ein Luftschloss in Max' Kopf? Was, wenn er nur im Urlaub hier war? Sich die Straßen und das Restaurant angesehen und kurzentschlossen zu seiner Kulisse gemacht hat? Das herauszufinden, deshalb bin ich hier. Laufe im immer stärker werdenden Regen die Grey's Lane runter und suche nach seinem Namen an einer der Klingeln.

Hemingway schnüffelt aufgeregt auf dem Boden herum. Weiß er, dass er den Geruch suchen muss, den ich aus Max' altem T-Shirt längst herausgeliebt habe? Ich weiß es nicht. Aber so bin ich bei meiner Suche wenigstens nicht allein.

Buckley und Mc Grath, weiter zum nächsten Haus. Brady, O' Conell, Mac Dermot. Nichts. Schmidt. Wie ungewöhnlich hier das gewöhnliche aussieht. O' Brien, Callahan. O' Neill, Mc

Giolla, Mac Conmara. Mac Gowan und O Buadhaigh, wie immer das auch ausgesprochen wird.

Unterdessen habe ich die Mitte der einen Straßenseite erreicht. Nichts. Mich fröstelt, aber ich glaube nicht, dass das an dem Regen liegt, der mir mittlerweile in den Kragen läuft. Ein Fahrradfahrer kommt mir entgegen. Ich wünschte, es wäre Max. Ist er aber nicht. Nur ein Fremder, der eine Mütze trägt und bestimmt Paddy O' Brian heißt.

Eine alte Frau schaut aus dem Fenster. Fragt, ob ich jemanden suche. Wen? Einen Max Tettenborn? Nie gehört. Natürlich nicht. Ich habe das Ende der Straße erreicht. Bleibt noch die andere Hälfte übrig. Hemingway und ich wechseln die Straßenseite. Er schnüffelt nur noch halbherzig, drückt sich wieder fest an meine Seite und macht mir Mut. Mein lieber Freund. Weiter geht's.

Maguire, O' Reilley. Nichts.

So langsam glaube ich, ich sollte einfach zu meinem Auto zurückkehren. Im Moment fände ich es besser, mir einzureden, er wohne im letzten Viertel der Straße, in dem ich die Klingelschilder nicht gelesen habe, als vielleicht die Gewissheit zu erlangen, dass er gar nicht hier wohnt. Hemingway zieht mich weiter. Unser Auto steht nur noch ungefähr fünfzig Meter entfernt auf der anderen Straßenseite.

»The little Cheese Shop«, ein sehr schöner Laden. Im Haus daneben O' Kennedy, Tettenborn, Mc Sweeney. Tettenborn. Ich begreife nicht sofort, was ich lese. Ein Gefühl, als würde mir sehr schnell sehr viel Last entweichen, erfüllt mich. Verwirrung über mich selbst macht sich breit und ich stehe im irischen Regen und lache.

Gleichzeitig schäme ich mich meiner Gedanken.

Immerhin geht es hier um Max. Um meinen Max. Ja, genau deswegen ja. Ich beschließe, dass er diese Gedanken nie erfahren wird. Zögernd, denn schlagartig kehrt alle Aufregung zurück, drücke ich auf den Klingelknopf. Stille. Nichts rührt sich. Ich drücke noch einmal, aber alles bleibt ruhig. Max ist nicht da. Es gibt Momente, wo man vorher so viel unterschiedliches gefühlt hat, dass man plötzlich einen Moment reinen Bewusstseins erlebt. Dies ist so einer. Auf wunderbare Weise geht mir nichts durch den Kopf, fühle ich nichts als Leichtigkeit und Jetzt.

Ich beginne zu laufen und Hemingway, der dies für ein wunderbares Spiel hält, fällt mit ein. Vor meinem Auto bleiben wir stehen. Wir brauchen keine Worte, das ist das schöne an einem Hund, wir verstehen uns einfach über unsere Gefühle. Sobald ich im Auto sitze, überfällt mich eine bleierne Müdigkeit. Die vielen Kilometer, die ich in den letzten Tagen gefahren bin und die Aufregung in jegliche Richtung fordern ihren Tribut. Die erste Unterkunft auf meinem Weg ist Benners Hotel. Ich halte an. Nehme meinen Hund und meine Reisetasche. Frage nach einem Zimmer. Bekomme den Schlüssel. Ich kann mich kaum noch auf den Beinen halten. Die nassen Sachen werfe ich einfach auf den Boden. Es ist mir egal.

Ich sinke aufs Bett und schlafe augenblicklich ein.

Ich wache auf und weiß nicht, wo ich bin. Etwas Schweres liegt auf meinem Bein. Hemingways Kopf. Er guckt mich an. Aber er kennt das. Ich drehe mich noch mal rum, sortiere meine Gedanken. Die Fahrt von Fennell's Bay nach Dingle. Das »Bull's«. Max, oder vielmehr dessen Abwesenheit. Die Grey's Lane. Sein Name an der Klingel von Nummer 44. Langsam öffne ich die Augen und stehe auf. Mein Zimmer sieht aus, wie im Urlaubskatalog für Irland. Möbel aus Holz, Sessel mit wunderschönem Bezug, alles irgendwie ein bisschen herrschaftlich. Kein blödes Furnier und schäbige dunkelgrüne abgewetzte Bezüge. Ich mag mein Zimmer. Es regnet. Ich trete trotzdem auf den Balkon hinaus und blicke in diesen einzigartigen Himmel, der so viele auf einmal zu sein scheint. Hier regnet es, aber weiter hinten sieht man deutlich die Sonne hinten den Wolken hervor blitzen. Bevor ich unter die Dusche steige, hebe ich die noch feuchten Sachen vom Vortag auf.

Anschließend gehe ich mit Hemingway, der geduldig auf mich gewartet hat, hinunter. Es nieselt fein, aber es stört mich nicht. Trotz der gestrigen Wirrungen habe ich beschlossen, gute Laune zu haben. Ich bin in einem einzigartigen Land und werde die Gelegenheit nutzen, es mir auch anzusehen.

Vielleicht gehe ich später noch mal zum »Bull's« und versuche wenigstens, Max' irische Handynummer herauszufinden.

Das Frühstück ist einzigartig. Ich bin kein Frühstücksmensch. Zuhause reicht mir ein Kaffee mit einem trockenen Keks, doch hier koste ich es aus. Bei uns würde man so eher zu Abend essen, aber genau das mag ich im Moment. Krosser, duftender Speck, gebackene Bohnen in roter Sauce, gebratene Pilze und zum Abschluss Scones mit himmlischer Marmelade. Ich esse bestimmt eine Stunde lang und genieße jeden Bissen. Es ist eher kühl, von der See her weht ein kräftiger Wind. Eingepackt in meine Lederjacke mache ich mich zu Fuß mit meinem Hund auf, die kleine Küstenstadt zu entdecken. Ich erkunde pittoreske Straßen und erfreue mich an der Schönheit des Ortes. Zum Mittag machen wir Halt in einem Pub und ich probiere ein Irish Stew. Dieser würzige Eintopf wärmt mich von innen heraus. Trotz, oder vielleicht weil ich Max nicht gefunden habe, macht sich in mir langsam eine wunderbare Urlaubsstimmung breit. Müßig genieße ich den Tag, kein Gedanke kommt nah genug heran, als dass er mich betrüben könnte. Ist es dieser Ort? Ich kann Max verstehen, dass er sich hier zuhause fühlt. Eine friedliche Ruhe überkommt mich. Ich bin einfach. Der Regen hat sich verzogen, sogar die Sonne blinzelt zaghaft hinter ihrer Wolkendecke hervor. Warm ist es trotzdem nicht. Nachher werde ich mich wieder hinters Steuer wagen und in Richtung Eask Tower fahren, wenn ich ihn denn finde. Fest in eine Decke eingewickelt liege ich am Strand. Schaue in die Wolken. Höre dem Meer zu. Es macht Musik für mich. Möwen kreischen. Hemingway buddelt im Sand.

Mein Leben macht Urlaub.

Hier ist nichts als Weite.

Carlotta

Bis zum frühen Abend blieb ich gestern am Hafen. Ich spürte Max dort so nah bei mir, dass ich zuweilen suchend umherschaute und mir sicher war, er müsse jeden Moment auftauchen. Aber er kam nicht. Zum Abendessen kehrte ich ins »Bull's« zurück. Diesmal kam Peter sogleich herbei geeilt und brachte mich zu demselben Tisch wie gestern. Warum ich gestern einfach davon gelaufen sei, warum ich nicht gleich gesagt hätte, dass ich eine Freundin von Max sei, wollte er mit ehrlichem Interesse in den Augen wissen.

Ich war verwirrt.

Zum einen wäre mir so etwas in Deutschland nicht passiert. Da interessiert sich keiner großartig für den anderen. Und ich war auch einfach nicht der Typ, der einem völlig Fremden sein Herz ausschüttete. Außerdem wusste ich nicht, was Max ihm vielleicht einmal erzählt hatte. Max ist ja auch niemand, der mit seinem Gefühlsleben hausieren geht.

Es sei denn, er empfindet jemanden als wirklich guten Freund. Dann redet er auch. Wie eng standen er und Peter sich? War es ein gutes Arbeitsverhältnis? Oder war es mehr als das? Freundschaft? Peter brachte mir ein Guinness und nahm mir die Entscheidung ab. Im Restaurant war um diese Uhrzeit noch nicht viel los, also setzte er sich zu mir und redete. Max habe am Sonntag völlig überraschend angemeldet, dass er ein paar Tage frei brauchte. Und, was noch seltsamer war, er hatte ihn, Peter, um sein Auto gebeten.

Peter habe gezaudert. Schließlich beginne Max' Urlaub ja schon nächste Woche und es sei Hochsaison. Da könne er seinen besten Koch nur schwerlich entbehren. Andererseits war ihm der schweigsame Deutsche in den letzten Monaten nicht nur ein sehr loyaler Mitarbeiter gewesen, sondern wurde zu einem Freund. Dies sei überhaupt das erste Mal, dass Max um Urlaub gebeten habe. Peter spürte, das, was immer Max auch vorhabe, für ihn von äußerster Wichtigkeit war. Schließlich willigte er ein. Entband ihn für die nächsten Tage von seinen Pflichten und händigte ihm den Schlüssel für seinen alten Land Rover aus, er selbst fahre ohnehin meist mit dem Lieferwagen, den er zum Einkaufen für sein Restaurant nutze.

Schweigend hörte ich ihm zu.

Was hatte das alles zu bedeuten? War Max tatsächlich geflohen, als er hörte, dass ich mich ganz in der Nähe befinde? Denkbar wäre es. Doch all die Mails der letzten Wochen sprachen eine andere Sprache. Die Nähe war immer weiter gewachsen. So sah ich das jedenfalls. Deswegen hatte ich mich ja auch auf diese Reise begeben. Weil irgendwann der Punkt erreicht war, wo Worte allein nicht mehr ausreichend waren.

Ich wollte Max sehen, ihn berühren, bei ihm sein.

Doch wollte Max dasselbe?

In vielerlei Hinsicht war unsere virtuelle Beziehung für Max perfekt. Gemeinsam konnten wir in unseren Seelen herumkramen und Schätze finden. Unsere Gedanken tanzten in einem luftleeren Raum einen Tanz der ewigen Liebe. Eine Liebe, die nichts erwartet und alles gibt. Über weltliche Bedürfnisse war sie erhaben. Sie musste nicht einkaufen gehen oder sauber machen, musste nicht des Abends auf den anderen warten, mit Vorwürfen im Hinterhalt, wo der andere denn gewesen sei. Sie musste sich auch den großen Fragen des Lebens nicht aussetzen. Aber für mich kam der Punkt, an dem die fehlende Körperlichkeit zu groß wurde. Mir fehlten die Sinnesfeste, die wir einst gefeiert haben. Bei Max zu sein, ja selbst Max zu sein, das fehlte mir so sehr. Dafür wäre ich auch bereit gewesen, alles andere in Kauf zu nehmen. Auch auf die Gefahr hin, dass ich wieder verletzt werde. Peter hatte derweil sein Handy gezückt und wählte eine Nummer. Er lauschte, ließ das Handy jedoch viel zu schnell wieder sinken.

»Max' Telefon ist abgeschaltet. Tut mir sehr leid. Aber ich versuche es wieder. Wie lange werden Sie bei uns bleiben?«

»Ich weiß es noch nicht. Ein paar Tage vielleicht«, wich ich aus, denn ich wusste es wirklich nicht.

Ich hatte mich in Dingle verliebt, aber ich wusste einfach nicht, was ich denken sollte. Im schlimmsten Falle hatte ich Max gerade aus seinem Zuhause vertrieben und bei allem Schmerz, den dieser Gedanke in mir auslöste, erschien mir das ungehörig. Er wohnte hier. Allein der Gedanke unverrichteter Dinge wieder nach Deutschland zu fahren, war mir unerträglich. Denn dies, so schien es, war ein Wendepunkt. Sollte Max diese Entscheidung getroffen haben, so stand meine noch aus.

Ich konnte mein Leben nicht einzig auf eine Beziehung per E-Mail bauen. Auch wenn ich mir keinen anderen Mann als Max vorstellen konnte, so waren meine weltlichen Bedürfnisse zu stark, als dass ich sie mein Leben lang ignorieren konnte.

Ich wurde wütend.

Was verlangte Max da eigentlich von mir?

Dass ich stets im sicheren Abstand von zweitausend Kilometern zur Verfügung stand, damit er in mir einen beschissenen Leuchtturm sehen konnte?

Carlotta, jetzt wirst Du ungerecht, mahnte eine innere Stimme. Du weißt gar nicht, warum Max nicht da ist.

Na und? Dann will ich eben ungerecht sein! Er ist schließlich derjenige, der nicht da ist! Bald bezahlte ich mein Bier, drehte noch eine Runde mit Hemingway und legte mich zeitig im Hotel zum Schlafen. Ich muss auch ziemlich schnell weg gewesen sein, denn als ich plötzlich erwachte, war es erst kurz nach Mitternacht. Irgendetwas musste mich geweckt haben. Doch alles war still. Hemingway lag am Fußteil des Bettes und schlief. Ich tastete nach der Nachttischlampe. Mein Handy kündigte blinkend eine neue E-Mail an. Mein Herz begann zu rasen.

Mit zitternden Fingern wartete ich ab, während sich das Programm öffnete. Ich wappnete mich innerlich gegen die Enttäuschung, denn es könnte genauso gut eine der unzähligen Werbe-Mails sein.

War es aber nicht. Es war Max. Mein Finger schwebte über dem Touchscreen. Ich war mir nicht sicher, ob ich sie wirklich lesen wollte. War Max wieder hier und wollte mich bitten, zu gehen? War dies jetzt hier, in einem Hotelzimmer in Irland, das Ende?

Ich wollte es nicht wissen.

Ich dachte an Audrey Hepburn, die mal gesagt hatte, so eine Nachricht könne eine Frau unmöglich lesen ohne Make-up. Es war klar, dass sie damit nur das Unvermeidliche hatte hinauszögern wollen. Und auch wieder nicht. Meine Urgroßmutter Carlotta, nach der ich benannt bin, hatte mir mein Leben lang das Gleiche geraten. Sie hatten beide Recht. Doch außer mir und Hemingway war keiner da. Ich ließ den Finger herabsinken, die E-Mail öffnete sich.

von: max.tetten@gmx.de
17. Juli, 00:08 Uhr

Meine liebe Carlotta,

es ist so unglaublich! Und vor allem so ärgerlich. Ich bin jetzt in Cork, nachdem ich dich gestern und heute hier gesucht habe. Nun, endlich in meinem Hotel angekommen, lese ich auf dem PC des Inhabers deine Nachrichten. Ich könnte dir so vieles sagen, mich vielleicht auch entschuldigen, aber eigentlich will ich es nicht, denn ich habe dich gesucht, so, wie du mich. Deshalb glaube ich, dass es das Einfachste sein wird, wenn ich morgen früh nach Dingle komme und du dich dort keinen Meter wegbewegst. Es sei denn, es regnet wieder, dann solltest du die Klippen meiden und es dir im B&B bequem machen.

Alles Liebe und bis morgen, dein Max

Meine Augen füllten sich mit Tränen. Ich war froh, dass ich nicht auf Audrey und Oma gehört hatte. Ich las sie ein zweites und ein drittes Mal.

Ich weinte noch mehr. Dann lachte ich.

Ich lachte, bis mir der Bauch weh tat.

Was war ich für ein Idiot! Max war überhaupt nicht vor mir davon gelaufen. Er war in Cork. Alles war nur ein riesengroßes Missverständnis. Während ich gestern Abend von Fennell's Bay nach Dingle gefahren bin, hat Max den gleichen Weg, bloß umgekehrt, eingeschlagen. Er wollte mich sehen! Deswegen und nur deswegen war er nicht hier. Wie ein Kind sprang ich auf dem Bett herum, unfähig meine überschäumenden Gefühle zu kontrollieren.

Max liebte mich doch! Alles war gut.

Ich zappelte noch lange im Bett herum, bis ich endlich in einen unruhigen Dämmerschlaf fiel.

Fünf Uhr zehn zeigt der Wecker an.

Jede Stunde habe ich darauf geschaut. An Schlafen ist nicht mehr zu denken. In wenigen Stunden werde ich Max wieder sehen. Dieses Mal ist es kein Wunsch oder ein schöner Traum, dieses Mal ist es echt. Draußen scheint die Sonne, der Himmel ist blau. Ich danke ihr von ganzem Herzen. Mein Handy piepst. Es ist Max.

von: max.tetten@gmx.de
17. Juli, 05:11 Uhr

Guten Morgen, meine liebe Carlotta,

es ist jetzt kurz nach fünf und ich wälze mich bereits seit einigen Stunden im Bett hin und her. Ich finde keine Ruhe und an Schlaf kann ich erst recht nicht denken. Weißt du was? Ich fahre jetzt einfach los. Jetzt, am frühen Morgen. Weil jede Faser meines Körpers aus dir besteht, weil ich nur an dich denke und viel zu aufgeregt bin. So viele Worte stehen schon hinter meinen Lippen Schlange, um auf dich losgelassen zu werden, doch im Moment ist mir einfach nur danach, dich in meine Arme zu schließen und nie wieder loszulassen. Du fehlst mir gerade so sehr, dass ich das Gefühl habe, ohne dich unvollständig zu sein. Und nicht nur unvollständig zu sein, sondern es zu bleiben, wenn ich nicht sofort losfahre. Bis gleich, ich bin in zwei Stunden bei dir.

Dein Max

Auch er kann nicht mehr schlafen. Meinetwegen. Seine Worte treiben mir erneut die Tränen in die Augen. Das Glück läuft mir über die Wangen. Ich springe auf. In zwei Stunden wird er hier sein.

Beim Duschen setze ich das ganze kleine Bad unter Wasser. Es ist mir egal. Mit Hemingway draußen stelle ich fest, dass der Tag verspricht, warm zu werden. Ich ziehe mich fünf Mal um. Dies hier ist kein erstes Date. Es ist viel wichtiger! Es geht um alles! Nicht um alles oder nichts. Es geht um alles und noch viel mehr.

Im Foyer steigt mir der herrliche irische Frühstücksduft in die Nase, doch an Essen ist nicht zu denken. Selbst ans Atmen muss ich mich immer wieder erinnern. Es ist unterdessen sechs Uhr dreißig. Noch eine halbe Stunde. Max hat gesagt, ich soll mich nicht von der Stelle rühren. Doch ich denke gar nicht daran.

So schön mein Hotel auch ist und es abgesehen davon, egal wo, großartig werden würde. Selbst wenn wir uns mitten im Industriegebiet wieder sehen würden, würde ich wohl fortan liebevolle Gefühle für qualmende Schornsteine hegen. Aber seien wir ehrlich. Wie oft hat ein Mädchen im Leben die Gelegenheit zum ganz großen Kino?

Ich lasse mir vom Portier einen Zettel geben und hinterlasse Max eine Nachricht.

Dieser Satz gehört definitiv zu den Sätzen, die man einmal im Leben geschrieben haben sollte:

»Du weißt, wo Du mich findest«, schreibe ich und fühle mich dabei wie eine Prinzessin. Mindestens.

Mit dem Auto fahre ich in einem Kringel aus Dingle heraus, zu der Landzunge, die Max so viel bedeutet. Das Auto parke ich an einem unscheinbaren Wiesenweg, gegenüber befindet sich ein Kuhstall.

Hemingway tollt unangeleint neben mir herum. Mein Kleid flattert im Wind. Ich spiele die Hauptrolle in meinem eigenen Kino. Nur mit dem Unterschied, dass ich die Hauptrolle nicht spielen muss, sondern bin.

Nur der Hut fehlt mir. Aber das macht nichts.

Hinter mir rollt das Meer in allerschönster Manier auf den Strand zu. Es hat seine Rolle verstanden, die Wellen, die sich weiß auf dem Sand brechen sind perfekt. Die Sonne beobachtet mich vom immer noch wolkenlosen Himmel. Der Weg ist matschig. Zum Glück trage ich meine geliebten Burberry-Gummistiefel und es macht mir nichts aus. Hemingway jagt auf ein Schaf in weiter Ferne zu. Ein lieblicher Statist, der die Kulisse komplettiert. Kein Mensch ist weit und breit zu sehen. Nach einiger Zeit steigt der Weg steil an. Ich entdecke einen verwitterten Hinweispfeil aus Holz. Eask Tower. Der Weg ist der richtige.

Das endlose Grün wird hier und da durch weiße Gesellen unterbrochen. Schafe. Überall Schafe. Manche haben einen grünen Fleck auf dem Rücken, andere einen in pink. Ich frage mich, warum jemand seine Schafe mit Textmarker anmalt. Hemingway kümmern die bunten Flecken weniger. Jedes neue, das unseren Weg kreuzt, wird mit überschwänglicher Begeisterung aufgescheucht.

Und dann bin ich plötzlich da. Für einen Moment vergesse ich, warum ich hier bin, staune atemlos über die Bilder, die über meine Netzhaut flimmern. Zu meinen Füßen fällt das satte Grün ungehindert ab, bis hin in den Atlantik. Noch weit unten mache ich Schafe aus, von denen ich hoffe, dass sie wissen, was sie da tun. Über mir der Tausend-in-einem-Himmel, vor mir das majestätische Wasser, grau, mit einem kalten Stich gelb, wo sich die Sonne in den Wellen bricht. Ehrfürchtig blicke ich der Welt ins Gesicht und fühle mich klein angesichts ihrer überwältigenden Schönheit.

›Nimm das, Rosamunde‹, denke ich mir. Besser kannst Du es auch nicht. Ich brauche dein Drehbuch nicht. Ich schreibe mein eigenes.

Es heißt JETZT.

Alles, was war und alles, was noch kommt, ist unwichtig.

Ich bin froh, dass ich keinen Pakt mit dem Teufel geschlossen habe, denn dies wäre der Moment, wo ich zweifelsfrei sagen müsste: »Verweile doch, du bist so schön!« Doch der Einzige, der mich in Fesseln schlagen dürfte, ist Max.

Dann werden meine Gedanken still. Die Zeit löst sich auf. Das beständige Rauschen des Meeres durchdringt mich. Meine Gefühle schwappen mit den Wellen im Gleichkang gegen die Felsen weit unter meinen Füßen, rollen zurück, bäumen sich auf mit der unendlichen Kraft des Wassers und überrollen mich immer wieder. So stehe ich da, in der Ewigkeit. Im Jetzt, im Gestern, im Heute, im Morgen. Und dann, endlich, sehe ich, wie eine Gestalt auf mich zukommt.

Max

Ich bin todmüde, jage aber in diesen alten Rover über die Straßen in Richtung Killarney. Es ist alles so verrückt. Habe ich wirklich geglaubt, ich hätte meine innere Mitte gefunden, sei ausgeglichen und der, der ich bin? Wenn ich das wirklich wäre, würde ich dieser Frau nachjagen und mich nur dann vollständig fühlen, wenn ich bei ihr bin? Es sind so viele Gedanken, die mir durch den Kopf schießen, während ich viel zu schnell unterwegs bin. Ich hoffe, dass die irische Polizei um diese Zeit noch nicht Geschwindigkeiten kontrolliert. Vor allem nicht die von hoffnungslos irren Deutschen, die in einem geliehenen Rover nach Dingle rasen, um dort die Frau ihres Lebens zu treffen. Meine Gedanken wären noch beherrschbar, was mir aber wirklich zu schaffen macht, ist mein Herzschlag, den ich von den Füßen bis zu meiner Stirn fühlen kann. Was soll ich sagen, wenn ich vor ihr stehe? Habe ich nicht schon alles gesagt und in meinen Mails geschrieben? Reicht ihr das? Oder bedarf es der Wiederholung durch meine Lippen, weil es nur dann für eine Frau zählt? Und wenn ja, wo fange ich an?

Hätte ich nur meine Mails dabei, dann könnte ich noch einmal nachschauen und mich vorbereiten! Andererseits: Warum? Ich bin einsneunzig groß. Ich habe Präsenz. Ich nehme sie in meine Arme, halte sie fest und küsse sie. Und bin einfach nur da.

Und still.

Sie wird meinen Herzschlag spüren. Sie wird fühlen, wie es mir geht. Carlotta weiß intuitiv, was ich sagen will und wie es in mir aussieht. Ich brauche mir gar nicht so viele Sorgen zu machen. Es wird gut werden.

Killarney habe ich inzwischen passiert und diesen Weg hinauf nach Dingle kenne ich gut. Eine knappe Dreiviertelstunde noch und mein Herz rast. Ich kann so viele Bilder vor mir sehen. Von ihr, von uns. Ein Puzzle zweier Leben voller Liebe, Wärme und Energie. Nur ganz blass tauchen im Hintergrund ihre Wutausbrüche auf, ihre stundenlangen Tiraden und die Abkehr, wenn sie mich nicht verstand. Aber gerade jetzt liebe ich auch das an ihr und vermisse alles. Hoffentlich hat sie meine Mail gelesen und bewegt sich keinen Schritt weiter. Wir sollten dieses Hase-und-Igel-Spiel schnellstmöglich beenden. Ich schaffe das nicht mehr. Die Dehnbarkeit meiner Adern würde das auch nicht mitmachen.

Direkt vor mir liegt Dingle im Morgenlicht. Ich liebe diesen Flecken Erde. Schon allein das Wissen, dass, würde ich diese Straße immer geradeaus fahren, ich im Wasser landen würde, macht mich glücklich. Dort vorn ist der Ozean. Ich fahre die schmale Straße durch grüne Wiesen, die durch Steinmauern abgegrenzt werden, und kann die Meeresluft riechen. Ruhiger macht mich das alles nicht. Dort vorn ist heute nicht nur Heimat. Da ist mehr, viel mehr. Sie wird, weil sie mich kennt, auf dem Hügel beim Eask Tower sein und dort auf mich warten. Es kann gar nicht anders sein.

Sollte ich noch einmal nach Hause gehen und mich frisch machen? Ich habe kaum geschlafen, mich herumgewälzt und geschwitzt. Unser erstes Treffen nach langer Zeit könnte schöner sein. Doch andererseits: Sie hat mir einmal gesagt, dass sie mich gut riechen kann und sie hat noch über Monate ein T-Shirt von mir mit ins Bett genommen. Max, zeig, dass du was gelernt hast! Sei du! Immer authentisch und ehrlich. Es geht um zwei Herzen, die sich begegnen. Zwei, die schon immer zusammengehörten. Duschen kann ich auch später.

Ich rase durch Dingle, wie ich es nicht tun sollte, denn ich weiß ja, dass Gott genug Zeit für alle machte, besonders hier. Doch im Moment brauche ich sein Verständnis, denn hier geht es um den Sinn, den wir unserer Zeit geben. Schließlich taste ich mich durch die schmale und kurvenreiche Landstraße bis hin zum Fuß des Hügels. Als ich die Tür des Wagens öffne, packt mich der Wind, der vom Meer her zieht. Ich halte mein Gesicht in die Brise und lache zum ersten Mal. Es ist noch kühl, aber der Tag wird schön. Natürlich wird er das. Sie sitzt dort oben am Tower, ganz sicher. Ich setze mich in Bewegung und will eigentlich rennen. Aber dazu fehlt mir die Kraft. Bei meinen langsamen Schritten merke ich, wie wacklig meine Beine sind und dass es mir den Hals zuschnürt. Ich bleibe stehen und atme tief durch. Kann etwas schiefgehen? Eigentlich nicht. Es ist alles da, was wir brauchen. Unsere Liebe hat uns nie verlassen. Sie musste warten und leiden, aber doch war sie immer bei uns. Reicht dieses Wissen dieses Mal aus? Werden wir es besser machen? Und wenn ja, wo werden wir sein? In Deutschland oder in Irland? Mein Kopf schmerzt, während ich meinem Ziel immer näher komme.

Dort vorn kann ich sie sehen. Sie hat sich in eine Decke eingehüllt und schaut aufs Meer. Sie ist wunderschön. Ich würde wieder gern rennen, aber diesen Anblick sollte ich so lange wie möglich genießen. Festhalten, einfrieren, fotografieren. Gleich bin ich bei dir. Und wo will ich lieber sein?

Ich war auch nie weg.

Carlotta

Und dann kommt er auf mich zu. Ist einfach da. Der Wind spielt mit seinen Haaren, die etwas länger sind, als vor einem Jahr.

Das Jetzt dehnt sich aus. Ich möchte ihm so viel sagen. Doch er weiß es schon. Hat es immer gewusst. Noch während er näher kommt, betreten wir beide eine neue Dimension. Ich schaue zu ihm auf, fast hätte ich vergessen, wie groß er ist.

Fühle mich winzig, aber es ist eine Winzigkeit, die sich gut anfühlt. Endlich nimmt er mich in seine Arme, packt mich regelrecht, und lässt mich nicht mehr los.

Ich schlinge meine Arme um ihn herum, vergrabe mein Gesicht in seinem Hemd. Meine Haut berührt den Baumwollstoff. Ich höre sein Herz schlagen, schnell und hart, im Gleichklang mit meinem.

Ganz tief atme ich seinen Geruch ein. So vertraut und gleichsam so aufregend. Mir wird schwindelig, doch ich kann nicht fallen, er hält mich.

Der Wind pfeift um uns herum, unter uns tost das Meer.

Ohne einander loszulassen, setzen wir uns in das weiche grüne Gras. Ich lehne mich gegen seine harte Brust, die mich wärmt, er umfängt mich schützend mit seinen Armen.

Ein ganzes Jahr. Alles löst sich auf. Die Sehnsucht schwebt aus uns heraus, wirbelt über den Ozean davon. Bedeutungslos geworden. So viele Stunden, zähflüssig und quälend langsam, habe ich damit verbracht, auf diesen Moment zu hoffen und ihn mir ausgemalt. Und nun sind wir hier. Zusammen. Nichts ist mehr wichtig, außer uns. Nicht das, was war, nicht das, was sein wird.

Nur wir.

Wir sind einfach.

Eins.

Keiner von uns sagt ein Wort. Und zum ersten Mal in meinem Leben verstehe ich Max' Worte von einst. Dass Schweigen etwas ganz Wunderbares ist. Ich habe keine Gedanken. Mein ganzes Sein ist ausgefüllt von Max und der rauen Natur um uns herum.

Eine Meditation in seine Seele hinein.

Nur Leichtigkeit. Unendliche Leichtigkeit.

Ich lausche seinem Atem, der klingt wie eine wunderbare Symphonie des Lebens. Voller Staunen entdecken sich unsere Hände, umschlingen, liebkosen sich, spielen miteinander. Sie senden kleine Energiewellen aus, die sich gleißend wie reines Licht ihren Weg durch meinen ganzen Körper bahnen.

Max

Es ist unmöglich, dass sie meinen Herzschlag nicht spüren kann. Und mein Zittern kann und will ich auch nicht überspielen. Ich will der große Kerl sein, der schwach wird, wenn er diese Kleine hier in seinen Armen hält. Dem das Herz bis zum Hals pocht und der keinen Ton rausbekommt, weil jedes Wort der falsche Anfang wäre. Das Klügste ist, so scheint es mir, dass ich einfach gar nichts sage. Dass ich diesen Moment so genieße, wie er ist. Dass ich die Wärme meiner Carlotta an mich lasse, ganz darin aufgehe und ich mich anlehne, ohne dass die Gefahr besteht, dass wir umfallen. Und es wäre mir sogar egal, dass sie meine Tränen sieht. Ich würde es nicht auf den Wind schieben, der mir ins Gesicht schneidet. Ich weine, weil ich mein großes, kleines, lautes und leises Glück bei mir habe. Das, was ich schon viel zu oft vor den Kopf gestoßen und verletzt habe. Das mir immer wieder vertraute und jedes Mal aufs Neue von mir enttäuscht wurde. Trotzdem scheut sie es nicht, zu mir zu kommen. Zu verzeihen und zu mir zu kommen. Wir sitzen inzwischen auf dem Gras, wärmen uns und schauen aufs Meer. Zwischendurch berühren wir uns, tauschen Blicke und küssen uns. Zwischen den Schafen umher springt ein Hund, den ich ihr wahrscheinlich ausgeredet hätte, doch wenn ich mich anstrenge, kann ich etwas Schönes in ihm sehen. Aber das spielt keine Rolle.

Später zeige ich ihr meine neue Heimat und erzähle aus lauter Verlegenheit die kleinen Geschichten, die ich hier erlebt habe. Wir gehen durch die Straße, die sich vom Hafen bis zum Zentrum der Stadt entlangzieht, sehen die kleinen Läden, in denen ich einkaufen gehe und in denen mich alle kennen. Sie lächeln freundlich, wenn sie uns sehen. Susan, die Verkäuferin im Tante-Emma-Laden ist besonders bewegt. Sie wusste es schon immer, dass es da jemanden für mich geben muss, sagt sie freundlich. Und dass Carlotta sehr gut zu mir passe. Susan, was du nicht alles weißt. Wir gehen in wenigen Sekunden an dir vorüber und du weißt, was gut für uns ist. Hoffen wir, dass es in Zukunft so simpel bleibt.

Als wir vor meiner Tür stehen, muss ich besonders tief einatmen. Wir kennen uns. Das hier ist kein erstes Rendezvous. Carlotta erzählt mir, wie verzweifelt sie auf der Suche nach meiner Wohnung war und dann doch endlich und erleichtert mein Namensschild gesehen hat. Sie ist so schön, wenn sie ganz gelöst erzählt. Und doch denke ich daran, was hinter dieser Tür passieren wird. Wann hatte ich die letzte Frau im Bett? Keira? Die zählt nicht.

Wir gehen hinein und sie sagt zu Hemingway, dass er sich in die Ecke legen soll und der tut das sogar. Carlotta legt die vom Regen schwere Decke beiseite und setzt sich auf das Sofa. Sie streicht sich ihr nasses Haar aus dem Gesicht und ich sehe an jeder Pore ihrer Haut, dass sie friert. Also hebe ich sie hoch, als wäre sie meine Braut und als wolle ich sie über die Schwelle heben. Sie ist federleicht. Manchmal ist sie so zerbrechlich und doch kann sie Dinge in Stücke hauen.

Schon allein mit Worten.

Ich küsse sie. Es ist neu und doch vertraut. Die Stufen nach oben ins Schlafzimmer nehme ich mit Leichtigkeit und dann lege ich sie sanft aufs Bett.

Carlotta

Als mein Körper das kühle Laken von Max' Bett berührt, weicht schlagartig alle Kälte aus mir heraus.

Meine Augen weiten sich, stumm starre ich ihn an.

Allein der Gedanke an das, was nun unweigerlich folgen wird, lässt alles an mir pulsieren, obschon er mich noch gar nicht berührt hat. Max kennt meinen Körper so gut wie seinen eigenen. Egoismus ist ihm im Bett völlig fremd. Unzählige Nächte haben wir damit zugebracht, den anderen zu erforschen. Jeden Quadratzentimeter Haut mit allen Sinnen erfühlt, geschmeckt und in eine andere Dimension des Seins geschickt.

Ein liebevolles Wetteifern, stets mit dem Ziel, dem anderen noch mehr Lust zu bereiten, als zuvor.

Jetzt kniet Max über mir, noch immer starren wir uns an. Meine Atmung beschleunigt sich, ich habe das Gefühl, mein Kopf explodiert gleich, wenn mein Körper nicht bald Erlösung von diesem ungeheuerlichen Begehren erfährt.

Ich lege eine Hand um seinen Nacken, ziehe ihn zu mir herunter. Seine Zunge dringt hart in meinen Mund ein, wir küssen uns wild und derb, ich spüre wie seine Bartstoppeln mein Gesicht aufreiben und das ist genau richtig. Ich spüre sein ganzes Gewicht auf mir, doch es reicht nicht. Noch lange nicht.

Es ist nicht Lust, nicht simples Begehren.

Es ist wie eine Naturgewalt, die Vereinigung fordert. Es geht nicht darum, mit Reiben und Lecken der richtigen Stellen Lust zu erzeugen, es geht darum, das stark brodelnde Sehnen im Inneren zu befriedigen.

Eins zu sein, notfalls mit Gewalt. Seelensex. Kommt dieses Wort aus mir, oder habe ich es irgendwo gelesen? Ich weiß es nicht. Meine Sinne schwinden und sind gleichzeitig so klar, wie nie zuvor.

Ich zerre an Max' Hemd, bekomme es nicht schnell genug auf, ein Knopf fliegt durchs Zimmer, das ich nicht mehr wahrnehme, es ist egal.

Mir stockt der Atem, seine nackte, harte Brust. Ich kralle mich in seine starken Oberarme hinein, muss ihn besitzen. Er drückt sich ungeheuer hart zwischen meine Schenkel, spürt die Hitze, die ihm entgegen schlägt. Ich winde mich unter ihm, presse mich noch näher heran. Immer noch viel zu viel nutzloser Stoff zwischen uns.

Max hält einen Moment inne. Richtet sich auf. Viel zu lange. Sein plötzlich fehlendes Gewicht nimmt auch meins mit fort.

Ohne ihn bin ich kein Körper.

Quälend langsam zieht er mir mein Kleid aus. Die Luft haucht kühl über meine nackte Haut. Meine Brustwarzen recken sich ihm hart entgegen.

Ich hole mir sein Gewicht zurück, während wir beide abheben. Ohne ihm den geringsten Freiraum zu lassen, schäle ich ihn aus seiner Unterhose heraus. Meine Finger, aus denen sich ein großer Teil des Blutes bereits zurückgezogen hat, umfassen seine pulsierende Männlichkeit. Für einen Moment vergesse ich das Luftholen.

Er zerrt an meinem Höschen, ich höre Stoff reißen, seine Finger gleiten in mich hinein. Er stöhnt ob der Feuchtigkeit, die ihn umgibt. Immer noch nicht nah genug.

Mühelos packt er meine Handgelenke, fasst sie mit einer Hand über meinem Kopf zusammen, als wären sie nichts. Ein Beben durchfährt uns beide gleichsam.

Hart stößt er in mich hinein, ich umfange ihn, aufs Äußerste willkommen. Er bewegt sich nicht. Füllt mich einfach aus. Nicht nur mit seinem Schwanz. Mit seinem ganzen Sein Mit weit aufgerissenen Augen starren wir uns an. Sie zu schließen würde bedeuten das Wesentliche zu verpassen. Ich weiß nicht, wie viel Zeit vergeht, bis er anfängt, sich zu bewegen. Kraftvoll stößt er zu, lässt mein Gesicht dabei nicht aus den Augen.

Ihn dabei zu beobachten, lässt meine Lust weiter ansteigen. Wie sein Gesicht sich verzieht, während er langsam das Tempo steigert. Ich hebe mein Becken an, strecke mich ihm noch mehr entgegen. Ich kann mich nicht mehr halten.

Max jedoch merkt es sofort, hält inne und mich damit an einem Punkt gefangen, wo ich nur noch kläglich um Erlösung flehen kann.

Noch immer rührt er sich nicht, ich möchte schreien. Er lächelt mich liebevoll an.

Seine Hand hält meine beiden nach wie vor im eisernen Griff zusammen, ein Zittern erfasst uns gemeinsam.

Er beugt sich hinunter, umfängt meine linke Brustwarze mit seinem Mund, saugt sich fest, mir wird schwindelig. Meine Beine zappeln unter ihm nutzlos herum, ich kann mich unmöglich nicht bewegen. Meine Hände spüre ich nur noch als ein verschwommenes Kribbeln. Nach einer gefühlten Ewigkeit aus schmerzender Begierde, schiebt er seine andere Hand unter meinen Po, packt hart meine Hüfte, hält sie fest und stößt zu. Doch diesmal hört er nicht auf. Unsere Augen saugen sich aneinander fest. Es ist nicht die Zeit, zärtlich miteinander umzugehen. Es ist, als wolle er mit jedem Stoß sagen: Du gehörst mir! Ich besitze Dich! Hast Du das verstanden?!

Ein seltsames Geräusch entsteigt meiner Kehle. Ich will von Dir besessen werden.

Wir wissen beide, dass es so weit ist, wir sehen es in den Augen des anderen, noch bevor er zum finalen Stoß ausholt, der uns beide bittersüß davon trägt.

Endlich eins.

Max

Da steht sie am Fenster. Mit diesem wunderbaren »Danach-Blick«. Nackt und vollkommen. Ich liege auf dem Bett und erhole mich. Wäre jetzt der richtige Moment, mit dem Reden zu beginnen? Und wenn ja, worüber? Ein sanfter Einstieg mit der Freude darüber, dass sie da ist? Oder gleich zum Kern, damit wir es für immer klären können? Beides scheint wenig verlockend. In der ersten Variante ist es, als ob wir nur unsere Masken spazieren tragen und dem anderen nicht weh tun wollen. Insbesondere, wo wir gerade noch vereint waren. Aufs Sinnlichste vereint und so nah beieinander, wie man nur sein kann. Gerade deshalb ist die zweite Variante erst recht nicht denkbar. Direkt aufs Problem und damit diesen Moment zerstören.

Geht auch nicht.

Deshalb ist das Schweigen eine gute Option. Andererseits zerreißt es mich, weil ich ihr zeigen will, dass ich etwas gelernt habe, dass ich mich weiterentwickelt habe. Ich bin nicht mehr der Max, der vor einer Auseinandersetzung flüchtet und den Konflikt scheut. Nein, ich will um mein Leben kämpfen. Mein ehrliches Leben mit ihr, mit allen Konsequenzen.

Doch was ist das? Ich schaue sie an und fange den Blick auf, den ich so liebe. Herausfordernd, alles verzeihend, wissend, vor allem aber eins mit mir. Und als ich alle Informationen in mich aufgesogen habe, spüre ich wieder Kraft in mir, stehe auf und gehe zu ihr. Ich drehe sie um, sie schaut zum Fenster hinaus und ich umfasse ihren Körper. Ich presse mich an sie und küsse sie in den Nacken, verteile sanfte Küsse und kleine Bisse, spüre ihren Atem. Eins werden, eins bleiben, das ist alles, was jetzt zählt. Dazu bedarf es keiner Worte.

Carlotta

Die nächsten Tage verschwinden hinter einem dunstigen Schleier der Sinnlichkeit.

Wir holen mein Gepäck aus dem Hotel.

Spazieren mit Hemingway über grüne Hügel und am Wasser entlang. Ansonsten verlassen wir Max' Wohnung nur selten. Wir brauchen nichts weiter. Sind einander genug. Füllen uns gegenseitig komplett aus. Genießen die Nähe. Unendliche Nähe. Lieben uns. Auf jede erdenkliche Weise. Zärtlich, fordernd, stürmisch, quälend langsam und dann wieder in einem beinahe brutalen Akt der Verzweiflung, als könnten wir auf diese Weise das vergangene Jahr aus uns herausreißen.

Wir sind zusammen, und nur das zählt im Moment. Gemeinsam machen wir Urlaub vom Leben. Es sind Tage außerhalb der Zeit.

Kostbar. Dazu da, in Stein gemeißelt zu werden.

Normalität kommt gegen diese Magie, die uns umgibt, nicht an. Max braucht mich nur anzusehen und ein Feuer entbrennt in mir, vernichtet alles, was nicht Max ist. Ich esse wenig, kann nachts nicht schlafen. Es ist, als wolle mein Körper keine kostbare Zeit vergeuden.

Es ist mein Bauch, der mir Angst macht. Ich werde dieses verdammte Kribbeln einfach nicht los. Ich weiß, dass es zum großen Teil ein gutes Kribbeln ist. Dieses wunderbarste aller Gefühle, das sich Verliebtheit nennt, verbunden mit einer tiefen Liebe, die wir seit nunmehr zweieinhalb Jahren füreinander empfinden. Nicht zu vergessen das große Verlangen nach dem jeweils anderen.

Doch ganz hinten in der Ecke kauert sie. Zwischen all den unausgesprochenen Worten. Die Angst. Diese Nacht war an Schlafen wieder nicht zu denken. Ich musste zwar kurzzeitig mit Max zusammen weggedöst sein, doch kurz darauf lag ich abermals wach. Ich starrte vom Bett aus dem Fenster in die irische Nacht. Und spürte nur eines in meinem Bauch. Unruhe. Nach einer Stunde gab ich auf. Leise, um Max nicht zu wecken, schlich ich aus dem Schlafzimmer. Hemingway spitzte unten im Wohnzimmer die Ohren, als er mich hörte. Kurz darauf standen wir vorm Haus. Ich lief weit, doch so sehr ich mich auch bemühte, die Unruhe blieb mir dicht auf den Fersen.

War es falsch, was wir taten?

Stillschweigend waren wir übereingekommen, nicht zu reden. Natürlich sprachen wir miteinander. Über alles. Nur nicht über das Wesentliche. Aus Angst, das, was wir gerade erlebten, kaputtzumachen. Keiner wagte den ersten Schritt.

Diese Tage würde uns keiner mehr nehmen können. Sie waren perfekt. Warum also Gefahr laufen, dies zu zerstören? War es am Ende genau das, was den Zauber am Leben hielt? Die Ahnung, dass wir diese Zeit in gewisser Weise gestohlen hatten, weil wir uns weigerten, der Wahrheit ins Gesicht zu blicken? Uns blieben nur noch drei Tage, einschließlich dem, der gleich anbrechen würde, bis Max seine Reise ins Kloster antrat. Mir graute davor. Wieder von ihm getrennt zu sein, allein bei der Vorstellung schüttelte es mich. Doch es war mehr als das. Was, wenn dieser Aufenthalt ihn unwiederbringlich verändern würde? Es war der denkbar ungünstigste Augenblick dafür; in meinen Augen. Und gleichsam für mich die Gelegenheit ihm zu zeigen, dass auch ich mich wirklich verändert hatte.

Wer war ich denn, dass ich Anspruch auf seine Freiräume hätte erheben wollen?

Nein, da musste ich durch. Ihm lächelnd eine gute Reise wünschen und ihn anschließend ebenso empfangen. Nur dass ich hier nicht auf ihn warten würde. Ich wäre dann längst wieder zu Hause in Deutschland und würde mich auf das neue Schuljahr vorbereiten.

Mein Magen krampfte sich immer mehr zusammen. Doch damit war keinem gedient, das wusste ich selbst am besten. Andererseits, kam mir plötzlich der Gedanke, wer sagte eigentlich, dass unser Verhalten falsch war? Ändern konnten wir die Vergangenheit nicht. Dieses endlose Zerkauen selbiger, war das tatsächlich notwendig? Wir waren wieder zusammen. Wir liebten uns. Bedurfte es wirklich dieses Gesprächs? Sollte das die Eintrittskarte in die Zukunft sein?

Konnte etwas Hässliches tatsächlich der Beginn von etwas Schönem sein?

Genauso geräuschlos, wie wir die Wohnung verlassen hatten, kehren Hemingway und ich wieder zurück. Es ist kurz vor vier Uhr. Die Dämmerung hat noch nicht eingesetzt.

Ich ziehe mich aus und schlüpfe wieder zu Max unter die Decke. Schmiege mich ganz fest an seine schlafwarme Haut, versinke in ihrem Duft.

Erst einmal blieben uns noch drei ganze Tage. Vermissen kann ich ihn später, wenn er wirklich weg ist, noch genug. Mich jetzt deswegen zu grämen, hat keinen Sinn. Es ist bloß unfassbar idiotisch. Dies ist mein letzter Gedanke, bevor ich merke, dass Max zwar noch schläft, aber sein Körper gerade dabei ist, wieder aufzuwachen.

Max

Es sind seltsame Tage. Wir sind beieinander, miteinander, füreinander. Wir sind alles und vor allem eins Obwohl es meiner männlichen Natur durchaus entgegen kommt, reden wir nicht über das Wesentliche. Eigentlich würde ich das gern tun. Aber warum sollte ich das? Diese Tage sind gleichsam komisch wie perfekt. Perfekt, weil wir wie in einem Kokon leben, unabhängig, von der Außenwelt abgeschottet. Alles, was wir brauchen, haben wir da. Die Luft zum Atmen, etwas zu essen, wobei das wirklich nicht viel ist, einen wundervollen Ausblick aus dem Fenster.

Vor allem aber haben wir uns.

Ich bin mir sicher, dass Carlotta etwas sagen will, dass es ihr aber genauso geht wie mir. Warum etwas gefährden, von dem wir wissen, dass es nur ein paar Tage lang sein wird? Haben wir danach nicht noch genügend Zeit, um Klärung zu erhalten? Nun sollten wir von dem leben, was wir an Positivem füreinander geben können. Das ist auch viel ergiebiger, als in der Vergangenheit zu wühlen und uns unsere Fehler vorzuhalten. Was soll das jetzt auch noch bringen? Ich finde es inzwischen gut, dass wir es so machen. Das verlängert die Zeit des Glücks scheinbar bis zu meiner Abreise. Zwar wäre es schon schön gewesen, wenn Carlotta meine Weiterentwicklung gesehen hätte. Dann hätte sie mit mehr Zuversicht nach Deutschland fahren können. So aber denkt sie bestimmt, dass ich nicht reden will, weil ich es noch immer nicht kann. Doch dem ist natürlich nicht so. Ich könnte schon, will aber nicht. Und sie kann garantiert auch und könnte es noch viel leichter, wenn sie denn wollte. Deshalb bin ich mir sicher, dass es ihr so recht ist. Wir hätten auch eine Menge zu verlieren.

Die Leichtigkeit und das Unbeschwerte, die Leidenschaft und die Lust. Das Wissen um unsere Gemeinsamkeiten würde brüchig werden durch irgendwelche Vorhaltungen aus der Geschichte unserer Beziehung. Nicht zuletzt bin ich ja heute nach Deutschland aufgebrochen. Sitze in einem Hotel in Frankfurt und warte auf die Nacht. Der Abschied von Carlotta war schwer, aber doch leicht, weil ich ihr wie selbstverständlich den Schlüssel zu meiner Wohnung dagelassen habe, den sie bei ihrer Abreise bei Peter abgegeben soll. Fast hätte ich gesagt: Zu unserer Wohnung.

So einfach geht das. Und wir hatten diese Vertrautheit, dass wir wissen, dass wir uns wieder sehen, obwohl dieses Thema gar nicht zur Debatte stand. Ich hatte das Gefühl, dass nun alles gut werden wird. Ob mit klärender Aussprache oder ohne. Wir müssen es schaffen, weil wir das alles gemeinsam erlebt haben. Wir können nicht ohne einander. Wenn ich aus dem Kloster zurückkomme, werde ich Peter anrufen und um ein paar freie Tage mehr bitten. Dann fahre ich zu ihr und sage ihr alles. Alles, was aus mir raus muss. Was uns betrifft, unsere Gegenwart, unsere Zukunft und unsere Vergangenheit. Und wenn sie mich dann noch liebt, falle ich über sie her, mache ihr ein Kind und alles wird gut. So wird das. Aber erst einmal fahre ich morgen ins Kloster.

Carlotta

Draußen ist es schon hell. Ich kann die Sonne spüren, weigere mich die Augen zu öffnen. Ich taste neben mir nach Max, meine Hand aber fährt nur über den kühlen Stoff, findet seinen warmen Körper nicht. Widerwillig öffne ich doch die Augen. Sie zeigen mir nur, was meine Hand bereits vermutet hatte. Max ist nicht da. Dann fällt es mir wieder ein. Max ist gestern in Richtung Kloster aufgebrochen. Nach Deutschland. Während ich hier in Irland in seinem Bett liege. Ich drücke meine Nase in sein Kopfkissen, kultiviere meine Sehnsucht so richtig, obwohl er noch gar nicht lange fort ist. Wie lange spielt keine Rolle. Er ist nicht da. Das genügt.

Ich weiß selber, dass ich mich gerade lächerlich benehme, doch es ist mir egal. Vor meinem geistigen Auge spiele ich die vergangenen Tage noch einmal durch. Lasse Szene für Szene ablaufen. Suhle mich im Vermissen wie in einem Schaumbad, das ich gar nicht verlassen möchte. So vergeht bestimmt eine Stunde. Denn die Uhr tickt wieder. Unsere Tage außerhalb der Zeit sind beendet. Wobei ich nicht sagen kann, dass das wirklich schlimm ist. Denn wir haben das Beste aus dieser Zeit gemacht. Ihr alles abgetrotzt, was nur irgend möglich war.

Als er sich gestern von mir verabschiedet hat, fühlte es sich nicht an wie ein Abschied für lange Zeit. Nicht so, als ob uns in Wahrheit normalerweise zweitausend Kilometer trennen würden.

Er gab mir seinen Schlüssel, den solle ich später, wenn ich die Heimreise antrat, bei Peter abgeben, aber bitte nicht, bevor ich mir noch ein paar schöne Tage gemacht habe. Ich sah ihm lange aus dem Fenster nach. Schaute zu, wie die Gestalt mit der Reisetasche über der Schulter die Grey's Lane hinauf ging, immer kleiner wurde, sich wieder und wieder umdrehte und schließlich um die Ecke verschwunden war. Natürlich hatte ich ihm angeboten, ihn nach Shannon zum Flughafen zu bringen, doch er sträubte sich. Wollte, wie ursprünglich geplant, den Bus nehmen.

Ich begann zu begreifen, warum. Allein auf dem Flughafen hätte ich mich schrecklich gefühlt. Und ich weiß nicht, ob ich die Kraft aufgebracht hätte, zurück nach Dingle zu fahren. Aber hier in seiner Wohnung zu bleiben, gab mir das gute Gefühl, Zuhause zu sein. Ich setzte mich ruckartig auf. Waren das Max' Gedanken gewesen?

Wenig später stehe ich frisch geduscht mit Hemingway an meiner Seite draußen. Die Sonne scheint, es ist für irische Verhältnisse ein traumhafter Tag. Wobei, um der Gerechtigkeit genüge zu tun, muss ich sagen, dass ich bisher keinen großen Unterschied zwischen dem irischen und dem Sommer daheim feststellen konnte. Wenn es hier regnete, so erwartete man das auch nicht anders. Man schätze bloß die Sonne, wenn sie sich denn einmal die Ehre gab, wesentlich mehr. Daheim hingegen hatte sich der Sommer genauso wie der letzte angelassen, was fast allen früher oder später aufs Gemüt schlug.

Globale Erderwärmung war aus dem deutschen Wortschatz nicht mehr wegzudenken, doch zuweilen fragte man sich, ob dieser Modebegriff ein leerer war.

Ziellos bummeln wir durch den Ort, der sich so seltsam nach Zuhause anfühlt, saugen seine wunderbare Atmosphäre in uns auf. Dingle selbst hat gar nicht so viele Einwohner, hatte Max mir erklärt. Etwas über tausendfünfhundert vielleicht. Aber im Sommer wimmelt es hier vor Menschen. Touristen, die den irischen Dichtern nachspüren oder den Connor Pass sehen wollen. Die sich in die fröhlichen bunten Häuser genauso verlieben wie ich. Ich frage mich, wie es hier wohl im Winter aussehen mag. Und gleich darauf, woher dieser Gedanke kommt und was er mir sagen will. Er erschreckt mich einerseits, aber er macht mich seltsam glücklich. Wie von selbst haben wir den Weg in Richtung Hafen eingeschlagen. Für Hemingway ein unglaublich spannender Ort. Er tobt in den Wellen herum, ärgert die Möwen, buddelt nach Schätzen.

Ich sitze am Ufer und vermisse Max.

Es gibt zwei Arten von Vermissen.

Die eine ist wirklich schlimm: Man weiß nicht, ob überhaupt, und wenn ja, unter welchen Umständen man den geliebten Menschen jemals wieder sieht. Man dreht und wendet die Vergangenheit, fragt sich, was man hätte anders machen können, um diesen Zustand, in dem man sich nun befindet, hätte vermeiden können. Weiß aber nicht, ob man unter den Gegebenheiten noch hätte man selbst sein können. Dreht sich im Kreis und kehrt zum Ausgangspunkt zurück. Diese hat mich die letzten zwölf Monate begleitet.

Jetzt weiß ich, dass ich eigentlich keinen triftigen Grund dafür habe. Max liebt mich. Ich liebe Max. Einzig der Tatbestand, dass er gerade nicht hier ist, versetzt mich in diesen Zustand. Der einfach dazu da ist, mir zu zeigen, wie viel schöner das Leben mit Max ist. Warum aber erkennen wir das erst dann, wenn wir jemanden vermissen? Und wenn wir es schließlich erkannt haben, werden wir dann endlich in der Lage sein, es besser zu machen? Auf die eigenen Ratschläge hören? Ihn niemals, unter keinen Umständen, als selbstverständlich betrachten?

Ich kann mich nicht entsinnen, aber ich muss wohl eingeschlafen sein. Als ich aufwache, ist die Sonne bereits ein großes Stück weiter gewandert.

Mich fröstelt es.

Langsam stehe ich auf und schüttle mir den Sand aus den Kleidern. Mein Hund hatte sich neben mir eingerollt und darauf gewartet, dass ich ausgeschlafen habe. Wir schlagen den Weg in Richtung Zuhause ein.

Da war es schon wieder, dieses Wort. Zuhause.

Unterwegs kaufen wir bei Susan schnell etwas zum Abendessen. Sie lächelt mich an. Ich sehe, dass sie nur zu gern mehr erfahren würde. Doch ich grinse nur zurück und sage nichts. Nebenan, in einem herrlichen kleinen Schnick-Schnack-Laden, erstehe ich einen handflächengroßen schmiedeeisernen Spatzen, den ich ein paar Tage zuvor bereits entdeckt habe.

Obwohl ich mehrere Stunden am Ufer geschlafen habe, bin ich eigenartig träge und müde. Weiter als bis zum Sofa komme ich nicht. Was Max wohl gerade macht? Sicher ist er bereits im Kloster angekommen. Sitzt in einem kärglichen Zimmer mit Bett, Stuhl, Tisch, Schrank und einem schlichten Holzkreuz an der Wand. Ob er so eine braune Kutte tragen muss, die mit einem Hanfseil zusammengebunden ist?

Oder was tragen Mönche heutzutage?

Die wesentliche Frage aber lautet: Was glaubt Max dort zu finden? Vor allem jetzt. Noch vor einer Woche konnte ich es verstehen. Aber das war vor unseren gemeinsamen Tagen. Vielleicht mache ich mir einfach zu viele Sorgen.

»Das gehörte zu Deiner Grundausstattung, als Du ins Leben tratest«, höre ich Max sagen und muss lächeln.

Bei so manchem Mann, den ich vor Max kannte, kam mir irgendwann die Befürchtung, dass er zu wenig nachdenkt. Egal, worüber. Es hatte den Anschein, als würden sich Männer im Allgemeinen viel weniger Gedanken machen. Bei Max ist es umgekehrt. Ich glaube, er macht sich zu viele Gedanken. Unser Zusammensein hat es doch gezeigt. Wir können, haben die Vergangenheit bereits hinter uns gelassen. Nur dass wir wieder zusammen sind, zählt.

In meinen Augen gibt es nur ein Problem.

Ein klitzekleines Problem von zweitausend Kilometern Länge. Und an dieser Stelle kann nicht einmal ich mir Illusionen machen. Diese Entfernung ist zu groß für eine Wochenendbeziehung.

Plötzlich habe ich Sehnsucht. Ich muss mit jemandem reden. Jemandem, der mich immer versteht und der so viel erlebt hat, dass er weiß, dass Urteile grundsätzlich falsch sind. Ich greife zum Telefon und rufe Oma Carlotta an. Oma ist unterdessen 94 Jahre alt und eine der scharfsinnigsten Personen, die ich kenne. Und die kultivierteste dazu. Auch in ihrem hohen Alter hält sie sich stets kerzengerade und sie weiß immer, was in einer Person vorgeht, meist, bevor die betreffende es selbst weiß.

Als Oma Anfang achtzig war, meinte ihr Hausarzt irgendwelche Werte seien nicht in Ordnung. Oma erwiderte daraufhin, dass sie in ihrem ganzen Leben keine Vergleiche zwischen sich und dem Rest der Welt gezogen hatte und nicht gedächte, in ihrem Alter damit noch zu beginnen. Schon gar nicht, wenn die sogenannten Normwerte von achtzehnjährigen Rekruten stammten und es ihr, und schließlich lebe sie ja mit sich zusammen und muss es daher wissen, blendend gehe.

Der Hausarzt sah sie nie wieder. Dennoch kam Oma nach diesem Termin nicht umhin, über den möglichen Verfall des eigenen Körpers nachzudenken. Sie überlegte eine Weile und beschloss dann, dieser Option auf ihre Weise vorzubeugen. Seither raucht sie jeden Abend vor dem Zubettgehen einen langen elegant anmutenden Joint und erfreut sich bester Gesundheit.

Auch heute hat Oma auch wieder genau die richtigen Worte für mich. Nachdem ich ihr die ganze Geschichte erzählt habe, schweigt sie einen Moment. Oma ist die einzige Person, die mir die Absolution erteilen kann, die ich gerade so dringend brauche.

»Liebelein«, sagt sie schließlich. So nennt sie Graziella und mich schon immer.

»Sieh Dich um. Bei allem, was Du tust, wo Du bist. Was fühlst Du? Ich frage nicht, ob Du das, was Du fühlst, für Leichtsinn, Wahnsinn oder Schwachsinn hältst, sondern, was fühlst Du? Das, was Dir Deine Gefühle sagen, ist immer richtig. Gleichgültig, was Dein Verstand dazu sagt.«

Oma hat die wundervolle Gabe den Blickwinkel zu verändern. Nach diesem Telefonat fühle ich mich gelöst, schwerelos.

Ich verbringe noch zwei weitere Tage in Dingle am Hafen und oben am Eask Tower. Nehme Farbe und streiche die zaghaften Ideen, die ich gebäre, bunt an. Mische sie durcheinander und werfe sie in die Luft, während der Wind, der übers Wasser kommt, mit meinen Haaren spielt.

Schließlich wird es Zeit für mich zu packen. Zwar hätte ich nur zu gern hier auf Max gewartet, doch schon in eineinhalb Wochen würde das neue Schuljahr beginnen und die Zeit würde zu knapp werden.

Ich schnappe mir Max' T-Shirt, das er am Sonntag getragen hat, stelle den kleinen Spatzen gut sichtbar auf den Tisch und verlasse die Wohnung. Wie versprochen bringe ich die Schlüssel zu Peter, verabschiede mich und mache mich auf den langen Weg zurück. Bis auf gelegentliche Pausen für Hemingway und zum Schlafen fahre ich durch. Nehme die Nachtfähre, die mich von Dublin nach Liverpool bringt. Zum Glück kann ich auch dort schlafen und am nächsten Morgen gleich weiter fahren. Immer noch auf der falschen Seite der Straße. Und diesmal auch in die falsche Richtung. Hatte ich auf der Hinfahrt keine Zeit für meine Umgebung, weil ich von rasender Sehnsucht getrieben war, so lässt mich diesmal die Unruhe vorankommen.

Ich durchquere Frankreich, Belgien und Holland ohne einen Blick zur Seite. Mehr als die Autobahnrastplätze sehe ich von diesen Ländern nicht.

Wieder in Deutschland.

Das erste Berlin-Schild fühlt sich fremd an. Die Richtung stimmt, aber der Weg ist der falsche. Nicht wie heimkommen. Eher als würde man nach einem Urlaub mit dreißig Grad und Meer plötzlich den Fuß aus dem Flieger auf schneebedeckten Boden setzen. Als ich endlich in meine Einfahrt einbiege, bleibe ich noch lange im Auto sitzen. Hemingway läuft schon längst durch den Garten, um genau zu erschnüffeln, was sich hier während unserer Abwesenheit getan hat.

Ich habe meine Nase in Max' Shirt vergraben und weiß nicht, worauf ich eigentlich warte. Irgendwann bemerke ich, dass ich Durst habe. Nur langsam raffe ich mich auf, sammle meine Taschen aus dem Kofferraum ein und gehe in selbstgewählter Zeitlupe auf mein Haus zu. Die Nachmittagssonne fällt in unruhigen Mustern auf den weißen Dielenboden. Staubkörnchen tanzen dort, wo das Licht die Luft durchschneidet, es ist merkwürdig still.

Ich wandere durch die Räume, die mir glauben machen wollen, sie seien noch dieselben, die ich vor zwei Wochen verlassen habe. Aber es stimmt nicht.

Sie gehören in eine andere Epoche.

Wie habe ich mich geirrt. Glaubte ich einstmals, hier sei ich endlich angekommen. Hier sei ich ich.

Wer bin ich überhaupt?

Was macht mich aus? Meine Möbel, die ich alle eigenhändig abgeschliffen und weiß lackiert habe? Meine Bücher, die ich gelesen, mit denen ich gelacht, geliebt und gelitten habe?

Meine Kleider, die mich auf meinem Lebensweg umhüllten?

Meine Schuhe, auf denen ich durch die Welt stöckelte?

Meine Fotos, die Erinnerungsfetzen auf ewig greifbar machen?

Meine Erinnerungen, die ich mit meiner eigenen Wertung selektiere?

Und, kommt man überhaupt jemals wirklich an?

Hinfort ist die flauschige selbstgefällige Wolke, auf der ich beinebaumelnd saß, bevor ich zu Max nach Irland gefahren bin. Solange man mit sich alleine ist, ist es nicht schwer, diesen Zustand zu erreichen. Ist ja kein anderer da, der ihn zu stören vermag, in welche Richtung auch immer. Die Kunst besteht darin, in der echten Praxis die Anwendung zu beherrschen.

Ich kann hier nicht bleiben, weiß nicht, wohin mit mir.

Wie gerne würde ich jetzt mit Max sprechen. Aber Max ist im Kloster und sucht einen Teil seines Selbst in einer braunen Kutte. Ob er fühlen kann, dass ich ihn gerade brauche?

Ich steige wieder ins Auto und fahre ziellos umher. Erwische mich ein paar Mal dabei, wie ich auf der linken Seite fahren will. Ist das ein Freud'scher Verfahrer?

Ein komisches Lied im Radio rührt an mir. Trotz Gefiedel klingt es melancholisch. »One Day Baby, we will be old, oh Baby ...«

Es passt zum Jetzt. Zeigt mir, dass das Universum da ist. Ich meide Ampeln, will nicht stehen bleiben. Sie stören meine entrückte Stimmung. Oder bin ich im Gegenteil seltsam klar? Inzwischen habe ich den Stadtrand von Potsdam erreicht. Auf einer Wiese ist irgendein Fest im Gange. Ich halte an. Drehe eine Runde und frage mich, wo zum Teufel ich hier hineingeraten bin. An Ständen werden allerlei Dinge und Mittelchen verkauft, die Weisheit, ewige Gesundheit und Schutz vor feindlicher Strahlung versprechen.

Steine mit angeblich heilender Wirkung, Froschbeinpülverchen und Cremes in billiger Verpackung. Oder so ähnlich. Genau schaue ich nicht hin. Vielmehr faszinieren mich die Menschen. Ich beobachte sie mit einer Mischung aus Entsetzen und Erstaunen.

Die Frauen lächeln sich scheinheilig an, um ihre innere Schönheit und Weisheit zur Schau zu stellen. Doch ich spüre, dass es nur aufgesetzt ist. Sie schauen letztendlich mit der gleichen Mischung aus Missbilligung und Neid auf manch andere, wie an so vielen Orten in unserer westlichen Welt. Dabei schlürfen sie aus Strohhalmen ein regelrecht bizarr anmutendes quietschgrünes Getränk, das ich nicht einmal bedenkenlos als Dünger verwenden würde.

Die Männer versuchen eine Besonnenheit auszustrahlen, die die meisten von ihnen nicht besitzen dürften. Ich will gerade wieder gehen, als die Menge sich neu formatiert und in Richtung eines Zeltes marschiert. Neugierig schließe ich mich an. Das Zelt ist voll. Ich stelle mich an den Ausgang, jederzeit zur Flucht bereit und harre der Dinge, die da kommen. Sie lassen auch nicht lange auf sich warten und erscheinen in Form eines knöchernen Männleins mit weißem Wallehaar, das vor den Sitzreihen herumspringt. Ein erwartungsvolles Raunen erfüllt den provisorischen Raum. Offenbar ist das Männlein hier bestens bekannt und man verspricht sich etwas von seiner Anwesenheit.

Er spricht.

Mit starkem amerikanischen Akzent. Durch Augenschließen und Reiben seiner Schläfen hat er auch erfahren, worüber. Mir erschließt es sich nicht. Eine Geschichte über Sklaverei und Befreiung, die sicherlich ihre Wirkung hätte haben können, wenn man nicht dergleichen mindestens einmal zu oft als Kettenmail erhalten hätte. Vielleicht war er ja der Urheber dieses Erpresser-Spams? Mir ist bisher jedenfalls noch nie etwas Schlimmes passiert, wenn ich diese Mails nicht innerhalb von fünf Sekunden an meinen ganzen Verteiler weitergeleitet, sondern gelöscht habe.

Ist es trotzdem weise?

Ist es die Wahrheit oder vielmehr die schwammige Wortsubstanz, aus der auch die Horoskope in den Schmierenblättern bestehen?

Seine Wirkung verfehlt er nicht. Die Menge ist begeistert. Stilisiert ihn zu einem Heiligen. Ich habe so die Vermutung, dass es dem Männlein in erster Linie genau darum geht. Wie schön, wenn man seine Berufung gefunden hat, nicht wahr? Er kommt zum Ende, fordert zum kollektiven Atmen auf. Es wird mucksmäuschenstill. Mit großem Ernst zieht man gemeinsam Luft ein und lässt sie ebenso gemeinschaftlich entweichen. Jetzt hat man die Gelegenheit, mit seiner Heiligkeit zu sprechen. Eine Dame in einem schlecht sitzenden Kleid meldet sich zu Wort. Sie spricht von der Ungerechtigkeit der Welt, wie ihr Behörden und Institutionen übel zusetzen und das, obwohl sie doch Hilfe von so guten Helfern hatte. Sie redet sich in Rage, wird lauter und energischer, stampft wütend mit den Füßen auf. Jeden Moment, so fürchte ich, wird sie ihre Kunstlederhandtasche öffnen und mit ihrem Regenschirm, solche Frauen tragen immer einen Schirm bei sich, auf ihren Sitznachbarn einprügeln. Ich unterdrücke nur mühsam ein Kichern, das mit aller Macht aus meiner Kehle hüpfen will.

Liebe Dame, sicher beanspruche ich für mich keineswegs das Patent für ein glückliches Leben. Aber gehen Sie doch bitte nicht über Los und ziehen auch keine viertausend Euro ein, sondern überdenken Sie einfach noch einmal genau das, was sie da gerade eben von sich gegeben haben! Merken Sie was?

Langsam finde ich Gefallen an dieser kuriosen Veranstaltung. Ich weiß nicht, wann ich mich zuletzt derart amüsiert habe. Das Männlein ermutigt die Menschen, weiter Fragen zu stellen. Schiebt hinterher, dass mindestens einer im Raum die gleiche Frage hat, wie der, der gerade überlegt, seine zu stellen.

Ach, diese Weisheit.

Zögerlich hebt sich die Hand eines dauergewellten, wasserstoffblonden Hinterkopfes, der in einen Hals übergeht, welcher aus einer großblumigen Polyesterbluse herausragt.

»Ich stehe an einem Scheidepunkt in meinem Leben«, setzt die Dauerwelle an.

»Zwanzig Jahre war ich glücklich verheiratet. Hatte ein Haus, die Kinder. Alles. Doch nun hat mein Mann eine neue Frau. Die beiden haben mich zu einer harmonischen Dreierbeziehung eingeladen und ich weiß einfach nicht, was ich tun soll.«

Sie schnieft, als sie endet.

Das Männlein kratzt sich am Kinn. Ich gönne ihm diese Frage von Herzen. Es schließt die Augen und summt leise vor sich hin. Ein Lächeln spielt um seine Lippen.

»Die beiden haben Dir eine ganz wunderbare Möglichkeit geboten, Darling. Nimm sie an! Kümmere Dich nicht um die Gesellschaft.«

Na klar, am besten Du verpasst der Neuen im gemeinsamen Badezimmer die gleiche Scheußlichkeit, die Du auf Deinem Kopf spazieren trägst und der Olle wird ausrasten vor Freude! Betretene Stille breitet sich aus, unterbrochen vom Schluchzen der Dauerwelle. Mir scheint, die Antwort des Männleins stellt sie nur mäßig zufrieden. Auf der anderen Seite der Stuhlreihen hebt sich eine weitere Hand.

Mit einem huldvollen Nicken wird der dazu gehörigen Frau das Wort erteilt. Ich erkenne nur das Seitenprofil ihres kernseifegeschrubbten Gesichts.

»Ich habe keine Frage, ich will dir helfen«, duzt sie die Dauerwelle munter drauf los.

»Vor zwei Jahren war ich in einer ähnlichen Situation. Aber es gab einen Ausweg. Mir hat es unheimlich geholfen, einen ganzheitlichen Naturkostladen zu eröffnen. Da waren auch plötzlich ganz viele Menschen da, die mir geholfen haben. Und mit Brettern vom Sperrmüll haben wir schließlich den Laden in nur drei Wochen eingerichtet. Ein unglaubliches Gefühl. Kann ich Dir nur wärmstens empfehlen. Der Umsatz lässt zwar immer noch auf sich warten, aber ich habe mich in meinem ganzen Leben noch nie so befreit gefühlt.«

Ich drehe mich auf dem Absatz um, nicht ganzheitlich, sondern italienisch, und ergreife die Flucht. Fahre weiter, überlege nur kurz, ob die Eröffnung eines ganzheitlichen Naturkostladen mein Dilemma lösen könnte und komme zu dem zweifelsfreien Schluss, dass dem nicht so ist.

Überhaupt; das Wort ganzheitlich verursacht in mir einen starken Brechreiz. Seit es immer mehr von einem wütenden Pulk Hebammen mit Existenzängsten missbraucht wird, die arglosen Frauen glauben machen wollen, so eine Geburt wäre doch ein ganz wunderbar ganzheitliches Erlebnis. Und wie ganzheitlich das doch sein kann! Die Freundin meiner Schwester Graziella hatte unlängst solch ein ganzheitliches Vergnügen. Achtzehn ausnahmezuständige Stunden wurde sie von der ganzheitlich ungehobelten Dame traktiert. Diese verfügte nicht nur über ganzheitlich grobe Hände, sondern auch über ein ganzheitlich beträchtliches Repertoire an Sätzen, die für diesen Berufsstand ganzheitlich bei Strafe verboten gehören.

»Stellen Sie sich mal nicht so an!«, gefolgt von einem schönen ganzheitlichen »Schreien Sie hier gefälligst mal nicht so rum!«, gekrönt von dem ganzheitlichen Paradesatz schlechthin: »Das haben vor Ihnen schließlich Millionen Frauen auch geschafft!« Das ganzheitliche Aufreißen von Stellen, die schlichtweg nicht aufgerissen gehören, hatte sie als ganzheitliche Bagatelle abgetan. Allein beim Hören dieser Geschichte entbrennt in mir das große Verlangen, solchen Frauen einmal die ganz gepflegte Begegnung eines Ziegelsteins mit ihrem ganzheitlichen Gesichtern angedeihen zu lassen. Ganzheitlich, versteht sich.

Ich überlege, was mir diese bizarre Veranstaltung gerade sagen wollte und komme zu folgendem Schluss: Ach, das gibt es also auch. Aber mit mir hat das nichts zu tun. Mittlerweile bin ich so weit gefahren, dass ich nicht mehr weiß, wo ich bin. Macht aber nichts. Die Sonne scheint immer noch. Es ist warm.

Auf der linken Seite taucht ein Friedhof auf. Ich bremse. Eine umfassende Stille liegt über diesem Ort, der durch das träge Vogelgezwitscher um ein Vielfaches verstärkt wird. Ich höre meinen Atem, mein Geist ist wach, saugt den befremdlichen Frieden meiner Umgebung auf. Als ich über die erste Anhöhe hinweg bin, tauchen die ersten Gräber auf. Ein Satz kommt mir in den Sinn. Im Tod sind wir alle gleich. Ich sehe, dass das nicht stimmt. Der schlechte Geschmack und die Unzulänglichkeiten der Lebenden werten selbst über den Tod. Geliebt und unvergessen steht auf einem Sonderangebotsstein, der zusammen mit ein paar bis zur Unkenntlichkeit verwelkten Blättern den eingehauenen Worten spottet. Ein anderes Grab wird von einem Plastikgebinde der allerübelsten Art verschandelt. Ein verzweifelter Versuch, den Toten wieder zum Leben zu erwecken? Ich glaube nicht, dass die Seelen der Toten hier sind. Möglicherweise dient der Friedhof aber als Treffpunkt zwischen den Seelen der Lebenden und denen, die ihren Körper schon wieder abgegeben haben. Zumindest so lange, bis sie einen neuen bekommen. Vielleicht würde das dann ja bedeuten, dass die geliebte und unvergessene Marianne Winkelschaber es wirklich ist, aber ihr Grab keinen Nutzen mehr hat, weil sie längst woanders ist. Beispielsweise als elfmonatiger Moritz Düsedau, der gerade lernt, auf seinen babyspeckigen Beinchen zu laufen. Ich wünsche es Marianne.

Links vor mit taucht eine mächtige alte Blutbuche auf, die meiner im Garten nicht unähnlich ist. Die Erde zu ihren Wurzeln ist noch frei. Ein schöner Fleck. Viel schöner, als dieser reihenhausartigen Siedlungen ohne Garten von Stein an Stein. Ich biege um die nächste Ecke einer Weggabelung und befinde mich unvermittelt ein paar Schritte hinter einer Trauergesellschaft. Meine Stimmung schlägt abrupt um. Der innere Frieden wird von einem Gefühl der Zerstörtheit hinfort gespült. Ich weiß nicht, warum das so ist. Die Stille drückt schwer auf meine Schultern, ich bekomme kaum Luft. Das Einzige, was ich höre, ist das Geräusch von Füßen auf Kies und meinen Herzschlag.

Fuß auf Kies, Fuß auf Kies, mein Herz schlägt, Fuß auf Kies, ein anderes schlägt nicht mehr, Fuß auf Kies.

Ein Wegweiser zeigt den Weg zum Notausgang. Ein Notausgang auf dem Friedhof. Skurril.

Fuß auf Kies, ein Herz schlägt nicht mehr.

Fuß auf Kies.

Ich bleibe stehen. Ringe nach Luft. Die Füße auf Kies entfernen sich. Nicht schnell genug. Das Geräusch schwillt in meinen Ohren unnatürlich an. Die schwarze Formation wird kleiner. Ich kehre um. Muss hier weg.

Eine Frau kommt auf mich zu. Noch weit entfernt. Ich blicke zu Boden. Kann mir nicht erklären, was mich derart aufgewühlt hat. Ich habe diese völlig fremde Trauer gespürt, wie meine eigene. Den Schmerz, die vermeintliche Schuld ob all der verpassten Gelegenheiten. Meine Füße bewegen sich mechanisch, einen Fuß vor den anderen. Der Kies unter ihnen hört sich nicht länger bedrohlich an. Langsam normalisiert sich meine Atmung auch wieder. Ich hebe meinen Blick vom Boden auf. Die Frau ist immer noch ein gutes Stück entfernt. Ich kann meine Augen nicht von ihr abwenden. Eine ganz normale Frau, etwas weiblicher gebaut, bewegt sie sich mit einer natürlichen Grazie, die sowohl Leichtigkeit als Bodenhaftung ausstrahlt. Ihre Kleider kann ich nicht erkennen, ich starre gebannt in ihr Gesicht. Der Ausdruck ist neutral und dennoch weich, aber das ist es nicht. Es sind ihre Augen. Ich bin mir völlig sicher, dass ich sie noch nie in meinem Leben gesehen habe, aber ich weiß ebenso genau, dass ich sie kenne. Ihre Augen heften sich an meinen fest. Sie strahlen mehr als ein Gesicht es je tun könnte, ihres ist noch völlig unbeweglich. Sie sprühen Weisheit, sie sprühen Leben. Wie voneinander angezogen, bleiben wir voreinander stehen. Ganz verschwommen fliegt der Gedanke vorüber, dass diese Situation absurd ist. Ich sie gruselig finden sollte. Doch ich kann, will ihn nicht halten. Sie macht den letzten Schritt auf mich zu. Nimmt mich in ihre Arme.

Ich spüre ihre Energie. Die sich mit meiner verbindet.

Sie ist das pure Leben. Alles wird leicht, das Licht der Unbekannten durchdringt mich. Alles ist klar. Vibriert, pulsiert vor Licht und Leben. Ich weiß nicht, wie lange der Moment dauert. Etwas verändert sich. Es ist kein Geräusch zu hören und doch rastet etwas, das ich nicht benennen kann, in mir ein.

Sie löst die Umarmung, hält mich auf Armlänge von sich entfernt. Schaut in mein Gesicht.

Dann lächelt sie.

Es ist ein befreites Lächeln. Es spiegelt sich in meinem Gesicht. Sie lässt mich los und geht davon. Ich schaue ihr nach. Kurz bevor sie hinter dem Hügel verschwindet, hebt sie die Hand, ohne sich dabei umzusehen. Dann ist sie fort. Ich laufe zum Ausgang und fahre nach Hause. Dort setze ich mich unter meine Blutbuche und fasse einen Entschluss.

Einen, der schon die ganze Zeit da war.

Als die Sonne untergeht, gehe ich endlich hinein. Betrachte mein Haus mit einer Mischung aus Wehmut und Zuneigung für alles, was es für mich getan hat. Es hat bereits begonnen, sich von mir zu verabschieden. Ich lasse mich auf mein Bett fallen und schlafe tief und traumlos bis zum nächsten Morgen. Ein paar Tage später sitze ich am See auf einer Bank. Neben mir mein schwarzer zotteliger Hund, der immer ein bisschen so aussieht, als hätte er schwerwiegende Probleme zu überdenken. Ich halte mein Gesicht in die Sonne und freue mich über den Sommer. Ein angenehm kühler Wind kommt über den See. Heute ist Max' Aufenthalt im Kloster beendet. Endlich. Es gab Zeiten in meinem Leben, da ich mich fragte, wann denn bitteschön das richtige Leben anfängt. Zum Beispiel, als ich mit Martin verlobt war.

Der liebe Martin, mit dem mir nachts im Wald so gar nichts Böses passieren konnte. Oder auch während meines Studiums. Oder als ich mit zwölf im Gras lag, in die Wolken schaute und davon träumte, endlich achtzehn zu sein.

Als Max und ich uns getrennt hatten. Als die Tage schier kein Ende nehmen wollten, sie wie dickflüssiger Sirup von der Tischkante tropften.

Auch als ich nach Lüneburg ging, weil ich hoffte, ich könnte das Leben vielleicht dort finden.

Jetzt, in diesem Moment, weiß ich sicher, dass ich mittendrin bin, ja es schon immer war, auch wenn es mir zuweilen nicht so vorkam.

»Du bist doch verrückt«, habe ich in den letzten Tagen so oft gehört, dass ich einen Vorrat davon anlegen kann, der mein ganzes Leben lang reichen wird.

Gut, dann bin ich eben verrückt.

Aber wunderbar verrückt.

Und ich bin es gerne!

Fragt man die Menschen nach ihren Träumen, so holen sie zu großen Reden aus. Man muss sie meistens nicht mal danach fragen. Genau zuhören reicht völlig aus.

»Ach wenn ich doch nur, dann täte/würde/hätte ich ...«

»Ach hätte ich doch, dann könnte/würde ich ...«

»Wenn ich einmal reich/alt/geschieden bin, dann ...«

Und wenn man dann fragt, warum, zum Teufel, sie es nicht tun, wenn es doch ihr Traum ist, dann gucken sie einen komisch an, sagen wegwerfend »Ja, aber es ist doch nur ein Traum!« und betonen es so, dass man glaubt, man hätte etwas Unanständiges gefragt. Sie führen ein Leben im Konjunktiv. In Abständen erreichen sie Nachrichten, die ihre Träume kurzzeitig wieder ans Tageslicht zerren. Eine Naturkatastrophe geschieht, jemand wird krank, ein nahestehender Mensch stirbt. Es wird ihnen für einen Augenblick bewusst, dass sie noch so viel tun wollten und gar nicht wissen, ob sie überhaupt die Gelegenheit dazu haben werden. Und doch gehen sie am nächsten Tag wieder zur Arbeit, die sie hassen, sagen ihrer Frau nicht, dass sie sie lieben, buchen wieder die lang ersehnte Reise nicht und brüllen ihre Kinder an.

Sie nennen mich verrückt.

Dabei sind sie es.

Ich will kein Leben im Konjunktiv führen. Mit weniger als dem Superlativ gebe ich mich nicht mehr zufrieden.

Bin ich am verrücktesten?

Und wenn schon!

Ich bin definitiv am glücklichsten.

Mein Haus steht zum Verkauf, mein Job ist gekündigt, mein Auto kann ich jederzeit beim Händler abgeben.

Ich gehe zu Max nach Irland.

Ich bin am glücklichsten. Oder sagte ich das schon?

Max

Es kann alles so einfach sein. Vor allem, weil es nur mit dem »Sein« zu tun hat. Zehn Tage im Kloster haben mich nicht verändert. Ganz und gar nicht. Sie haben mich nur noch näher zu mir gebracht. Fernab von Stress und Hektik, ohne Handy, Laptop, E-Mail und ständiger Erreichbarkeit beschränken sich meine Worte pro Tag auf die Notwendigkeiten zwischenmenschlicher Freundlichkeiten, um ein Frühstück zu erhalten, eine Flasche Wasser und etwas Proviant für eine Wanderung. Ansonsten rede ich nur mit mir. Und das, ohne wirklich zu reden. Ein innerer Dialog über Tage lang. Es macht mir Freude, mich mit dieser anderen Stimme zu unterhalten. Diese Stimme, die mir so seltsam vertraut ist, die mich kennt, wie niemand sonst. Die mich infrage stellt, mit mir ins Gericht geht, aber doch alle höheren Instanzen meines Selbst besser kennt als ich.

Ich laufe die meiste Zeit in den Wäldern um Waldsassen umher. Einmal verlaufe ich mich und komme in Tschechien an. Aber es ist nicht schlimm. Ich habe Zeit, und auch als es dunkel ist und ich langsamen Schrittes durch den Wald zurücklaufe, habe ich keine Angst. Was soll mir hier, im Wald schon passieren? Die Fantasien beim Knacken eines Asts unter meinen Schuhen oder beim Rascheln im Gebüsch gibt es nur in meinem Kopf, nicht aber real. In der Wirklichkeit ist es nur ein Ast oder ein kleines Tier, das mir nicht gefährlich werden kann. Alles, was mich ängstigen könnte, kommt aus meinem Kopf. Doch der signalisiert mir Zuversicht und Sicherheit. Deshalb reicht mir das Mondlicht aus, um gesund zurück zum Kloster zu kommen. Eine Wanderung mehr, viele Schritte näher zu mir.

Das Schöne am Wandern ist, dass es irgendwann etwas meditatives bekommt. Meditation heißt im Grunde nichts anderes, als vollständig im Hier und Jetzt zu sein, unabhängig von allen Gedanken an Gestern und Morgen. Einfach nur versunken im Moment, eins mit sich selbst und der Umgebung. Das passiert beim Wandern Stück für Stück. Auf den ersten Kilometern laufen noch so viele Erinnerungen und Befürchtungen durch das Gehirn, dass ich daran denke, aufzugeben, weil sich die innere Ruhe nicht einstellen will.

Julia kommt mir immer wieder ins Bewusstsein, unser Aufeinandertreffen und die Begegnung mit ihrem Freund, die mein Leben verändern sollte.

Carlotta mischt sich ein und in mir schwirrt unsere gemeinsame Zeit von den Anfängen unserer E-Mails bis zur Trennung durch den Kopf. Dann sehe ich sie in Irland vor mir und unsere letzten Tage bis zu meiner Abreise. Ich sehe noch, wie ich ihr den Schlüssel zu meiner Wohnung gebe. Völlig vertraut, wie selbstverständlich, fast so, als würden wir alles wieder miteinander teilen, miteinander leben. Dabei haben wir vor allem das Bett miteinander geteilt. Fragen über Fragen quälen mich auf meinem Weg. Wie lebt man mit einem Menschen zusammen, mit dem man sich in der Welt der

E-Mails und im Bett versteht, aber nicht im wirklichen Leben? Gibt es ein Missverständnis, das wir schlicht übersehen haben, das aber so universell ist, dass dessen Lösung uns bei allem anderen hilft? Leben wir zu sehr in unserer virtuellen und körperlichen Welt, dass wir vergessen, uns in der realen Welt Dinge einfach nur zu sagen? So zu sagen, dass sie der andere sofort versteht und nicht erst die Codierung in eine Mail benötigt? Oder die Übersetzung in Sex? Oder einen Abstand von zweitausend Kilometern und einem Jahr?

In den ersten beiden Stunden meiner Wanderung glaube ich eher, als Nächstes an einer Migräne zu leiden, als tatsächlich Ruhe zu finden. Und noch eher platzt mir der Schädel, als dass ich jemals eine Blase an meinem Fuß habe. Doch ohne dass ich mich bewusst dazu entschieden und es mir in den Kopf gesetzt habe, passiert es. Ich beginne, zu atmen. Ganz befreit und tief. Ich rieche den Wald, kann Moos riechen und Pilze. Ich höre Vogelgezwitscher. Ich sehe die unterschiedlichen Bäume und erfreue mich an Eichen, Buchen, Linden, Tannen und Fichten. Vereinzelt sehe ich Birken und Ahorn und dabei schleichen sich Erinnerungen an mein erstes und einziges Herbarium in meinen Geist.

Ich entdecke meine Sinne. Mit jedem Schritt spüre ich nun die Kraft, die mir meine Beine geben, wie ich fast unendlich laufen kann, fühle, wie sich meine Lunge immer wieder mit frischer Luft vollsaugt und dann merke ich es. Ganz langsam kriecht es in mir nach oben. Aus meiner Körpermitte nach oben bis zur Stirn, es erleuchtet meine Augen, hebt meine Mundwinkel und geht zurück in meinen Bauch, wo es sich wohlig ausbreitet. Ich bleibe stehen und kann es spüren. Alle Gedanken sind weg. Der Moment ist klar und rein. Ich bin bei mir und gleichsam ein Teil dieses Waldes. Er ist in mir und ich bin in ihm. Ich lache erst leise in mich hinein und dann kann ich es nicht mehr halten.

Ich lache. Laut und ungebremst, bis die ersten Tränen meine Wangen hinunter laufen. Dann atme ich tief durch. Man muss also erst ein Stück des Weges laufen, bevor alles durchgestanden ist. Bevor der Unrat aller Gedanken beiseite geräumt und der Blick für das Wesentliche frei ist. Da stehe ich mitten im Wald. Frei aller Sorgen. Frei, alles zu tun, wonach mir ist.

Frei.

Die restlichen zwei Stunden sind pures Glück. Offen für die Welt, eins mit der Natur und mit wachen Sinnen laufe ich durch den Wald. Alle negativen Gedanken sind weg. Ich habe keine Sorgen für die Zukunft, weiß, dass nicht alles gut ist, was ich getan habe, dass ich aber alle Chancen habe, ein glückliches Leben zu führen, wenn ich mich dazu entscheide.

Ich komme zurück ins Kloster, dusche, rasiere mich und lege mich aufs Bett. Bin ich jetzt selbstvergessen, selbstzufrieden oder selbstverliebt? Alles auf einmal oder schon kurz vor verrückt? Im Grunde ist es egal, denn ich fühle mich gut. Die entscheidende Erkenntnis, die ich habe, ist eine, die mich noch vor ein paar Monaten erschreckt hätte. Nun aber ist sie die klarste Einsicht, die ich haben kann.

Ich brauche Carlotta gar nicht. Ich kann allein glücklich sein. Dazu bedarf es gar nicht viel. Bei mir bleiben, meinem Gefühl vertrauen und darauf achten, was mir gut tut. Und wenn Carlotta nun noch dazu beitragen kann, dieses Glück zu vergrößern, ist es ideal. Aber wir bedingen einander nicht, sind weder abhängig, noch aufeinander angewiesen. Ich bin nicht deshalb glücklich, weil sie es ist, sondern weil ich es bin. So einfach ist das. Und weil ich glücklich bin, kann ich etwas davon abgeben. Ob sie das annimmt, oder nicht, ist ihre Entscheidung, für die ich wiederum nicht verantwortlich bin.

Doch kann ich mit dieser Erkenntnis glücklich werden, wenn ich wieder einmal vergesse, den Müll runter zu bringen?

Ich schon.

Und Carlotta?

Warum emotionalisieren Frauen eigentlich alles?

»Er bringt den Müll nicht runter, er sieht mich nicht!«

»Er hat den Müll zum wiederholten Mal nicht runtergebracht, er achtet mich nicht!«

»Er bringt nie den Müll runter, er liebt mich nicht!«

Und warum bringen wir nie den Müll runter? Warum erkennen wir nicht den emotionalisierten Zusammenhang? Die Antwort ist ganz einfach. Wir sind zu selten bei uns, liebe Carlotta, liebe Frauen. Wir verbringen zu viel Zeit im Außen oder aber in den falschen Schubkästen unserer Seele im Innen. Dort, wo wirklich die Musik spielt, sind wir entweder taub oder haben Angst, die Kathedralen unseres Bewusstseins zu betreten, weil wir nicht wissen, was uns dort erwartet. Man muss aber einmal in ihr gestanden haben, um zu erkennen, dass die Glocken doch nicht so gewaltig sind, wie wir glaubten. Dass es einen Glöckner in uns gibt, der ausnehmend hässlich und scheu ist. Dass in vielen Ecken Staub liegt und der Steinfußboden am Ende vor allem kalt ist.

Ich habe alle meine Frauen betend auf den Bänken gesehen. Die, mit denen ich eine Beziehung hatte. Manche beteten still vor sich hin, andere klagten an, wenige weinten. Ich habe meine Fehler gesehen und habe mich selbst angeschaut, wie ich auf sie reagiert habe. Sehr oft lag ich daneben, doch es ist nicht schlimm. Es tut mir leid, dass ich ihnen wehgetan habe, doch ich war noch nicht der, der ich heute bin. Deshalb werden diese Beziehungen nicht wertlos. Sie behalten ihre guten Erinnerungen. Der Teil von mir, der sie zum Scheitern brachte, ist noch immer in mir. Ich bin nicht stolz auf ihn, doch ich verurteile ihn auch nicht. Ich akzeptiere ihn und ich vergebe ihm. Das ist alles, was ich machen kann.

Was werde ich wohl tun, wenn ich in einigen Jahren auf diese Zeit heute zurückschaue? Auf mich und meine Zeit mit Carlotta? Eine Beziehung ist immer eine zweiseitige Angelegenheit. Aktion und Reaktion, Kommunikation, Verstehen und Missverstehen. Eine dauernde Transaktion von Kommunikationsmitteln jeder Art, bei dem jeder hofft, dass der jeweils andere versteht, was er eigentlich sagen will. Doch ist die Beziehung der Ursprung des Ganzen? Nein, natürlich nicht.

Ich bin es.

Und Carlotta ist es.

Zwei Ursprünge des Glücks, die sich finden oder auch nicht. Carlotta sagte einmal, dass sie sich selbst verziehen habe. Manchmal ist dieses kleine Persönchen ganz schön groß. Denn sie hat es genau richtig gemacht. Wir müssen dem anderen nicht verzeihen, sondern nur uns selbst. Weil WIR die Maßstäbe an UNS setzen, unsere Glaubenssätze wie Schätze hüten und uns unsere Welt so wunderbar in unseren kleinen Hirnen ausmalen, dass man glauben könnte, van Gogh, Gauguin, Michelangelo, Picasso, Lichtenstein und da Vinci hätten beim Teekränzchen das perfekte Universum auf eine Leinwand gebracht, auf die wir unser Leben lang starren.

So, wie Carlotta sich selbst verziehen hat, muss ich mich selbst lieben, um andere zu lieben, muss ich selbst glücklich sein, um anderen etwas abzugeben, muss ich zuerst ich selbst sein, um zu sehen, wer der andere ist. Dann beziehe ich auch nicht dauernd das Verhalten meiner Partnerin auf mich selbst und interpretiere Verhaltensweisen auf mich, worauf ich wieder versuche, dies in mein System einzuordnen. Und so fange ich auch nicht an, dauernd zu werten, was meine Partnerin sagt, sondern höre einfach nur zu. Mehr nicht. Lasse mich überraschen, was sie Sinnvolles, Überraschendes oder mitunter Schwachsinniges sagt, aber ich werte es in Gottes Namen nicht.

Mein Kopf ist gleichsam schwer und leicht nach zehn Tagen Kloster. Ich habe keine Ahnung, ob das mit Carlotta und mir im wirklichen Leben klappen kann, wirklich nicht. Ich weiß noch viel mehr als je zuvor, wer ich bin. Ich weiß, wofür ich stehe, was ich will und wofür ich zu kämpfen bereit bin.

Ganz tief in mir weiß ich auch, dass ich meine Berufung gefunden habe. Ich bin ein leidenschaftlicher Koch und möchte nie etwas anderes machen. Ein Menü zu kreieren, das die Leute begeistert, nach dem sie sich noch lange mit ihren Zungen über die Lippen fahren und nachschmecken, was sie gerade verzaubert hat. Das ist es, wofür ich lebe. Dafür, dass ich an den Tisch gerufen werde und mir dankbare Menschen sagen, dass es ein unvergesslicher Abend war, weil dieses Essen einfach nur umwerfend und einmalig war. Und dann kann ich sehen, ob sie es ernst meinen oder eben nicht. Ich kann es fühlen. All das ist mir möglich, weil ich ganz bei mir bin und einfach nur das tue, wofür ich geboren wurde. Leidenschaftlich kochen. Dabei ist es egal, wo ich das mache. Ich kann in Dingle kochen oder in Werder. Man kann einen Irish Stew verwandeln, aber auch eine Currywurst aufpeppen. Man muss nur wollen und Herzblut hineinlegen. Das schmecken die Gäste einfach. Frische, wertvolle Zutaten, Esprit, Herz und Leidenschaft. Ich kann das überall machen.

Warum also nicht auch in Werder?

Und wenn ich nach Hause komme, setze ich mich zu meiner Plaudertasche und höre ihrem Schnäbelein zu, wenn ich es nicht gerade küssen will. Schaue zu, wie sie sich über irgendjemanden aufregt und sich dabei ihr Schlüsselbein verführerisch auf und ab bewegt. Dann sehe ich ihr in die

Augen, lächle sie an und küsse sie. Vielleicht koche ich auch noch etwas, wenn ich sie nicht gerade in unser Bett getragen habe. Dann können wir noch immer etwas beim Italiener bestellen. Die kochen schließlich immer mit Leidenschaft, sagt man.

Zehn Tage sind um. Ich brauche den Rückflug nach Irland nicht. Sicher werde ich noch einmal hinfahren. Um »Hello and Goodbye« zu sagen und meine Sachen zu holen. Gemeinsam mit Carlotta werde ich das machen. Doch vorher, genau jetzt, fahre ich nach Werder. In mein neues Zuhause. In unser Nest.

Carlotta

Ich habe wirklich genug Zeit meines Lebens mit Warten vergeudet. Meine Bewunderung gilt jenen Menschen, denen das fremd ist. Die stattdessen einfach weiter leben. Bisher konnte ich das nicht. Wenn ich gewartet habe, so wurde das Warten unfreiwillig zu meiner Hauptbeschäftigung, ganz gleich, was ich gerade tat, im Grunde wartete ich trotzdem hauptsächlich. Dabei verwandelte sich die Zeit in einen zähflüssigen Brei, der immer mehr wurde und sich immer langsamer seinen Weg bahnte.

Und je länger es andauerte, umso bitterer wurde der Brei.

Es gibt doch diese netten Statistiken, wie viele Jahre seines Lebens man womit verbringt. Schlafen, Zähne putzen, Arbeiten, Wäsche aufhängen, Putzen und so weiter. Ich möchte nicht, dass am Ende meines Lebens steht: Carlotta Spatz verbrachte 3,75 Jahre mit Warten.

Hier habe ich alles erledigt. Den Rest kann ich locker auch aus der Ferne organisieren. Es ist nicht notwendig zu bleiben. Der Container, der in meiner Einfahrt steht, ist gut gefüllt.

Unnötiges hat in meinem neuen Leben keinen Platz. Ich habe kräftig aussortiert und alles andere ordentlich in Kisten und Kartons gestapelt. Diese werden zusammen mit meinen Möbeln abgeholt und nach Irland verschifft. Ein letztes Mal gehe ich durch mein Haus, das schon gar nicht mehr so aussieht. Ich war glücklich hier. Für eine Weile spürte ich, was es heißt, angekommen zu sein. Ein stilles, friedliches Gefühl. Aber ebenso befreiend ist der Gedanke, dass einen selbst ein Haus nicht festsetzen kann, wenn die Zeit gekommen ist, weiter zu ziehen.

Eine leise Wehmut macht sich in mir breit, als ich den Schlüssel im Schloss umdrehe, aber sie dauert nicht lang. Ich denke an Max und die Zeit, die vor uns liegt. Ein Kribbeln macht sich in meinem Bauch breit. Beinahe hüpfe ich zu meinem Auto, setze meinen Hund auf die Rückbank und fahre los. Schon bald wird es nicht mehr so einfach möglich sein, mich ins Auto zu setzen und meine Familie zu besuchen. Dann werde ich einen Flug buchen müssen, womöglich lange vorher, damit es mich finanziell nicht ruiniert. Auch darüber habe ich lange nachgedacht.

Abgesehen von Max werde ich allein in Irland sein. Keine Familie, noch keine Freunde und Bekannte.

Einerseits ängstigt mich das ein wenig.

Andererseits ist es nicht nur ein Abenteuer, sondern auch eine gute Möglichkeit, sich ausschließlich auf sich und seinen Partner zu konzentrieren. Ich weiß, dass das Zusammenleben mit Max durchaus auch schwierig sein kann. Doch ich bin überzeugt, dass unsere Beziehung zu einer neuen Stärke finden wird. Immerhin hat sie uns beide überstanden. Mein Herz zieht sich zusammen, wenn ich an Oma Carlotta denke. Sie war einer der wenigen Punkte, der gegen meinen Plan sprach.

Aber, wie auch nicht anders zu erwarten, war sie meine größte Fürsprecherin.

»Liebelein, du wirst doch nicht wegen einer alten Schachtel wie mir auf dein Glück verzichten. Das wäre schlichtweg das Gegenteil dessen, was ich Dir Dein Leben lang versucht habe, beizubringen«, hatte sie gesagt.

Auch meinen Einwand, dass ich Angst habe, nicht mehr genügend Zeit mit ihr verbringen zu können, wischte sie einfach beiseite.

»Wir haben in den letzten dreißig Jahren genug Zeit miteinander verbracht. Jede weitere Minute betrachte ich als Zugabe und du solltest das auch tun.«

Sich mit Oma anzulegen war seit jeher zwecklos.

Je näher ich meinem Ziel komme, umso mehr freue ich mich auf meine Familie. Mama, Papa, Oma, Graziella, Hannes und Mathilda. Alle werden sie heute Abend zum Essen da sein. Wir werden bis in die Nacht reden und in Erinnerungen schwelgen. Noch einmal werde ich die Geborgenheit genießen, das sichere Gefühl, dass mir nichts Böses passieren kann, solange ich zuhause bin, bevor ich in ein fremdes Land aufbrechen werde, mit nichts als dem festen Glauben daran, dass alles gut werden wird.

Max

Ja, das ist es. Alter Baumbestand, der Garten ein wenig verträumt, andere würden sagen: nicht gepflegt. Wild und natürlich ist er. So wie Carlotta. Das Haus ist alt und hat Charme. Ich kann mir gut vorstellen, dass sie sich hier wohl fühlt. Werde ich es auch können? Vor allem: Ist genügend Platz für uns zwei vorhanden? Nischen und Rückzugsorte, die wir dringend brauchen werden? Lässt sich etwas anbauen? Wir brauchen einen Raum, in dem wir uns vom jeweils anderen abgrenzen können. Nicht, weil wir einander nicht lieben, sondern weil wir uns lieben. Weil wir ab und an zu stark miteinander verbunden sind, dass dieses dauernde, nicht abstellbare Spiegeln einfach nur zu Konflikten führen würde, ohne, dass wir dies wollen. Deshalb brauchen wir unseren gemeinsamen Raum Einsamkeit.

Ich klingele bei Frau Spatz. Minuten vergehen und nichts bewegt sich. Noch einmal. Wieder nichts. Es ist Nachmittag; sie müsste da sein. Andererseits könnte sie noch in der Schule arbeiten oder mit dem Hund spazieren gehen. Ich warte also. Ein paar Mal schleiche ich um den riesigen Container herum, der vor der Einfahrt steht. Gehört der Carlotta? Wenn ja, was macht sie damit? Hat sie ihre Gartengeräte dort drin versteckt? Und wenn ja, warum nutzt sie diese nicht?

Die Minuten vergehen und es werden Stunden daraus. Von Carlotta keine Spur und ich habe kein Handy dabei. So reinigend und wohltuend eine Zeit im Kloster ist, so wenig brauchbar ist die Abkehr vom irdischen Leben natürlich dann, wenn die inzwischen ganz normal gewordenen Dinge ganz dringend benötigt werden. Ein Handy zum Beispiel. Und wo der nächste Münzapparat ist, weiß ich nicht und die Bewohner der Stadt werden es auch vergessen haben. Also sitze ich auf der Bank unter Carlottas Lieblingsbaum und starre vor mich hin. Wollte sie irgendwo hin? Nein; es ist Schulzeit und Carlotta ist pflichtbewusst und sie liebt ihre Kinder. Warum sollte sie also nicht in der Schule sein? Vielleicht ist sie bei einer Freundin und spricht mit ihr über die verrückte, konfliktfreie Zeit, die wir in Irland hatten. Dass es wunderbare Tage waren, die wir so nur aus der Zeit nach meiner Entlassung kannten. Bevor die Probleme anfingen.

Wären die Menschen nicht glücklicher, wenn sie immer die rosarote Brille tragen? Ist das überhaupt möglich, oder ist Verliebtheit nur so etwas wie vorübergehender Schwachsinn? Andererseits: Wer fügt der Welt mehr Schaden zu? Die Normalen oder die Schwachsinnigen? Mit Überlegungen dieser Art, bei denen ich mich über meinen verrückten Kosmos in meinem Hirn amüsiere, verbringe ich die nächsten Stunden, bis es dunkel ist. Ich glaube nicht, dass Carlotta noch nach Hause kommen wird. Früher hätte ich an dieser Stelle negative Gedanken entwickelt. Ein Verhältnis hätte ich ihr unterstellt und in den wüstesten Fantasien hätte ich mir ausgemalt, wo sie mit wem ist und außerdem wäre ich mir sicher gewesen, dass sie all das nur gemacht hat, um mir weh zu tun, um mir zu schaden.

Heute weiß ich es besser. Und das nicht nur, weil ich im Kloster war und Ruhe gefunden habe. Ich bin überraschend zu ihr gefahren, ohne dass sie etwas davon wusste. Sie hat ihr Leben hier und kann es leben, wie sie will. Ihre Reise zu mir und die Zeit mit Carlotta in Dingle haben mir und ihr bewiesen, dass sie mich liebt. Warum also sollte sie etwas tun, um mir zu schaden? Ich weiß nicht, wo sie ist und was sie tut, aber es wird ihr gut gehen, sie wird an mich denken und es gibt keinen Grund, an etwas Gegenteiliges zu glauben. Also stehe ich auf und gehe. Ich schaue im Licht der Straßenlaterne zurück auf das Haus und lächle. Ja, hier könnte es mir gefallen.

Einen Handwerker braucht sie und den soll sie bekommen. Abends können wir gemeinsam auf der Bank sitzen; wir können reden oder uns gegenseitig etwas vorlesen. So, wie es am Anfang war und wie es für immer sein sollte. Bei dieser Idee fröstelt es mich vor meinen eigenen Gedanken.

Als hätte ich gar nichts gelernt!

Nichts ist für immer.

Wir hätten es nur gern. Damit dieses Gefühl von Sicherheit in uns beruhigt ist und wir der Illusion erliegen, dass der folgende Tag immer wieder wie der vergangene ist. Ganz abgesehen davon, dass wir uns dann ganz furchtbar langweilen würden, ist es überhaupt nicht möglich. Die echte Konstante im Leben ist die Veränderung. Ich bin nicht mehr der Max von der Parkbank und Carlotta ist auch nicht mehr die, die sie einmal war. Und das ist verdammt gut so. Weil das so ist, brauche ich auch nicht an den Glanz vergangener Tage zu denken und darauf zu hoffen, dass er wieder genau so erstrahlt wie damals. Das wird er nicht. Neu glänzen kann er. Anders, reiner, klarer und ehrlicher. Aber nie wieder genau so, wie früher. Wir werden auf dieser Bank sitzen. Und wenn wir nicht den Fehler machen, das Gefühl von einst wieder auferstehen lassen zu wollen, werden wir den Moment ganz tief genießen können mit einem völlig neuen, noch nie dagewesenen Gefühl.

Ich bin guter Laune und gehe die Straße entlang. Meine Reisetasche ist schwer, aber es lagen schon viel schwerere Dinge auf meinen Schultern. Nach zwanzig Minuten erreiche ich ein kleines Hotel. Ich gehe hinein und buche ein Zimmer für eine Nacht. Morgen werde ich es noch einmal versuchen. Auf mein Bitten hin lässt mich die alte Dame vom Tresen an den Rechner und eine Mail an Carlotta schreiben.

Carlotta

Es ist schon spät, als ich die Tür meines alten Kinderzimmers hinter mir schließe. Die ganze Familie war da, wir saßen in Mamas großer gemütlicher Küche, während durch die Terrassentür spätsommerliche Geräusche und Gerüche zu uns herein drangen. Es war wie früher. Einen Abend noch unbeschwerte Kindheit genießen, die Liebe und Fürsorge meiner Eltern wie eine warme Decke um mich gehüllt. Ein wenig sentimental betrachte ich den Raum, in dem ich groß geworden bin.

Eine Patchworkdecke in Pastelltönen liegt ordentlich auf dem Bett, so einladend, als hätte ich es erst heute morgen verlassen. Ich weiß genau, welche der weißen Dielen unter meinen Füßen knacken.

Die Apfelbäume, die ich jetzt in der Dunkelheit nicht sehen kann, wohl aber weiß, dass sie da sind, größer als früher. Und doch macht der Wind die gleichen Geräusche, wenn er durch ihre Äste fährt. Ich öffne das Fenster und schaue in die Dunkelheit. Hinter mir höre ich ab und zu, wie Hemingway sich im Schlaf bewegt. Ich weiß nicht, wie lange ich dort stehe. Tausend Gedanken gehen mir durch den Kopf. Schöne Gedanken, sie malen meine Zukunft in Irland auf eine weiße Leinwand.

Plötzlich höre ich ein gedämpftes Piepsen. Mein Handy, das in meiner Tasche liegt, die neben dem Bett auf dem Boden steht.

Eine E-Mail. Wahrscheinlich mein Handyanbieter oder Amazon. Ich schaue trotzdem nach.

Mein Herz setzt für einen Moment aus, als ich den Absender lese.

Max!

von: max.tetten@gmx.de
2. August, 20:43 Uhr
Wo bist du?

Liebe Carlotta,

ich weiß nicht, wo du bist und was du gerade tust. Ich kann dir nur sagen, wo ich bin. In einer Pension, unweit von deinem Haus in Werder. Eigentlich wollte ich dich wiedersehen, dich in meine Arme nehmen und mit dir gemeinsam überlegen, wie wir es vielleicht doch hinbekommen, dieses Leben zu zweit. Ein Miteinander trotz der beruflichen Entfernung zwischen einem Lehrerleben in Deutschland und dem eines Kochs in Irland. Ich habe darüber lange Zeit im Kloster nachgedacht, bin aber zu keinem Ergebnis gekommen. Wie sollen wir das zueinander fügen, wenn doch jeder Einzelne dabei etwas sehr wichtiges aufgeben muss? Einer von uns müsste immer verlieren. Doch ist es ein Verlieren? Du hast dir ein Leben in Deutschland aufgebaut, ein Haus gekauft und deine gewohnte und lieb gewonnene Umgebung, so, wie ich sie auch habe. Ich weiß natürlich, dass sich diese Dinge ändern lassen und es kein Problem ist, dass ich nach Deutschland zurückkomme.

Einmal habe ich sogar daran gedacht, dass du zu mir nach Irland kommen könntest, doch das habe ich wieder verworfen. Wahrscheinlich ist es in meinem Beruf einfacher, hier Arbeit zu finden, als du sie in Irland finden wirst. Wobei ich mir dich auch in der Grundschule von Dingle vorstellen könnte. Wir müssten aber noch herausfinden, ob es überhaupt eine gibt; bisher musste ich mich damit noch nicht beschäftigen. Doch es war ja auch nur ein gedanklicher Ausflug. Es kann also nur so sein, dass ich zurückkomme und mir hier Arbeit suche. Ja, du hast richtig gehört. Ich will zurückkommen, aber vor allem will ich mein Leben mit dir teilen. Kein Leben auf Entfernung mehr, keine Mails, so lieb sie mir auch geworden sind, und vor allem will ich mit dir Nähe und Ehrlichkeit. Du hast mir viel beigebracht über mich, über uns und über das, was wirklich wichtig ist. Nicht, dass ich all das noch nicht gehört hätte. Von dir habe ich es in einer Eindringlichkeit erfahren, dass ich weiß, dass es gar nicht anders geht, dass wir unmöglich anders leben können, ja nicht anders leben dürfen. Meine kleinen Fluchten, meine Lügen gegen mich und die anderen. All, das, was mich in die falsche Richtung treibt, weg von mir selbst, muss ein Ende haben.

Und ich glaube, dass nur du die Muse bist, der ich wirklich zuhöre, der ich vertraue und bei der ich weiß, dass es nicht der Klang einer Sirene ist. Ich wünsche mir, dass du diese Mail hier bald möglichst lesen kannst, denn ich werde nicht ewig in dieser Pension warten können.

Auf DICH warten, ja, das ist für ewig möglich.

Doch ich kann es nicht HIER tun, weil ich irgendwann wieder bei Peter aufschlagen muss. Ich bin mir ganz sicher, dass du dich melden wirst und wir uns wieder sehen. Und darauf freue ich mich schon sehr. Leider muss ich nun Schluss machen. Die alte Dame weist mich gerade darauf hin, dass es sehr spät geworden ist. Sie will den PC runterfahren. Also, meine liebe Carlotta, ganz gleich, wo und wann du das hier liest: Ich sitze irgendwo und warte auf dich. Hier nicht für immer, aber überall für ewig. Komm zu mir oder sag mir, wo du bist. Damit wir endlich anfangen können, richtig zu leben und zu lieben.

Dein Max

Carlotta

Ich überfliege die Zeilen, als hätte ich Angst, dass sie sich vor meinen Augen auflösen könnten. Lese noch einmal, diesmal langsamer in der Hoffnung, dass ich den Inhalt begreife.

Max ist in Werder. Und nicht nur das, er will bei mir bleiben, hier in Deutschland. Während ich hier alles für meine Auswanderung in die Wege geleitet habe, ist er im Kloster zu dem Entschluss gelangt, dass es Zeit wird, seinen Aufenthalt in Irland zu beenden. Ich bin sprachlos.

Weiß nicht, wohin mit mir und meinen Empfindungen.

Möchte lachen und weinen gleichzeitig.

Mit zitternden Fingern suche ich seine Nummer aus der Liste, rutsche ab, verfluche das Touchpad. Irgendwie gelingt es mir schließlich doch, ich halte das Telefon an mein Ohr und warte. Nicht erreichbar. Das ist so typisch Max. Es wäre durchaus ausreichend gewesen, wenn er sein Handy abgeschaltet hätte, während er im Kloster war. Aber nein, es muss ja authentisch wirken. Er hat es höchstwahrscheinlich wirklich zuhause in Irland gelassen.

Ich schaue auf die Uhr. Fast schon ein Uhr nachts. Am liebsten würde ich sofort losfahren, aber ich habe zwei Gläser Wein getrunken, was für mich ungefähr so viel ist wie für andere eine ganze Flasche. Ich kann unmöglich Auto fahren. Schlafen kann ich allerdings auch nicht.

Da Max vor morgen Vormittag wahrscheinlich sowieso keine Mails abrufen kann, antworte ich ihm nicht. Um diese Zeit werde ich längst zurück sein.

Weil ich nicht weiß, was ich sonst tun soll, packe ich meine Sachen, bis auf das, was ich morgen anziehen werde. Ich verbringe eine gefühlte Ewigkeit im Bad beim Abschminken. Gegen zwei Uhr liege ich schließlich doch im Bett. Drehe mich von einer Seite auf die andere. Die Decke stört mich. Ohne sie ist es zu kalt. Ich dämmere immer mal wieder ein, und schaue doch jede Stunde auf die Uhr.

Gegen sechs Uhr höre ich Geräusche im Haus. Oma ist wach. Hemingway hebt kurz den Kopf, als ich aufstehe und in das kleine Bad husche, das an mein Zimmer angrenzt. Die Dusche vertreibt meine Müdigkeit, nicht aber die Nervosität. Hellwach und angespannt verlasse ich reisefertig keine halbe Stunde später mein Zimmer. Oma sitzt im eleganten seidenen Morgenmantel in der Küche und liest die Zeitung. Sie schmunzelt amüsiert, als sie mich um diese Zeit vollständig angezogen und geschminkt in der Küche auftauchen sieht, sagt aber zunächst nur »Guten Morgen«.

Ich wundere mich darüber nicht. Omas Intuition ist wie immer untrüglich. Ich lasse mir einen Kaffee aus dem Automaten und setze mich zu ihr.

»Max hat mir gestern Abend geschrieben«, beginne ich.

»Und, was schreibt er?«, will Oma wissen, wobei sie betont unbeteiligt tut. Dabei ist sie jedoch ganz aufmerksam, will mir aber mit ihrer neutralen Frage Raum geben, meine Gefühle klar auszusprechen.

»Er ist in Werder, und nachdem er mich nicht angetroffen hat, ist er in einer Pension untergekommen. Er schreibt, dass er hier bleiben will, bei mir in Deutschland.«

Oma antwortet nicht gleich. Sie legt sorgfältig die Zeitung zusammen und ich weiß, dass sie ebenso akkurat ihre Worte sortiert, bevor sie diese ausspricht.

»Liebelein, es ist nur eine Vermutung einer alten Frau, aber kann es sein, dass ihr dabei seid, die gleichen Fehler wie früher zu machen? Jeder von euch macht Pläne, ohne den anderen mit einzubeziehen, obwohl er stets ein wichtiger Bestandteil des Plans ist. Erst wenn ihr damit fertig seid, konfrontiert ihr euch mit eurem jeweiligen Beschluss und dann wundert ihr euch, dass der andere überrumpelt ist.«

Ich verschlucke mich an meinem Kaffee. Huste, schnappe verzweifelt nach Luft. Als ich mich beruhigt habe, spricht Oma weiter.

»Wohin euch das damals geführt hat, weißt Du, mein Schatz.«

Es ist, als würden Omas Worte eine Mauer in mir einreißen. Nur, dass Oma längst nicht alles weiß. Niemand weiß es, nicht einmal Graziella. Ich ringe um Fassung, wild entschlossen, die Gefühle, die da so plötzlich aus mir raus wollen, nicht an die Oberfläche kommen zu lassen. Ich setze meine Kaffeetasse an die Lippen und konzentriere mich ausschließlich auf die heiße Flüssigkeit, die meine Kehle hinunter rinnt. Oma beobachtet mich argwöhnisch, sagt jedoch nichts weiter.

›Das alles ist vorbei‹, sage ich mir entschlossen, ich habe Max verziehen.

›Ja, aber Du hast es mit Dir ganz allein ausgemacht, nicht mit ihm‹, raunt mir eine innere Stimme zu. Sie soll die Klappe halten. Es spielt keine Rolle mehr. Ich straffe die Schultern, der Moment ist vorüber.

Eine weitere halbe Stunde später bin ich bereits auf der Autobahn.

»Rede mit ihm«, hatte Oma mir zum Abschied geraten.

»Und rede wirklich.«

Zunächst komme ich gut voran und mit jedem Kilometer, den ich zurücklege, steigt die Spannung in mir an. Mit seiner Mail hat Max den Großteil meiner Ängste vom Tisch gefegt. Er ist im Kloster kein anderer geworden. Jedenfalls keiner, der mir zu entgleiten droht. Er will bei mir sein und ist bereit, dafür alles andere hinter sich zu lassen. Genau wie ich. Das gibt mir ein gutes Gefühl von Augenhöhe in unserer Liebe.

Drei Stunden später bin ich immer noch auf der Autobahn. Kurz vor Dessau hat es einen Unfall gegeben. So kurz vorm Ziel stecke ich fest. Ungeduld steigt in mir auf. Ich krame mein Handy aus der Tasche, aber Max ist immer noch nicht erreichbar.

Nervös trommle ich mit den Fingern auf dem Lenkrad herum.

Verzögerungen sind einfach nichts für mich.

Plötzlich höre ich die Stimme meiner Mama im Ohr. Ich erinnere mich an einen Stau vor vielen Jahren, ich war vielleicht zwölf oder dreizehn Jahre alt. Der Stau, wie jeder seiner Art, kam mir sehr ungelegen und ich nölte und motzte herum. Doch Mama ging gar nicht drauf ein, sondern deutete stattdessen auf die Fahrerin im Wagen neben uns.

»Was meinst Du, Carlotta, wie sie heißt? Und was für ein Leben sie führt?«

Es wurden zwei komische Stunden, am Ende bedauerte ich, dass der Stau sich auflöste und seither habe ich mich nie wieder gelangweilt, wenn es auf der Autobahn kein Vorankommen mehr gab.

Im Wagen neben mir, einem senfgelben Opel irgendwas, sitzt ein verkniffener Mittfünfziger. Ich lächle ihn an. Er glotzt zurück. Nun gut, Pech gehabt.

Eckardt Torff, 56, Wirtschaftsprüfer. Wohnt in Hamburg und findet es unter seiner Würde, auf ostdeutschen Autobahnen unfreiwillig Pause zu machen. Seine Frau Kerstin freut sich zuhause hingegen ungemein, dass der Gatte dadurch heute sehr viel später zurückkommen wird, plant aber dennoch vorsichtshalber mal eine Migräne ein, die sie nie wirklich hatte. Dafür aber besitzt Kerstin diverse leere Pillenblister, die sie wirkungsvoll auf dem Küchentisch liegen lässt, um sie am Morgen darauf wieder in einer kleinen Schmuckschachtel im

Kleiderschrank zu verstecken, wo sie auf den nächsten Einsatz warten.

Zu meiner Linken sitzt in einem leicht rostigen schwarzen Kleinwagen Elvira Eckzahn, ein blasses Mädchen mit langen schwarzen Haaren. Sie arbeitet bei Aldi an der Kasse, glaubt aber, sie wäre die wiedergeborene Gräfin von Lubkowitz.

Ab und zu rollt der Verkehr ein bisschen und ich mache noch Bekanntschaft mit Bernd Breitenbach, einem Fernfahrer, Liselotte Brunz, Karl-Heinz Wagenbrecht und Henriette Tiefengrund, bevor ich endlich noch einmal eine gute Stunde später die Abfahrt Werder erreiche.

In meinem Bauch fängt es an, wie verrückt zu kribbeln. Gleich werde ich Max wieder sehen. Es ist schon erstaunlich. Ich kenne diesen Mann. Nur zu gut. Er ist mir vertraut, fast so, als gehöre er zu meiner Familie. Und trotzdem, nach all der langen Zeit spüre ich wieder dieses schönste aller Gefühle. Ein Verliebtsein, das durch mich hindurch wirbelt, die Herrschaft über meine Mundwinkel übernimmt und mir ein albernes Grinsen aufs Gesicht malt. Nach all den Wirrungen und Verfehlungen werden wir uns gegenüberstehen und wissen, dass sich all das gelohnt hat. Wir sind bis hierher gekommen, um zu wachsen, um über uns selbst hinauszugehen. Bereit, den Weg, der vor uns liegt, miteinander zu gehen, ohne uns dabei aus den Augen zu verlieren.

Ein warmes Gefühl durchströmt mich beim Anblick des Ortseingangsschildes von Werder. Ist es letztlich wirklich so, so kitschig es auch klingen mag, dass man sich dort zuhause fühlt, wo der Mensch sich aufhält, den man am Allermeisten liebt?

Noch ist alles offen. Ich weiß um Max' Pläne, er hingegen hat keine Ahnung von meinen. Aber das spielt im Moment keine Rolle, wichtig ist nur, dass wir unsere Entschlüsse aus dem gleichen Grund getroffen haben. Ich fahre nicht zu meinem Haus, sondern gleich zu der Pension, in der Max die Nacht verbracht hat. Es ist dieselbe, in der auch ich damals bei meiner Ankunft in Werder gewohnt habe. Wie sollte es auch anders sein.

Ungeduldig trete ich von einem Bein aufs andere, aber ich muss Hemingway nach der langen Fahrt seine Zeit lassen. Endlich ist er fertig. Ich leine ihn an und nehme zwei Stufen auf einmal. Dann stehe ich endlich in dem kleinen gemütlichen Foyer von Frau Kaltofens Pension.

»Guten Morgen, Frau Spatz, das ist aber schön, Sie einmal wieder zu sehen«, begrüßt diese mich herzlich.

»Hallo Frau Kaltofen«, erwidere ich, »ich möchte zu Herrn Tettenborn.«

»Ach, Sie meinen diesen großen, gutaussehenden jungen Mann. Das hätte ich ja wissen müssen. Tut mir leid, Herzchen, den haben Sie um eine halbe Stunde verpasst.«

»Wie, verpasst? Ist er abgereist?«

Kaltes Entsetzen macht sich in mir breit.

»Nein, nein, abgereist ist er nicht, aber gleich nach dem Frühstück ausgegangen«, nimmt sie mir den Schrecken. Puh, für einen Moment war es, als würde mir der Boden unter den Füßen weggerissen. Ich verabschiede mich hastig. Frau Kaltofen scheint enttäuscht zu sein, dass ich keine Zeit für einen Plausch habe, aber das wird warten müssen.

Ich rase nach Hause, lasse die Autotür offen stehen und renne in meinen Garten.

»Max!«, rufe ich laut. Hemingway bellt aufgeregt. Keine Antwort. Ich umrunde das Haus in der Hoffnung, Max auf meiner Terrasse vorzufinden, doch auch sie ist leer. Ich suche das ganze Grundstück ab. Keiner da. Ich weiß, dass meine Enttäuschung unbegründet ist, trotzdem kann ich im Moment nichts gegen sie tun. Plötzlich bemerke ich, wie müde ich bin. Ich schließe mein Auto ab und die Haustür auf. Schön ist anders, denke ich beim Anblick meiner Umzugskisten, die mich im Flur begrüßen. Zum Glück stehen meine Möbel noch, auch wenn sie fast leer sind und es an jeder Dekoration fehlt, die ein Haus in ein Zuhause verwandelt. Im Bad spritze ich mir eiskaltes Wasser ins Gesicht. Es tut seine Wirkung und vertagt meine Müdigkeit auf später. Ich flitze durch die Zimmer, ziehe hier ein paar Kerzenständer, dort ein paar Bilder aus den Kartons. Versuche in Windeseile, ein klein wenig Gemütlichkeit in diesen Ort des Aufbruchs zu bringen.

Anschließend mache ich mich auf den Weg zum Supermarkt. Mein Kühlschrank ist leer und ich ahne, dass Knäckebrot und Fischkonserven nicht das angemessene Festmahl für unser Wiedersehen sind. Mit Feuereifer lade ich den Einkaufskorb voll. Frisches Baguette, Salat, Obst, Käse, eine Schale unverschämt teurer italienischer Oliven. Schokoladenglasur von Lindt, dazu eine Ananas. Köstlichkeiten, die keine lange Vorbereitungszeit in der Küche brauchen, denn ich vermute, dass wir uns dort die erste Zeit wenig aufhalten wollen. Als ich an der Kasse stehe, fällt mir ein, dass ich keine Pfefferkörner mehr habe. Meine Mühle ist schon lange leer und ich gebe zu, dass ich in letzter Zeit auf den ganz schnöden bereits gemahlenen Pfeffer zurückgegriffen habe, der sich im Gegensatz zu den Körnern als fast geschmacksneutral erweist. Ist möglich, aber geht gar nicht, wenn man einen Koch im Hause hat.

Ich greife nach einer Tüte buntem Pfeffer, den Max am liebsten mag. Darin seien alle Vorteile von schwarzem, grünem, rotem und weißem Pfeffer vereint, referierte er nicht nur einmal. Jetzt habe ich alles. Ich will kehrt machen, doch im

Augenwinkel werde ich eines Wortes gewahr, das sich langsam in mein Bewusstsein schiebt.

Kreuzkümmel.

Ich lese dieses Wort noch und für einen Moment bin ich verwundert.

Dann ist alles anders.

Mechanisch beende ich meinen Einkauf. Ich schaffe es sogar, alles in Tüten zu packen, ins Auto zu laden und schließlich ins Haus zu schleppen. Dabei habe ich die ganze Zeit das sonderbare Gefühl, ich würde mich dabei beobachten, während es in meinem Kopf so laut ist, als würden sich Kreissägen duellieren, während der Rest von mir seltsam taub ist. Ich sitze auf meinem Bett, weiß aber nicht, wie ich dahin gekommen bin. In meinem Kopf läuft ein Film, den ich nicht anhalten kann, egal, ob ich die Augen geöffnet oder geschlossen habe. Wieder höre ich die Sirenen, sie sind laut, so schrecklich laut.

Genau wie damals.

Genau wie damals sind sie nur in meinem Kopf. Ich stehe am Straßenrand und schaue zu, wie mein Herz mit Blaulicht weggefahren wird. Unfähig zu fühlen. Mein Herz, es liegt im Koma.

April 2011

Im Nachhinein habe ich mich oft gefragt, ob es ein Zeichen gegeben hatte. Eines, das ich vielleicht übersehen hatte. Etwas, das drohendes Unheil ankündigte. Ein welkes Herbstblatt, das einem mitten im Frühling vor die Füße fällt, eine tote Maus vor der Haustür, eine vollgesperrte Kreuzung.

Aber da war nichts. Die Welt, dein eigener kleiner Mikrokosmus, kündigt einfach vorher nicht an, dass sie schon bald zu Staub zerfallen wird. Ich wusste, spürte, dass da seit geraumer Zeit bei uns etwas eklatant falsch lief. Doch ich verdrängte es, hoffte auf bessere Zeiten. Wir hatten Probleme. Aber war das nicht normal? Unsere Beziehung hatte schon mit Problemen angefangen, die sich aus Max' Situation damals ergaben. Eine Anfangszeit, wie das sonst so üblich ist, hat es bei uns nie gegeben. Kino, erste, zweite, dritte Dates. Die große Sehnsucht schon. Über Wochen, Monate hinweg. Die ganze Zeit, während wir auf Max' baldige Entlassung hofften. Danach ging es schnell.

Zu schnell?

Von Null auf Hundert.

Am Tag seiner Freilassung zog Max bei mir ein. Es war ganz natürlich. Der einzige Weg, wie uns schien. Wir waren glücklich. Zu glücklich? Vielleicht. Aber es war perfekt. So fühlte es sich an. Warum also auf eine Zukunft warten, die man schon jetzt haben konnte? Es erschien mir unsinnig. Ich wollte alles. Sofort. Hätte ich sehen müssen, dass Max das normale Leben Schwierigkeiten bereitete? Aber wieso? Was brachte es, sich mit Vergangenem zu beschäftigen, wenn das Jetzt so schön war?

Ich spürte seine Unruhe. Max kochte in einer Kantine Mittagessen für Stadtangestellte und alle, die ihren Arbeitsplatz im Zentrum von Lüneburg hatten. Kein Traumjob, nein, aber die Bezahlung war in Ordnung und der Dienst für uns perfekt. Wir kamen beide zur etwa gleichen Zeit nach Hause, was niemals so gewesen wäre, hätte Max in einem Restaurant gearbeitet. Doch was mir wunderbar erschien, reichte Max bald nicht mehr. Er wollte ein richtiger Koch sein, sein Können unter Beweis stellen, wollte, dass die Menschen genüsslich die Augen verdrehten, wenn seine Speisen die Geschmacksnerven zum Explodieren brachten. Jeden Dienstag stinkende grüne Erbsensuppe nach den strengen Vorgaben des Chefs kochen, der vor allem eines im Sinn hatte. Die Zutaten mussten so preiswert wie möglich sein, Zugaben wie der Geschmack waren für ihn völlig nebensächlich und er hielt die obligatorische Maggie-Flasche für ein probates Allzweckmittel. Damit kam Max nicht klar. Und selbst die vergleichsweise viele freie Zeit zu zweit konnte das auf Dauer nicht kompensieren. Das gepaart mit seinen Schuldgefühlen und seiner zeitweisen Unfähigkeit mit dem Alltag zurecht zu kommen, ließ ihn von mir abdriften, während ich eifrig daran arbeitete, unsere Zukunft ins Jetzt zu zerren.

Mein Privatleben war mir seit jeher wichtiger gewesen als mein Beruf. Nicht, dass ich ihn nicht geliebt hätte. Nein, er war mir immer wichtig, aber ich befand, es gab Wichtigeres. Von mir aus hätte Max in dem Job bleiben können. Die Arbeitszeiten hätten ohne weiteres ein Familienleben zugelassen, in dem beide Elternteile einem Beruf nachgingen. Stundenlang malte ich mir die unterschiedlichsten Szenarien aus. Mal sah ich einen blonden Jungen, dessen Haar in der Sonne leicht rötlich schimmerte, während er mir mit dem Gesicht seines Vaters zulächelte. Dann stellte ich mir Max mit einer kleinen Püppi vor, wie ich, nur kleiner. Wie er sie durch die Luft wirbelt und sie vor Freude quietscht. Ich war bereit. Nichts Schöneres hätte ich mir vorstellen können, als das. Eine Familie mit dem Mann, den ich über alles liebte.

Doch Max machte dicht. Nicht gleich, als ich anfing, zarte Hinweise fallen zu lassen. Einmal sogar malten wir zusammen all diese Bilder, die ich ständig sah. Aber ich begriff nicht, dass sich dieses Geschehen für ihn in weiter Ferne abspielte. Ich wollte planen, die Pille absetzen, endlich loslegen. Aber ich lief gegen eine Wand. Die Zeit verging und zuweilen kam es mir so vor, als hätte Max diesen Wunsch vergessen, der so dringend in mir brannte. Eines Abends passierte es. Wir hatten einen belanglosen Streit, worüber, weiß ich längst nicht mehr. Da schleuderte ich ihm all meine Wut entgegen, die sich in mir ob meines unerfüllten Kinderwunsches angestaut hatte. Max war über diese Wendung entsetzt. Sah er sich plötzlich einer Sache gegenüber, die in seinen Gedanken überhaupt keinen gewichtigen Platz einnahm, in mir aber bereits eine eiternde Wunde hinterlassen hatte. Einmal in Fahrt, war ich nicht mehr in der Lage, die Notbremse zu ziehen. Die Streitereien häuften sich und am Ende ging es immer wieder um dieses eine Thema. Vielleicht hätte mir klar sein müssen, dass ich so kaum etwas erreichen würde, aber der

Schmerz in mir saß einfach zu tief, blendete mein rationales Denken aus und ergoss sich in blinder Wut. Ich verstand Max einfach nicht. Warum reichte ihm dieses Leben mit mir nicht aus? Warum weigerte er sich, es weiter zu entwickeln? Obschon er es sich einst genauso gewünscht hatte, wie ich?

Ich fühlte mich so derart abgewiesen, dabei wollte ich doch nur etwas ganz Normales. Etwas, was Milliarden Menschen einfach so tun. Ein Kind, vielleicht ein kleines Häuschen, einen gemeinsamen Nachnamen. Für mich unerreichbar. Als ob etwas mit mir nicht stimmt. Ich fühlte mich amputiert, behindert, unzulänglich.

Max fing an, sich zu bewerben. Mindestens einmal in der Woche hatte er ein Vorstellungsgespräch. Es war kompliziert. Entweder er wollte die Stelle nicht, weil sie seinen Ansprüchen nicht genügte, oder man misstraute ihm wegen seiner Vergangenheit. Ein Ex-Knacki. Unschuldig zwar, aber das behaupten sie ja alle, oder etwa nicht? Anfang April dann ein Lichtblick für Max. Er sollte nach Köln zu einem Probekochen fahren. Die dort ansässige Firma suchte Köche für eine Filiale, die demnächst in Hamburg eröffnet werden sollte. Das Leuchten in Max' Augen ließ mich meinen Kummer vergessen. Möglicherweise, so dachte ich, wenn er mit einer neuen Stelle so viel glücklicher wäre, würde sich das auch positiv auf unser Privatleben auswirken. War ich zu kleinlich in meinen Gedanken? Ich wusste doch von Anfang an, dass Köche andere Arbeitszeiten als Lehrer haben. War für mich früher nie ein Problem.

Ich bestärkte ihn in seiner Hoffnung und hatte dein Eindruck, dass wir uns wieder annäherten. Das Reizthema sparte ich wohlweislich aus. Am Morgen seiner Abreise nach Köln drückte er mich fest an sich, ich wünschte ihm von ganzem Herzen Glück und meinte es auch so. Der Tag verging, ohne dass ich von Max hörte. Am nächsten Morgen schrieb er eine Nachricht, dass es spät geworden sei. Ich war enttäuscht, aber schluckte meinen Ärger herunter. Männer sind eben so. Wenn sie arbeiten, dann arbeiten sie. Da ist kein Raum für anderes. Also beschloss ich es zu vergessen und begrüßte ihn überschwänglich, als er nach Hause kam. Es war wundervoll. Max hatte überzeugen können und war schließlich einer von drei Kandidaten, die aus dreißig Bewerbern übrig blieben. Im Juni sollte er anfangen.

Er war wieder der Max, den ich aus seinen Mails kannte. Kurzweilig und anekdotenreich erzählte er mir von seinem Aufenthalt in Köln. Alle Bewerber hatten die gleichen Zutaten erhalten und mussten daraus ein Drei-Gänge-Menü zaubern. Das war genau das Richtige für Max. Er liebte Herausforderungen dieser Art und es war für mich absolut logisch, dass er überzeugt hatte. An seinen Töpfen vollbringt Max wahre Wunder.

Ich fragte nach den anderen beiden, die künftig seine Kollegen sein würden. Er berichtete von Jens, einem Vierzigjährigen aus Lauenburg und Anne, siebenundzwanzig, aus Hamburg. Wer letztendlich Chefkoch werden würde, war noch unklar, aber ich merkte, dass Max sich Hoffnungen auf diesen Posten machte. Hoffentlich würde das nicht bedeuten, dass ich ihn gar nicht mehr sah. Ich bohrte noch nach, wollte mir ein genaueres Bild von seinen Kollegen machen, doch er blockte ab. Die Zeit könne man besser nutzen, meinte er und schob langsam seine Hand unter meinen Rock. Wir nutzten sie tatsächlich und liebten uns mit einer Intensität, die es so schon länger nicht mehr gegeben hatte.

Am Morgen stand ich energiegeladen auf. Alles würde gut werden. Ja, wir hatten eine schwere Zeit durch, aber die war nun offenbar vorbei. Nach der Arbeit, es war mein kurzer Tag, an dem ich nur drei Stunden hatte, fuhr ich einkaufen. Meistens kochte Max, aber an diesem Abend wollte ich ihn mit einem Chili überraschen. Max liebte mein Chili und ein Lob aus so berufenem Munde machte mich stolz. Ich stellte die Zutaten auf die Arbeitsplatte und kochte mir einen Kaffee. Max ging nach der Arbeit ohnehin noch ins Fitness-Studio und würde bestimmt nicht vor achtzehn Uhr zuhause sein. Da konnte ich mich noch ein Stündchen auf die Dachterrasse setzen, meinen Kaffee trinken und den Frühling genießen. Während der Kaffee in die Tasse lief, ging ich ins Schlafzimmer, weil ich schnell noch eine Maschine Wäsche anwerfen wollte. Ich sammelte alles Schwarze aus dem Wäschekorb, als mein Blick auf Max' Reisetasche fiel, die noch unausgepackt auf dem Boden stand.

Typisch Max! Warum gehen Männer davon aus, dass sich solche Probleme von alleine lösen? Dass sich die Tasche wie von Zauberhand selbst ausräumte und anschließend an ihren Platz in die Abstellkammer wanderte? Eigentlich hätte ich sie stehen lassen sollen, aber ihr Anblick störte mich einfach. Also seufzte ich ergeben und räumte sie aus. Das Dunkle kam gleich mit in die Maschine, der Rest landete im Korb. Im Bad räumte ich die Reisezahnbürste, Deo, Shampoo, Haarspray und Parfüm wieder an die dafür vorgesehenen Plätze. Den Papierkram, den ich zuletzt aus der Tasche holte, würde ich ins Wohnzimmer legen. Das Einladungsschreiben, die Hotelrechnung und dergleichen. Das konnte Max später selbst wegräumen. Ich öffnete die Terrassentür und holte meinen Kaffee.

Als ich durchs Wohnzimmer nach draußen gehen wollte, sah ich, dass Max' Papiere auf dem Boden verstreut lagen. Muss der Luftzug gewesen sein, als ich die Tür öffnete. Ich bückte mich, hob die Blätter auf. Ein A-5-Bogen erregte meine Aufmerksamkeit, denn er war nicht wie die anderen bedruckt, sondern von Hand geschrieben. Auf Hotelbriefpapier des Hauses, in dem Max übernachtet hatte. Im Nachhinein bin ich immer noch erstaunt darüber, wie lange ich gebraucht habe, um zu begreifen, was dort stand. Zuerst fiel mir die übertrieben mädchenhafte Schrift auf. Widerliche, runde Bögen und als Gipfel der Geschmacklosigkeit kleine runde Kringel, anstelle von i-Punkten. Später allerdings konnte ich nie mehr vergessen, was ich gelesen habe.

Lieber Max,

vielen Dank für die wundervolle Nacht. Ich wusste schon, als ich Dich arbeiten sah, dass deine Hände ihr Handwerk verstehen. Ich freue mich auf unsere gemeinsame Arbeitszeit und hoffe auf eine Fortsetzung. Ich bin mir sicher, wir werden noch viel Spaß miteinander haben.

xxx, Anne

Darunter standen ihre Telefonnummer und das Datum von vorgestern. Ich weiß nicht, wie oft ich diese Zeilen gelesen habe, bis mir klar wurde, dass dieser Zettel etwas mit mir, mit uns zu tun hatte. Wirklich verstanden habe ich es nicht. Dafür war es auch viel zu laut in meinem Kopf. Ich saß auf dem Boden und lauschte dem Lärm, die Tasse mit dem Kaffee immer noch in der Hand. Er war kalt. Ich auch.

Betäubt.

Guckte mir selbst zu.

Sah mich aufstehen, mein Notebook aufklappen. Facebook aufrufen. Max Tettenborn ist jetzt mit Anne Westpfahl befreundet. Ich sah mich das Foto anklicken. Sah, wie ich angewidert zurückwich. Betrachtete, wie ich das Bild auf dem Monitor ansah. Ein Allerweltsgesicht, umrahmt von einer schlecht gefärbten blonden Kurzhaarfrisur. Ein zu breites Becken für die Figur. Widerlich braune, praktische Schuhe. Statuseintrag gestern: Unverhofft kommt oft. Wie auf Wolken.

Ich sah mich das Notebook zuschlagen. Es konnte doch auch nichts dafür.

Die nächsten beiden Stunden vergingen wie im Nebel. Ich wanderte durch die Wohnung und hatte immer noch diese seltsame Beobachtungsposition inne. Ich fragte mich, wann ich anfangen würde zu schreien, doch alles blieb stumm. Denn in meinem Kopf war es immer noch viel zu laut. Wenn einer nichts mehr fühlt, dann kann er bestimmt ein sehr guter Schauspieler werden, weil er dann jedes Gefühl annehmen kann, als wäre es sein eigenes, dachte ich irgendwann. Ich spielte die Rolle der Carlotta Spatz. Heute ist mir klar, dass ich absolut unter Schock stand, damals wusste ich das nicht und einfach nicht weiter. Ich guckte zu, wie die Rolle der Carlotta Spatz in die Küche ging und ihr Chili kochte. Sie machte das fast so gut wie die Richtige.

Würde gar keiner merken, dass sie nicht mehr da war. Sie briet das Hackfleisch, bis es fast schwarz war, hackte darauf herum, als hinge ihr Leben davon ab. Ich schaute noch immer von oben zu. Zwiebeln,

Knoblauch dazu, das Baguette stand schon auf dem Tisch. Achtzigprozentige Bitterschokolade, Kreuzkümmel.

Jede Menge Kreuzkümmel.

Kreuzkümmel riecht tröstlich, nach weit weg.

Da drehte sich der Schlüssel in der Tür, Max kam herein. Er hängte seine Jacke auf, warf seine Sporttasche in die Ecke. Kam in die Küche. Carlotta hatte ein scharfes Messer in der Hand. Hackte grüne Paprika.

Skurril, so skurril!

Ich musste ein Lachen unterdrücken.

Carlotta blieb ruhig. Auch, als er sich von hinten an sie ranschmiegte und umarmte. Max nahm einen kleinen Löffel aus der Schublade und senkte ihn in die brodelnde rote Masse auf dem Feuer.

»Da hast Du etwas zu viel Kreuzkümmel dran, mein Schatz«, sagte er.

Das war der Moment, wo ich wieder zum Leben erwachte, sah mich nicht länger von oben, sondern Max fest in die Augen.

»Wie bitte?«

»Zuviel Kreuzkümmel«, wiederholte er. Ein lauter Knall. Ich hatte das Messer auf den Boden geschmissen.

»Wenigstens ist er dort drin, wo er hingehört!«, schrie ich und Max wich erschrocken zurück.

»Was meinst Du denn? Was hast Du?«, fragte er.

»Ich meine damit«, zischte ich, »dass er das tut, was er soll, anstatt in Köln drittklassige, hässliche Schlampen zu ficken!«

Alle Farbe wich aus Max' Gesicht. Wegen meiner Ausdrucksweise, oder des Inhaltes meines Satzes, wusste ich nicht.

»Wie kommst du denn auf diesen Unsinn?«, fragte er. Er hatte sich erstaunlich schnell wieder gefangen. Ich hielt ihm den Zettel unter die Nase. Er nahm ihn, versuchte Überraschung zu heucheln, aber ich wusste, dass es gespielt war.

»Carlotta, das kannst Du doch nicht ernst nehmen. Ich bitte Dich. Das wird Jens gewesen sein, der steht auf Scherze der unteren Schublade.«

In diesem Augenblick fiel mein Herz ins Koma.

Alles hätte ich erwartet, nur das nicht. Diese dreiste Lüge. Eiskalt und ohne mit der Wimper zu zucken. Wer war dieser Mensch? Konnte ich mich so in ihm getäuscht haben? Er versuchte zwei Stunden lang mich zu überzeugen, dass ich mich irrte. Ich schrie ihn zwei Stunden lang an. Draußen war es längst dunkel. Ich hockte im Wohnzimmer auf dem Boden und war am Ende.

»Geh. Hau einfach ab und komm bloß niemals wieder!«, sagte ich, aber es war mehr ein heiseres Krächzen. Kurz darauf fiel die Tür ins Schloss. Ich war allein.

Die Nachmittagsonne malt Kreise auf mein Bett. Unten klingelt es. Schon zum vierten Mal. Dann ist es kurz still. Ich höre ein Klopfen an der Terrassentür im Wohnzimmer.

»Carlotta!! Carlotta, mach' auf!«, höre ich Max rufen.

Aber ich denke nicht daran.

von: max.tetten@gmx.de
4. August, 22:01Uhr
Was ist los?

Liebe Carlotta,
was ist los? Ich war bei dir und ich bin mir sicher, dass du auch zu Hause warst, es noch immer bist. Warum machst du nicht auf, wenn du mich klingeln, klopfen und rufen hörst? Ist etwas nicht in Ordnung? Ich bin mir keiner Schuld bewusst, dass sich etwas geändert haben könnte. Ganz im Gegenteil! Ich habe mir einiges für dich und mich, für unsere gemeinsame Zukunft überlegt und ich würde mich freuen, das alles mit dir zu teilen. Sagst du mir bitte Bescheid, ob und wann du mit mir reden willst? Und vor allem, warum du es im Moment nicht willst? Ich bin noch immer in der kleinen Pension und warte auf dich und eine Antwort. Wenn du magst, bin ich in wenigen Minuten bei dir. Bitte melde dich, du fehlst mir sehr.
Dein Max

von: carlotta-spatz@web.de
4. August, 22:35 Uhr
Re: Was ist los?

Max,
es ist besser, Du verschwindest von hier. Lass mich in Ruhe! Du und ich, das hat keinen Sinn mehr. Vielleicht hatte es den nie.
Carlotta

von: max.tetten@gmx.de
4. August, 23:48 Uhr
Re: Was ist los?

Liebe Carlotta,

geht es dir gut? Wenn du mir nicht so wichtig wärest, wenn ich dich nicht lieben würde, könnte ich dir jetzt die primitivsten männlichen Verwünschungen und Unterstellungen an den Kopf werfen. Ich weiß aber, dass meine Carlotta keine kleinen Stimmungsschwankungen hat, wenn sie so etwas schreibt. Du hattest Zeit dafür, genügend Möglichkeiten, über alles, was du schreibst, nachzudenken. Warum also solltest du schreiben, dass ich dich in Ruhe lassen soll, wenn du nicht einen handfesten Grund dafür hast? Und wie kommst du nach unserer Zeit in Irland auf die Idee, dass das mit uns keinen Sinn mehr hat, ja noch schlimmer, nie einen hatte? Was ist passiert? Von meiner Seite hat sich nichts verändert. Ganz im Gegenteil. Ich will mein Leben mit dir verbringen, ganz gleich, in welchem Land. Was ist mit dir? Warum soll ich dich in Ruhe lassen und weshalb hatte es nie einen Sinn?

Dein Max

von: carlotta-spatz@web.de
4. August, 23:59 Uhr
Re: Was ist los?

Hast Du wirklich geglaubt, wir könnten auf einem Teppich, unter den all die hässlichen und scharfkantigen Scherben unserer Vergangenheit gekehrt wurden, in eine glückliche neue Zukunft tanzen? Es geht nicht. Eine schöne Illusion war es. Mehr nicht. Eine Woche außerhalb der Zeit, die wir in Irland hatten. Die einen gnädigen Schleier auf das »Früher« legte. Doch nun ist er zerrissen und das, was sich in all seiner Scheußlichkeit darunter verborgen hatte, steht mir so deutlich vor Augen, als wäre es gestern gewesen. Die Ironie dabei ist, dass ich es auch geglaubt habe, Max. Für eine Weile. Du fragst mich nach dem Sinn oder besser nach dem Fehlen desselben. Wie kann es einen Sinn haben, wenn wir über alles und doch nicht über das Wesentliche reden? Wie kann es einen Sinn haben, wenn wir beide glücklich sein wollen, aber das schon einmal gemeinsam nicht geschafft haben? Hatte es einen Sinn, dass Du völlig wahllos und kaltblütig die erste greifbare Gelegenheit genutzt hast, um mich zu hintergehen?

Geh, Max, geh einfach.

von: max.tetten@gmx.de
5. August, 2:40 Uhr
Re: Was ist los?

Liebe Carlotta,

ich will nicht so tun, als wüsste ich nicht, was ich dir angetan habe. Ich habe dir vieles über diese Lüge erzählt, warum

Menschen lügen und so weiter. Es wird in unserer Zukunft nie etwas geben, das die Vergangenheit ungeschehen macht. Du hast mir geschrieben, dass du nicht mir, sondern dir selbst verzeihen musstest. Darin liegt der Schlüssel. Verzeihen, ohne zu vergessen. Wenn aber jedes Erinnern wieder dazu führt, die Narbe deiner Wunde aufbrechen zu lassen, verheilt sie nicht. Und deshalb stellt sich die Frage, ob du mir wirklich verziehen hast. Nein, wahrscheinlich nicht. Vielleicht ist es ganz einfach auch nicht zu verzeihen, basta.

Möglicherweise machen sich die Paare, die sich trauen, beim zweiten Versuch nur etwas vor. Kehren erfolgreich alles unter den Teppich, in der Hoffnung, dass dort irgendwo auch eine Falltür ist, in die alles hineinfällt und endlich weg ist. Wie nie da gewesen. So sind wir aber nicht, so bist vor allem du nicht. Sicher war es nicht richtig, während unserer Zeit in Irland gar nichts dazu zu sagen. Doch ging es dir dabei nicht genauso wie mir? Diese kostbare Zeit nicht zu gefährden mit einem Problem, das wir wohl nie lösen werden? Dessen Betrachtung von A bis Z und zurück zu nichts weiter führt als Leid? Womöglich haben wir in Dingle unbewusst alles richtig gemacht. Schluss mit dem Leben von früher und einfach über Los gehen und das Glück herausfordern.

So, wie du mir nun schreibst, hat es nichts gebracht. Ich kann dir meinen Fehler wieder und wieder beichten, ihn bereuen, dir jeden Tag sagen, wie unendlich leid mir alles tut. Dir zeigen, dass es mich fast körperlich schmerzt. Doch ganz gleich, wie stark ich bereue, mich dafür hasse und mich selbst kasteie, es geht am Ende darum, was DU damit machst. Ich habe lange überlegt, bevor ich dir antwortete.

Vielleicht heilt diese Wunde nie.

Vielleicht habe ich, Max Tettenborn, die Liebe meines Lebens wegen einer Dummheit verloren. Und, liebe Carlotta, es gibt für alles einen Preis. Das wäre dann meiner und ich werde ihn ein Leben lang zahlen. Du hast recht, wenn du sagst, dass ich gehen soll, aber es geht gar nicht um einen Sinn.

Ich habe dich nicht verdient. Und das schreibe ich nicht, mich selbst bemitleidend, sondern erkennend und tief bereuend. Ich fahre nachher los. Mein Flieger geht in acht Stunden ab Schönefeld.

Bis wann auch immer und wo auch immer. Denke immer daran, dass es die Zeit nicht gibt. Wir können warten. In der Ewigkeit sehen wir uns wieder.

Dein Max

von: carlotta-spatz@web.de
5. August, 4:03 Uhr
Re: Was ist los?

Großartig, Max, ganz großartig,

Du solltest beim Fernsehen anrufen und Deine Mail verkaufen. Bestimmt ließe sich daraus etwas basteln, worüber anschließend Millionen Frauen daheim vorm Bildschirm in ihre Taschentücher schniefen.

Ich sehe es direkt vor mir: Deine Rolle, besetzt mit Henning Baum, wie er, ganz der einsame Wolf, schmerzgebeugt und dennoch aufrecht, mit der Reisetasche über der Schulter, die Straße entlang geht, hinfort von der Liebe seines Lebens. Ein letzter Blick in die Kamera und dieser pathetische Blödsinn von der Ewigkeit als fulminanter Schlusssatz.

Ganz großes Kino!

Leider gibt es aber im wirklichen Leben kein Drehbuch, an das man sich halten kann. Leider macht man Fehler, die sich eben nicht mit einem eleganten Schlenker wieder geradebiegen lassen. Und leider irrt man sich auch.

Ich habe mich geirrt, Max.

In mir, in Dir, in uns.

In der Theorie, oder auch per Mail erscheint es so leicht zu akzeptieren, zu vergeben, sich zu heilen. In der Theorie findet man schlüssige Erklärungen für sein eigenes Versagen. Und man glaubt es, sich selbst und dem anderen. So lange, bis die Theorie mit der Wirklichkeit kollidiert. Dann steht man plötzlich wieder einem Spiegelbild gegenüber, das man nicht sehen will. Das einem unerbittlich all das vor Augen hält, was nicht durch eine gnädige Falltür des Vergessens gerutscht ist. Die Demütigung, der Schmerz. Weißt Du, Max, ich habe all das auf mich bezogen, denn es war kein anderer da. Statt mir zu sagen, dass Du einfach ein Idiot warst, habe ich mich unwürdig, austauschbar, unattraktiv gefühlt. Wäre es anders gewesen, wenn diese Frau wenigstens mit mir vergleichbar gewesen wäre? Ich kann es nicht sagen. Aber dass sie es eindeutig nicht war, das schmerzte zusätzlich. Tut es noch.

Vielleicht wäre es vergangen, wenn wir Vergangenheit gewesen wären. Dann hätte ich mich nie mehr mit dem Teil von mir identifizieren müssen. Nie mehr die sein müssen, zu der Du mich damals gemacht hast. Doch nun ist alles wieder da.

Und Du gehst ...

Wieder einmal ...

Was soll sich denn geändert haben?

von: max.tetten@gmx.de

5. August, 5:54 Uhr

Re: Was ist los?

Liebe Carlotta,

genau, wie du es sagst! Was soll sich geändert haben?

Nichts! Gar nichts!

»Max, geh fort, aber bleib da! Ich liebe dich, aber ich liebe dich nicht! Ich habe dir und mir verziehen, und habe es doch nicht getan!«

Wer spiegelt hier eigentlich wen, liebe Carlotta? Du wirst immer wieder deine Tiefen haben, weil ich dich schwer enttäuscht habe, dir das Vertrauen genommen habe, das unzerstörbar war. Es ist meine Schuld und es wird immer die meine sein. Nun kann ich nur versuchen, dir Stück für Stück zu zeigen, dass ich es ernst meine, dass so etwas nie wieder vorkommen wird. Ich will dich nie wieder belügen. Dafür gibt es aber keine Zertifikate, keine Garantien, keine doppelt gestrickten Fangnetze, die dich vor einem Fall bewahren. Und dieser Fall muss auch nicht durch mich passieren, sondern er kommt einfach durch deine Erinnerung. Bis gestern war alles in Ordnung, weil du dich nicht erinnert hast, obwohl es den zugrundeliegenden Fakt die ganze Zeit gab. Es wird ihn immer in unseren Köpfen geben und wir beide müssen die Kraft haben, gegen die Schatten der Vergangenheit anzukämpfen. Jetzt willst du das nicht und das ist in Ordnung. Denke aber daran, dass ich für dich da bin. Ganz gleich, wann und wo.

Dein Max

von: carlotta-spatz@web.de
5. August, 6:43 Uhr
Re: Was ist los?

Oh, Max,

»Jetzt gerade willst Du das nicht und das ist in Ordnung«.

In welchem Ratgeber hast Du denn das gelesen? Vielleicht leihst Du ihn mir einmal, damit ich mir dann sagen kann: Okay, er hat diese hässliche Tussi aus einer Laune heraus gevögelt, aber hey, das ist in Ordnung, es wird schon seinen Grund gehabt haben!

Ich sage »Geh!« und Du gehst tatsächlich, im Laufschritt aber noch große Reden schwingend, die mir sagen sollen, dass ich jetzt nach all der Zeit im Grunde überreagiere und mich mal nicht so haben soll. Das ist doch genau der Punkt, den ich Dir früher bereits mehrfach vorgeworfen habe. Du bist einfach nicht in der Lage, für jemanden über Dich hinaus zu wachsen. Wenn Du etwas willst, dann hast Du hingegen keine Scheu, sogar das Land zu verlassen und irgendwo mit nichts, als einem Rücksack voll Habseligkeiten einen Neuanfang zu starten. Das unterscheidet uns grundlegend und ich weiß einfach nicht, ob ich mein Leben lang nur demütig auf das warten kann, was Du zu geben bereit bist.

Soll ich Dir etwas sagen, Max?

Ich habe keine Arbeit mehr. Jeden Tag klingelt mehrfach mein Telefon, dessen Anrufe ich nicht annehme. Warum?

Ganz einfach. Ich habe gekündigt und einen Makler beauftragt, mein Haus zu verkaufen. Weil ich zu Dir nach Irland kommen wollte. So ganz ohne Netz und doppelten Boden. Das war, bevor mich die Erinnerung mit voller Wucht an der Schläfe traf. Dass es nun zu einem weiteren Problem für mich wird, will ich Dir damit nicht anlasten, keinesfalls. Es wird eine neue Herausforderung für mich sein, die ich meistern werde, die mir jetzt möglicherweise sogar gut tut. Aber ich hatte es für Dich getan, auch wenn ich zuweilen Angst vor meiner eigenen Courage hatte. Vielleicht denkst Du ja jetzt, ich ziehe die große Flughafen-Nummer ab, die, meiner Ansicht nach, eigens fürs Kino erfunden wurde. Hast Du mir deswegen mitgeteilt, wann und von wo Dein Flug geht?

Nein, Max, ich werde nicht mit wehendem Haar durch diverse Terminals rennen und versuchen, das Bodenpersonal zu bestechen, und auch nicht aufgebracht schreien, als ginge es um die Liebe meines Lebens.

Mag sein, dass es Dir ausreicht, wenn Du in Dir ruhend auf Deinem Felsen sitzt und glaubst, Du hättest alles getan. Mag sogar sein, dass Du mich vermisst und auf mich wartest, aber nein, Max, Du gehst jetzt, Du hast längst nicht alles getan.

Carlotta

von: max.tetten@gmx.de
5. August, 7:03 Uhr
Re: Was ist los?

Liebe Carlotta,

ich habe nicht alles getan? Nein? Ich hätte hier bleiben wollen, hier, mit dir in Deutschland. Genauso, wie du zu mir nach Irland kommen wolltest. Was hält uns nun eigentlich davon ab? Die Erinnerung an eine schlechte Vergangenheit? Die Angst vor einer ungewissen Zukunft? Spielt das eine Rolle?

Wir haben uns immer dann verstanden, wenn wir im Moment gelebt haben. Einfach so, das Leben genießen, wie es gerade ist. Nicht daran denkend, dass eine Liebe nur vollkommen wird, wenn sie eine Flughafen-Nummer hatte oder einen anderen Teil einer beliebigen Schmonzette. Sie ist vollkommen, weil sie da ist. Weil sie verzeihen kann und größer ist. Ich will dir nichts versprechen. Aber ich will versuchen, deine emotionale Achterbahnfahrt mit dir durchzustehen. Weil ich die Ursache dafür bin und vielleicht auch nur ich sie wieder reparieren kann. Machen wir es einfach so. Ich lasse meinen Flug einen Flug sein und setze mich jetzt vor deine Haustür, bis du mir öffnest. Mach einfach auf, damit ich dir zeigen kann, dass ich alles tun will. In spätestens zehn Minuten bin ich bei dir. Und ich werde nicht wieder gehen. Versprochen.

Dein Max

von: carlotta-spatz@web.de

5. August, 7:08 Uhr

Re: Was ist los?

Max,

von mir aus kannst Du vor meiner Tür sitzen, bis Du verschimmelst!

Du willst mir nichts versprechen!

Natürlich nicht!

Aber exakt darum geht es doch in der Liebe und eben nicht darum, ins Blaue hinein zu leben, wenn gerade alles schön ist. Vielmehr geht es doch genau um Versprechen. Aufrichtig gegebene Versprechen, die man in ihrer Reinform möglicherweise nicht immer so einhalten kann, wenn das Leben dazwischen kommt, die man sich aber in dem festen Glauben an ihren Wert gibt, bereit dafür einzustehen. Die einen an dunklen Tagen wärmen und wieder in bessere Zeiten tragen.

An denen man festhält, wenn es schwierig wird.

Aus denen man sich sein eigenes kleines Universum bauen kann.

Die man als Sicherheit im Tresor des Lebens aufbewahrt.

Deren Wert keiner Inflation unterliegt.

Versprechen, die die Aktualität des neuen iPads überdauern, die, schlimm genug, vom zynischen Zeitgeist unter Kitsch verbucht werden.

Die die Hühnersuppe bei einer Erkältung sind und Licht machen, wenn der Strom ausfällt.

Die das Fundament des Hochs bilden, damit man auch die Tiefen ertragen und überhaupt erst erfühlen kann.

Die mit einer Teflonschicht ummantelt sind, damit Äußeres nicht an ihnen haften bleiben kann.

Durch die man gemeinsam eine neue Dimension des Fühlens erlangt.

Die der Zukunft einen Sinn geben und das Vergangene vergeben.

Die das höchste Gut sind, das man einem Menschen als Zeichen seiner unbedingten Wertschätzung angedeihen lassen kann.

Vielleicht sind sie sogar das Einzige, was im Leben wirklich zählt.

Carlotta

Max

Natürlich kann ich nicht ewig vor ihrer Tür kampieren. Zum einen halte ich das nicht aus und zum anderen würde ich, selbst wenn Carlotta doch irgendwann aus dem Haus kommt, viel zu wütend sein, um das zu sagen, was ich eigentlich sagen will. Also laufe ich zurück zur Pension. Dort angekommen lese ich noch ihre E-Mail, bevor ich in mein Zimmer gehe.

»Ich kann warten, bis ich schimmlig werde.«

Und dann noch ihr übliches, hochtrabendes Gerede, dieses Mal geht es um ein gegebenes Versprechen und dessen Bedeutung für das Leben, die Liebe und den Menschen. Ich setze mich auf das frisch gemachte Bett, kann das chemische Reinigungsmittel riechen, und wenn ich auf das Laken greife, kommt es mir kalt und klinisch vor. Ich wollte zu Carlotta, weil ich mein Leben mit ihr teilen will. Ist es dabei so schlimm zu sagen, dass ich nicht weiß, ob wir es schaffen, ich es aber schaffen will? Wenn man im Leben schon einmal geliebt hat, ist es dann nicht legitim, die Endlichkeit der nächsten Liebe zumindest zu befürchten? Nicht herbei zu reden oder gar zu hoffen, nein einfach nur einsehen, dass es endlich sein könnte. Das soll nicht dazu führen, dass man nichts mehr dafür tut. Es fehlen sicher die kindliche Unschuld und die Unbefangenheit, doch es ist erwachsen und ehrlich, realistischer zu sein. Wir haben vielleicht nicht die Unendlichkeit, doch wir haben diesen Tag heute. Lass ihn uns leben und lass uns einander lieben. Was ist daran so schlimm?

Ich weiß, dass ich ein absolutes Versprechen nicht geben kann, ohne zu wissen, dass ihm ein Mindestmaß an gesundem Misstrauen an seiner Erfüllung anklebt. Das heißt doch nicht, dass ich nichts versprechen will! Es bedeutet nur, dass ich ehrlich bin. Ja, gerade ich bin ehrlich! Das wird Carlotta mir als letztes glauben. Ich habe sie angelogen. Betrogen habe ich sie.

Mit einer lachhaften Nummer, die es nicht einmal wert war. Damit habe ich alles zerstört. Und nun lässt sie mich nicht zu sich, weil es ihr wieder einmal eingefallen ist. Weil die Erinnerung hochgekommen ist und von ihr Besitz ergriffen hat.

Leider kann man ihr das nicht wie einen Exorzismus austreiben. Die Dämonen habe ich ihr eingepflanzt und nun sind sie da. Selbst in den besten Momenten unserer Zweisamkeit, wenn wir uns nahe und vertraut sind, kann ein nichtiger Anlass dazu führen, dass Carlotta zurückgeschleudert wird zu dem Augenblick der Erkenntnis, zum Entsetzen, zum Verrat, zum Bruch ihres Herzens. Es lässt sich kein Riegel vorschieben oder etwas Heilcreme auftragen, die für immer wirkt. Das ist in ihr, für alle Zeit.

Es wird auch so weiter gehen, wenn wir beieinander sind. Nur durch den Lauf der Zeit wird die Wunde vernarben und diese Narbe wird immer sichtbar bleiben. Sie wird Carlotta an ihren Schmerz erinnern und daran, dass sie mir nie wieder ganz vertrauen wird. Doch ich will es versuchen. Allerdings haben einfache Worte und Bemühungen meinerseits keinen Erfolg. Das hat mir Carlotta mehr als deutlich gemacht. Und sie würde wohl ihr Haus so lange nicht verlassen, bis sie selbst darin verschimmelt. Es bleibt mir nur, sie mit etwas Besonderem zu überzeugen.

Ich überrede die alte Dame vom Tresen wieder einmal, etwas länger im Internet surfen und telefonieren zu dürfen. Es hat seine Vorteile, wenn man einmal in einem Restaurant gearbeitet hat, in das die Creme de la Creme, oder zumindest die, die sich dafür hält, eingekehrt ist. Ich erinnere mich an Dietmar, einen wirren, aber intelligenten Kopf, den ich aus meinen Berliner Tagen kenne. Dietmar kennt alle aus dem Medienbetrieb. Er ist überrascht, als er meine Stimme hört, erinnert sich aber gern an mich, und nachdem ich ihm in Kurzfassung mein Leben der letzten drei Jahre erzählt habe, fragt er, ob ich die Rechte am Drehbuch schon verhökert hätte.

»Nein«, sage ich, »und dazu wird es auch nicht kommen, denn noch gibt es kein Happyend. Außerdem habe ich es ganz schön vergeigt, Dietmar. Und nun brauche ich deine Hilfe. Ich weiß mir keinen Rat mehr, als den, sie mit etwas Besonderem zu erreichen. Hilfst du mir?«

Wenn man die richtigen Leute kennt und die ein Herz, Hirn und gute Beziehungen haben, geht fast alles. Den gesamten Tag über glühen die Drähte und am nächsten Morgen stehe ich vor dem Studio von BB Radio in Babelsberg. Dietmar kommt leicht verspätet, aber das ist bei ihm völlig normal. Er nimmt mich mit, stellt mich zehn bis hundert Leuten vor und alles läuft völlig an mir vorbei. Ich bin viel zu aufgeregt, um wirklich mitzubekommen, wer da ist und wo ich inzwischen bin. Ich hatte mir am Tag zuvor eine kleine Rede zurechtgebaut, aber ich erinnere mich nicht einmal mehr an deren Anfang. Schließlich verabschiedet sich Dietmar und ich stehe vor Ralf, einem überdrehten Moderator, der mich überschwänglich begrüßt.

»Und du bist also der Franz, wa?«

»Max«, sage ich.

»Ah, Max. Ick bin der Ralf, wa.« Er kratzt sich irgendwo südlich seines Gürtels und schaut dabei gedankenverloren an die Decke. Dann kommt er mental wieder zurück in das Studio.

»Und du willst deine Karla wiederfinden?«

»Carlotta, ja«, antworte ich, wobei ich merke, dass mir Ein- oder Zweiwortsätze im Moment die sympathischsten sind. Ralf und ich stehen schweigend noch etwas im Vorraum, dann tritt er in ein kleines Kabuff, setzt sich vor ein Mikro und beginnt seine Sendung. Unterhaltungsradio nennt man das wohl. Dann winkt er mich zu sich, ich bekomme Kopfhörer aufgesetzt und ein Mikro vor die Nase geschoben. Mein Herz schlägt bis zum Hals, bis in die Knie und es wird wohl gleich aufhören zu schlagen. Eigentlich das Beste, was mir passieren kann.

»Jut, liebe Hörer, nun haben wir etwas Besonderes! Bei mir sitzt der Max und was der hier macht, sagt er euch gleich selbst. Also, Max, erzähl mal!«

Er zwinkert mir zu und lächelt dabei übertrieben. Ich schlucke den Riesenbrocken in meinem Hals runter, schließe die Augen und fange an.

»Hallo Carlotta. Ich sitze hier in einem Studio von BB Radio und weiß mir keinen Rat mehr. Ich bin dir hinterhergeflogen, -gefahren und -gerannt. Ich stand vor einer verschlossenen Tür, hinter der du nun sitzt und darauf hoffst, dass ich davor verschimmeln werde. Eine wundervolle Frau hat mir einmal geschrieben, dass Liebe bedingungslos sein sollte. Sie hat mir auch geschrieben, dass es für jedes Ich einen Superlativ geben muss. Das Wir. Ich weiß nicht, ob ich mit dieser Frau mithalten kann. Aber ich glaube, dass Liebe etwas ist, was ich nur geben kann. Bedingungslos geben. Nicht deshalb verschenken, weil ich etwas dafür haben will, damit es mir besser geht. Nein, einfach nur jemand anderem die eigene Liebe schenken. Den Anderen nicht ändern wollen, nicht formen nach meinem Bild von ihm, sondern seine Einzigartigkeit erkennen, ohne alles, was er sagt, auf mich zu beziehen.

Immer nur Liebe geben, ganz ohne Bedingungen. Nur dann kann ich mich vom Anderen überraschen lassen und gemeinsam mit ihm wachsen. Eine verdoppelte Einmaligkeit wird so zu etwas Unendlichem. Carlotta, ich will dich nicht mehr verändern, so, wie ich dich gern hätte. Ich will dich so, wie du bist. Bleibe du, reg dich auf, sei impulsiv und unverständlich, sei emotional und rein. Vor allem: sei immer echt.

Carlotta, ich will nicht mehr das Einerlei der Tage mit dem Traum davon füllen, dass ich irgendwann, in einer fernen Zukunft eventuell vielleicht einmal ein kleines Stück vom Glückskuchen der Partnerschaft abbekomme. Ich möchte den Superlativ mit dir. Ich will dir die Hühnersuppe für die Seele ans Bett bringen, wenn es dir schlecht geht, mich mit dir über Nebensächlichkeiten streiten und in der Versöhnung erkennen, dass es ja gar keine Nichtigkeiten waren. Ich will deine Größe ganz und gar kennenlernen und mich neben dir klein fühlen können. Will dich nachts im Wald beschützen, auch wenn du weißt, dass du dann vor allem Schutz vor mir brauchst.

Ich bin sogar bereit dafür, dir ab und zu recht zu geben. Selbst wenn es mich Überwindung kostet. Denk' jetzt nicht mehr darüber nach, was alles passieren kann, wie wir uns weh tun könnten und welche Verletzungen aufbrechen werden. Alles kann passieren. Doch das Beste passiert uns nur dann, wenn wir zusammen sind. Und nur zusammen werden wir das ›In guten wie in schlechten Zeiten‹ wirklich erleben. Und sollte ich es bis hierher noch nicht gesagt haben, oder es nicht so rübergekommen sein. Carlotta, ich liebe dich. Ich will der sein, für den es sich für dich lohnt, ein ICH aufzugeben und dafür ein WIR zu bekommen. Und ich will der Vater unserer Kinder sein. Weil es keinen größeren Sinn unserer Liebe geben kann, als den, gemeinsam Eltern zu sein.

Bitte sei in einer Stunde am Fährhaus in Caputh. Ich warte dort auf dich und ich habe tatsächlich für alles Künftige nur eine Bedingung. Ich koche!«

Ich nehme die Kopfhörer von meinem schweißnassen Kopf, meine Lippen sind trocken und vor mir sitzt Ralf und starrt mich an. Etwas muss wohl langsam wieder von seinem Hirn Besitz ergreifen, denn er sagt:

»Det war ja ma cool, wa? Also, Carlotta, jetzt mach ma flinke Füße nach Caputh, wa!«

Dann legt er einen Schalter um und Musik dringt durch den Äther.

»Cool, Alter! Auf son Zeuch stehn se, die Weiber. Ick glob an dir!«, sagt er mir noch am Mikro vorbei.

Das war gleichzeitig seine Verabschiedung und so erhebe ich mich und verlasse das Studio und das Gebäude wie in Trance. Ob sie mich gehört hat? Und wenn nicht, sagt ihr vielleicht jemand Bescheid? Ganz gleich, ich rufe mir ein Taxi und lasse mich nach Caputh fahren.

Offensichtlich hat BB Radio Zuhörer. Ein paar hundert Menschen stehen um das Fährhaus herum und halten angestrengt Ausschau nach diesem Max. Der aber stellt sich einfach dazu und wartet. Meinen Puls kann ich schon nicht mehr messen. Ich bin nicht mehr ich selbst. Ich schwitze und friere, mein Mund ist trocken und in meinem Kopf hämmert es unaufhörlich. Es könnte eine Nahtoderfahrung sein. Doch ist die Liebe das nicht immer?

Endlich sehe ich sie.

Sie kommt auf mich zu.

Sich unsicher umblickend, vorsichtig, um kein Aufsehen zu erregen. Doch das ist spätestens dann nicht mehr möglich, als ich losrenne und meinem Glück entgegenstürze.

Danksagung Ophelia

Lieber Mark, mit Dir zu schreiben heißt für mich von Anfang an zu wissen, dass es sich am Ende richtig anfühlen wird. Es war mir ein großes Vergnügen, ständig von Dir über emotionale Grenzen gejagt zu werden.

Neo, weil ich durch Dich gelernt habe, was es heißt, bedingungslos zu lieben. Wie Du mit der Weisheit Deiner fünf Jahre immer zu sagen pflegst: Ich liebe Dich! Mehr, als das Universum groß ist.

Und schließlich René: die Sicherheit im Tresor meines Lebens. Der eine, für den es sich gelohnt hat, ein Ich aufzugeben und dafür ein Wir zu bekommen.

Danksagung Mark

So, wie Romanhelden manchmal auf steinigen Wegen laufen, in Schluchten stürzen, Gipfel erklimmen, fallen und wieder aufstehen, geht es uns manchmal auch im realen Leben. Wichtig ist nur, dass wir uns selbst nicht verlieren und für unseren Sinn im Leben einstehen. Ich danke allen, die an mich glauben, die zu mir stehen und die bei mir sind. Und ich danke dir, liebe Ophelia, für diese spannende literarische Reise durchs Dunkle ins Licht.